《Learning 01》

翻 譯 研 究

思　果 著

Yet malice never was his aim;
He lashed the vice, but spared the name;
No individual could resent,
Where thousands equally were meant;
His satire points at no defect,
But what all mortals may correct...

J. Swift (1667-1745)

翻譯要點 —— 005

序 —— 007

翻 譯 要 點

一、翻譯切不可不守紀律，沒有尺寸，亂添亂減。雖然佳譯像鹽化在水裡，看不出痕跡，但鹽總在那裡，沒有添，沒有減。有的翻譯是「演義派」，補出很多情節，全是原文沒有的。有人隨意刪削，好像在編輯。（雙關語、俏皮話等有的確不可翻者例外。）

二、切不可譯字，要譯意，譯情，譯氣勢，譯作者用心處。記住，譯者最大的敵人是英文字。

三、切不可抱定一個英文字只有一個中文譯文解釋，以不變應萬變。如果你譯一個英文字把認定的一個意思寫下，再和上下文一同看，覺得不大像話，你可能錯解了那字的意思，趕快細查字典。

四、切不可抱死一兩本英漢字典做翻譯工作。不論編得多好的英漢字典都不很可靠，這種字典有先天的缺陷，有人謀的不臧；並非無用，而絕不完全可靠（參看「參考書」一章）。多備幾本好英文字典，不怕辛苦多翻翻。

五、不要以為譯好就已十全十美（請參看 273 頁「譯後交稿或付印前的檢查工作」）。整段、整句會漏譯，數目字會看錯（這一點

最不能得到別人原諒），英文會看錯，中文會不通順，至少逐字逐句對一兩次，過些時再看一兩次（單看譯文是否可以過得去）。你多找出一個錯，別人就少發見一個。

六、不懂的題材，千萬不要率爾翻譯。至少也要找一兩本有關的書或大一些的百科全書查一查。如能找到專家請教一下更好。西方的學問分門別類，每一門都極高深，得到各科通俗的常識都不容易，不用說全部的知識了。

七、沒有絕對把握的中文字詞成語不要用。成語用得貼切，不啻錦上添花；但失之毫釐，謬以千里，用得不對，反而貽人笑柄。用時也許覺得是神來之筆，其實仔細一查，似是而非，或意思正正相反。

序

　　這本書不是想寫一本書，就寫出來的，是先有那麼多資料，然後動筆寫的。我寫了三十多年散文，譯了二十本書，研究了七年翻譯，看到了許多不同名家的譯文，比較中英文文法、結構、表現法不同之處，遇到無數難題，想法解決，隨時記在心裡，事後加以整理、分析、歸納，寫了出來。原稿寫好之後，擱了好多年，一再修改，並拿來在中文大學校外進修部高級翻譯文憑班作為教材，試用了兩年光景，觀察學生的反應，又曾摘要寫成十二章，充該部函授講義，這份講義還拿去供幾間專上學院做過翻譯教材。全書現在才印出來。所謂研究七年，是每天七小時半，連續不斷專業化地研究，逐字逐句推敲，跟朋友反覆討論。不是玩票。

　　上面這段話絕不是表示這本書有什麼了不起；我個人才力、學力都有限，寫的時間還嫌不充分，我只是說明成書的經過。

　　我是寫散文的人，所以我的要求是譯文要像我佩服的散文家的散文，這種態度不一定人人贊同。我把翻譯當一門科學。當然翻譯也是藝術，不過藝術是很難教的。不談科學而侈談藝術，未免過早而立足不穩。真正譯到精確妥貼的地步，離藝術也不太遠了。

　　我雖然沒有談藝術，倒談了翻譯的哲學。這是因為有許多問題關乎思想態度，不在中英文程度優劣，也不在翻譯技巧的有無。要是思想不清楚，翻譯好不了。

這本書像一本軍用地圖,告訴人那裡有地雷,那裡有險灘,那裡有流沙。當然也指示安全的道路,但可不是導遊手冊。書裡所講的是實際有過的困難,不是憑空捏造出來的。有些毛病因為劣譯充斥,大家看慣,而且目前許多作家寫中文也不知不覺犯了,所以見怪不怪;其實毛病總是毛病。

中國近代的翻譯已經有了幾十年的歷史,雖然名家輩出,而寡不敵眾,究竟劣譯的勢力大,電訊和雜誌上的文章多半是譯文,日積月累,幾乎破壞了中文。我深愛中國的文字,不免要婉言諷諭。

這樣的一本書所講的不代表任何人,任何刊物,任何派別;僅僅乎是我個人的意見。意見和真理不同,真理只有一個,而意見卻可以有很多。我雖然也知道一般人很喜歡純淨的中文,但有些譯家可能抱不同的見解。不過我所知道的若干翻譯名家也曾支持我的意見,所以我發表出來,也覺得心安。好在言論自由,別人抱不同的見解也可以發表。讀者和後世都是最公正的評判。

書中儘量不用別人的資料,好歹都是我蒐集來的。有些話我說了,又聽別人提起,還是保留了下來,因為一刪全書就不完整,而且也刪不勝刪。

我寫這本書欠很多人的情分,尤其是我在某雜誌的同事和許多翻譯界老前輩。我不能一一舉出他們的芳名,因為他們都是譯林高手,極有名望,提起來反有招搖之嫌。但宋悌芬兄和我的翻譯生涯關係很深很久,本書的原稿還承他看過一部分,他也提出過意見;徐誠斌主教做公教報主編,我在他面前做翻譯,承他指點三年;這兩位不容不提。許多友好給我很多啟示,解決我某些問題,消除我很多疑惑;許多要點若非他們提出,我會忽略。有些地方我和少數友人也激烈辯論過,各持己見,誰也沒有說服誰,雖然如此,我仍然感激他們。

亞洲基金協會香港的代表，特別是袁倫仁先生，給我支持，這本書才能寫成，這是要提出來的。遠在香港中文的用途成為大家關心的問題，翻譯成為急務之前，基金會的主持人就已經注意到翻譯的重要，力謀推進這方面的研究。這種遠見值得欽佩。

本書的索引是件極重要也極辛苦的工作，承友聯編譯所編製，非常可感，特此致謝。

我儘管感激這許多人，但自己寫的書自己負責。

這本書既然是創作，有些地方一定還要斟酌，而且錯誤不免，希望大雅指教。

字 典 名 稱 縮 寫 表

　　本書裡字典的名稱都用縮寫，以省篇幅，現在列表於下，以便對照：

Oxford English Dictionary (O.E.D.)

Shorter Oxford Dictionary (S.O.D.)

Concise Oxford Dictionary (C.O.D.)

Pocket Oxford Dictionary (P.O.D.)

Webster's Third New International Dictionary (W.T.N.I.D.)

　　（這本字典的舊版沒有 "Third" 這個字，所以 W.N.I.D 是指舊一版。）

Webster's New World Dictionary (W.N.W.D.)

Funk and Wagnall Standard Dictionary (F.W.S.D)

Webster's Biographical Dictionary (W.B.D.)

Webster's Geographical Dictionary (W.G.D.)

Dictionary of American Slang (D.A.S.)

An English Pronouncing Dictionary (E.P.D.)

A Pronouncing Dictionary of American Speech (P.D.A.S.)

Random House Dictionary of English (R.H.D.)

The American Heritage Dictionary of the English Language(A.H.D.)

引 言

　　誰也不能否認，目前的翻譯已經成了另一種文字，雖然勉強可以懂，但絕對不是中文。譯者照英文的字眼硬譯，久而久之成了一體，已經「註了冊」，好像霸占別人的妻子的人，時間已久，反而成了「本夫」，那個見不到妻子面的可憐的本夫，卻無權回家了。如果你批評那種不像中文的譯文，譯者可以理直氣壯地回你：「你不知道大家都是這樣翻嗎？不是現在的創作也是這樣寫的嗎？文字在進步，為什麼一定要守舊？照英文譯，又省力，又新穎，讀者也懂，為什麼一定要譯文像《紅樓夢》那樣的白話呢？而且照西文譯可以介紹新語風，豐富（作動詞用）中文，不很好嗎？」我覺得他真也理直氣壯。

　　可是本書的態度，卻是要翻譯像中文。凡是中國已有的表達意思的方法、字眼、句法，儘量採用，沒有的再想辦法。讀者如果不贊成我的主張，就不必費心看下去了。

　　這本書主要是告訴讀者好些我認為做翻譯工作的人應該注意的事，養成某幾方面的敏感，提出一些應該守的紀律。我提出的解決法可以商議，但問題確是問題。

　　我寫這本書有幾點基本的態度，首先提一下。

　　第一、翻譯有可以學的地方，有不可以學的地方。這本書只教

可以學的地方，把不可以學的地方留給讀者去想辦法。我所談的，以指出錯誤、不妥、譯文不能上口誦讀為主，不著重示範。大約三十年前我讀 H.W. Fowler 和他弟弟 F.G. Fowler 的 *The King's English*（Oxford University Press 出版）內文中有一段話給我印象極深。這是一本講英文文法修詞的書，他在序文中說：

> ...since the positive literary virtues are not to be taught by brief quotation, nor otherwise attained than by improving the gifts of nature with wide or careful reading, whereas something may really be done for the negative virtues by mere exhibition of what should be avoided, the examples collected have had to be examples of the bad and not of the good.

我認為他們這種做法是切實有用的科學方法。因為精妙的佳譯，也不是教了可以學會的；不知把中國文學研究了多少年、用中文著述了多少萬字，研究英文文學，實際做翻譯工作下了多少年功夫，才有那麼妥貼傳神的譯筆。但從另一方面來看，如果譯文沒有毛病，雖然找不到顯著的動人之處，卻也明白曉暢，這種翻譯就不錯了。再進一步求其精妙，也並不是絕對做不到的事情。

雖然如此，在「去邪」的時候，我也不得不做些「顯正」的工作：如果說這一個字一般人譯錯了，我總得把不錯的譯法舉出來。我要聲明的是，我舉的可能只是許多改善的方法之一，不是「唯一」的，「最好」的，而且我舉的也許很可能有斟酌的餘地。

第二、我要舉的，以實有的，而且一般人和我以前一樣容易犯，常犯的毛病為限，絕不憑空捏造（但因種種原因，不能像 Fowler 弟兄那樣，把譯者姓名標出）。就翻譯而論，的確有些毛病

是難免的，甚至大譯家也一樣，遇到中英文迥然不同的地方，（如 How do you do?）倒沒有這個危險；最怕是英文譯為中文似通而實不通的句子。我們是人，容易受騙，必須養成高度警覺（也可以說是敏感），才能應付。

我要做的就是把常見的錯誤或不妥的地方提出，這樣好幫著本書讀者養成那種警覺、敏感。

第三、我所要講的只是把英文譯成中文的技術上的問題提出，不討論把中文譯成英文的事。中譯英與英譯中雖然不是沒有關係，但卻是兩件不同的事，要求的技能也不同。我認為講中譯英的書該用英文寫，寫給英文寫作能力強，而不大能理解中文特點的人看。

第四、譯聖經、莎士比亞、密爾頓等名家著作都該有專書，這本書裡不特別詳談。

要根本解決問題，必須從理論下手，而理論又是最枯燥的。我在卷首討論翻譯的理論，可能使許多讀者氣悶。如果有這種情形，就先看下面的也可以。等到對翻譯已經有了研究，再看理論也不遲，但如果耐性看完理論，即使囫圇吞下，對於了解實際的問題卻有益處。

這本書是寫給初學翻譯的人看的，但我並非狂妄自大，也希望給老資格的翻譯家參考。我得聲明，我並非「老資格」的翻譯家。

我更希望，一般從事寫作的人也肯一看這本書，因為今天拙劣不堪的翻譯影響一般寫作，書中許多地方討論到今天白話文語法和漢語詞彙的問題，和任何作家都有關係，並非單單從事翻譯的人所應該關心的。我教中文的時候，時常要講到翻譯，就是這個原因。

翻譯是藝術，要動手去做的。要想精熟，只有多讀中英文書、多思想、多翻譯。如果認為讀了一本講翻譯的書就夠了，這就如嚴復所說的：「無異鈔食單而以為果腹，誦書譜而遂廢臨池，斯無望

已」。還有這本書裡講的是寫文章的道理，如廚師教人火候、用作料配菜，而不是把原料給人。所以讀者自己要把中英文的根柢打好才行。

在變化極快極多的時代，總不免有國故派與進步分子之爭。翻譯這件事，尤其免不了有這個現象。

國故派的名詞是我借用，我心目中所指的是英文所說的purist，就是在文字方面非常講究，力求純正，不喜歡不三不四、不倫不類的中文的人；英國有 The Society for Pure English，成立於一九一三年，由權威辭典學家、文學教授等人組成，目的在指導一般人對英文的鑑識、欣賞力，並就英文文字應用及發展方面，指導教育當局。一九四五年以後，該會就沒有活動了。我們歷代有文字學家為一般人正誤，單說近代就有一位吳契寧先生在民國二十四年出過一本書《實用文字學》。他怕排字有誤，特地親自抄繕。還有一位顧鴻藻先生寫了一本《字辨》。在文字上他們算是 purists。作文方面，目前似乎沒有什麼人著書出來攻擊歐化的文章。我所要說的是國故派，永遠是少數，但這種人也有相當力量。另一方面，進步分子也不可輕視，他們一部分的「創作」會流傳下去，雖然另一部分遲早會遭淘汰。這兩方面的力量互相消長。國故派儘管不喜歡歐化中文，歐化中文仍舊得勢；進步分子儘管討厭國故派，大多數的人仍舊聽國故派的話，想把中文寫得像中文。我們不能不顧正統的中文，也不能把進步分子的中文一筆抹煞。

Fowler 弟兄的 *The King's English* 一書對英語世界的影響是這種互相消長的試金石。一九三〇年那本書的第三版序言裡說：

It has sometimes seemed to us, and to me since my brother's death, that some of the conspicuous solecisms once familiar no longer met our eyes daily in the newspapers. Could it be that we had contributed to their rarity? Or was the rarity imaginary, and was the truth merely that we had ceased to be on the watch? I do not know...

H.W. Fowler 是客氣，實際上他這本書影響非常大，不但在英國及大英聯邦各國，即使在美國，凡是認真寫英文的，無不重視這本書。中國精通英文的前輩早已一再提起他弟兄的書；任何人細細讀了，也會養成一點敏感，避免犯某些英文文章的毛病，也知道一些文章的好壞。他們的功勞有一個重大的意義，不容忽視；這就是證明少數派、求全派、學者、力求語文純正的人，並不是沒有用處的，這些少數和絕大多數不講究語文純正的人相對，仍然可以發生作用。就保存一國文化和增進人類互相了解而言，這種人是有功勞的。

我佩服英國散文大師 Max Beerbohm 的話："...to seem to write with ease and delight is one of the duties which a writer owes to his readers, to his art." 所以對翻譯也抱同樣的態度。我們應該處處替讀者設想。

這本書裡講的，本來是一整篇，其所以分許多章節，是為了讀者便利，有些界限是分不清的，如「中文語法」和「中國的中文」等。

書裡所舉的例子每個只用來說明一點，所以務求簡單。遇到沒有英文也能說明的地方，就不列英文，以省篇幅。有的譯者把原文「忠實」地譯成中文，不寫出原文也知道原文是什麼了，當然不必再列原文。

總 論

這裡講的是一般原則和方法，多少是本書的提要。讀者可以先看，也可以留到最後來看。

～論思想的重要～

翻譯最重要的工作是思想。譯而不思，雖然譯得久也沒有用，不但沒有用，反而養成習氣，見到一個字就隨手給它一個固定的譯文，見到一種英文結構，就照樣套用那個結構；不去細想那個字在那一句到底是什麼意思，那一句結構怎樣改讀起來才像中國話。資格越老，毛病越深。所謂思想，就是細心研究英文的原義，細讀自己譯文的毛病，細聽中國人講的話（不能聽時髦人的話，因為他們已經中了拙劣譯文的毒素），細讀中國的古文詩詞，舊小說如《紅樓夢》、《兒女英雄傳》。這樣，翻譯才有進步。報紙翻譯的小說，雜誌裡的譯文不可讀，因為譯得太英文化。譬如盲人騎瞎馬在前面領路，不能跟著他走。我把這一點特別先提出來，以後還要分別細述癥結所在（特別參閱「毛病」一章）。

～解縛去惑～

　　原文放在譯者面前，好像獄卒，好像桎梏，好像神話中誘惑男
子的妖女，使譯者失去自由，聽其擺佈，受其引誘。做翻譯的人要
拳打腳踢，要保持神志清醒，意志堅定，才能自由，才能不受騙
惑。翻譯的人很容易改變自己的生活習慣和行動姿勢來適應桎梏。
英文結構只要過得去他就照樣套用，把英文字換成中國字。而且
「大家不都是這樣譯的嗎？」至於字，只要音同，寫錯也不要緊。
文言白話那種好用就用那種，也難得顧慮到調和配合的問題。這是
人之常情。但大部分翻譯的毛病就是因此而產生的。有的人以為只
有這樣才算是忠於原文，這是曲解；這種譯法其實並不忠實。

　　我在這本書裡把凡是使我們受束縛的、受引誘的各個地方，都
儘量舉出，相信可以幫助做翻譯工作的人提高警覺。

～翻譯的原則～

　　翻譯最難在精確妥貼，好的譯文如同一隻適足的鞋子，把你的
腳全包到了，使你舒服。高手的譯文，與原文對看，如影隨形；低
手的譯文，意思不明不白，看來十分吃力，往往失之毫釐，謬以千
里，運用成語，尤其如此。高手譯文，無一字不相干。學翻譯的
人，先不要求譯文精彩，先求精確妥貼。

　　嚴復所說的信、達、雅翻譯的三個要求，向來談的人多得很，
我以為他說的「雅」字根本有問題，不如改為「貼」字。用現代的
話來說：

信是指譯者對原作者負責，把他的原意用中文表出，不要表錯。

達是譯者替讀者服務，作者的原意雖然已經表達出來了，也要
　　讀者能看得懂，才算盡職。

貼：譯文也確實，讀者也懂，但是，原文的文體、氣勢、說話
　　人的身分等各方面是否做到恰如其分的地步呢？這就牽涉
　　到貼切不貼切的問題了。

　　嚴復說的「雅」是「言之無文，行之不遠」，要求的是「爾雅」，現代的中文應另有標準。我說的貼切，就是譯什麼，像什麼。舉一個簡單例子。張教授和王教授兩位老先生約好時間在一家餐館會面，臨走時張教授說了一句： "Well, I'll be there..."

　　這一句若照信、達、貼的標準，可以有三個譯法：

信：「好了，我會在那裡。」（無懈可擊的忠實譯文。）

信、達：「好了，到時我在那裡等你。」（明白曉暢的譯文。）

信、達、貼：「就這麼說吧，我到時在那裡恭候。」

　　「我會在那裡。」也不錯，但讀者讀了，覺得有些不大像話，意思也不大明白：「我在那裡等你」很明白，的確我們和朋友約好會面，末了也會這樣說的。但是這句話是誰說的呢？是一位老教授和另一位老教授說的。這種人在這種情形之下，是這樣說話的嗎？好像不大對。於是改成第三式。這個例子也許太簡單，不過，信、達、貼的大意就是這樣。

　　還有一個淺近的例子，是把 "I am glad to see you" 譯成「我高興看見你。」這句話說它通也通，原文簡單易明，譯文也道出那個意思。但仔細一想，我們中國人遇到朋友來是講這麼一句話的嗎？舊小說裡是「今天是那陣風把你吹來的呀？」這是歡迎之詞（greeting）。這樣翻譯也許太做作、不自然。今天的說法，可能是，

「啊！你來啦，好極了。」這才是翻譯，這才是中文。

形容詞、副詞、名詞、成語的語氣有輕有重，好比水墨山水畫的濃淡。高明的作者用字很精密，譯者全要體會出來。就如給「掃蕩」的，一定是壞東西，我們不能說「敵人要掃蕩我們的基地」，只能說「我們要掃蕩土匪的巢穴。」又如「痛恨」和「厭惡」不同，"I resent him" 不能譯成「我痛恨他」。諸如此類。又如原文用字表達的親密、莊嚴、詼諧等程度大有高下深淺，譯者全要體會得到，表達得出才行。

有時譯者要犧牲一些準確。這是一件危險的事，但是在某種情形下，不得不做。譬如人名太長，省略一部分的字音；形容詞太多，有的太相近而中文不易表達它的差異；中英民族想法不同，如英國人看重比較（comparison）的結果，中國人則含糊一些，因為有這種思想的不同，所以英文裡 comparative degree 用得多，有時 better 一字，中文裡就是「好」；英國人的 one of the best，其實就是中國的「了不起的⋯⋯」。這一句型（sentence pattern）的例子舉不勝舉，本書裡會專門提到的。（參閱本章下面提到的「論準確」。）

譯者有時要做點編輯改編工作。（參看「改編」一章。）

美麗的，講抽象觀念的散文如文藝理論、詩歌等類英文，翻譯起來就要用很多的解說，而非照字面直譯。這種換了字眼來說明的翻譯，危險性極大，但也極見譯者的功夫。高級的詩文滿紙是譬喻，從不直直爽爽把話說出來；那些譬喻，有好多是中國人體會不出的，就如 George Gordon（1881-1938）在 "Shelley and the Oppressors of Mankind" 一文中隨便說的一句話：But in his（Shelley's）airy and boundless temple of the spirit of which Shelley is the harmonious builder and the raptured inhabitant I take leave not only to throw away my gown but to decline the surplice.

這裡面的 gown 是指大學教授的職位，surplice 本是教士的法衣，在這裡指教士的職位。我們固然可以譯為教授和教士職位，但原文「借代」的美妙，印象的具體，就消失了。（我們表示一個人不想做和尚，說他不想披袈裟，多麼好！當然這裡並不能用這個借代。）翻譯不是創作，也是創作。說不是創作，因為譯者只能做傳聲筒，不能表示自己的意思。說是創作，因為他要用他的語文，把那意思表達出來。不要看輕這件表達的工作，竟需要極大的創作才能。

翻譯有兩種基本的態度。一種主張譯文要像中文，要保存原文的文學價值；另一種主張譯文就是譯文，不一定像中文，主要是顧全原文的字面，原文文學價值在其次。最近西方講翻譯的書，差不多一致主張譯文要像本國文，連《聖經》的翻譯在內，這個趨勢不可以不知道。

我是主張譯文要像中文的人。無論如何，譯文應該把原意表達出來，用原文的風格表達，而中文又明白曉暢，如同創作一樣。不無故撇開原文的字句，卻又寫出純粹精妙的中文。當然這是難得要命的事。

此外還有用詩體譯詩，還是用散文譯詩，譯詩是協韻，還是不協韻等等問題。不過這些都屬次要，定下原則來也未必能徹底遵守。基本的態度只有上面說的兩個：譯文要不要像中文？還是譯文就是譯文。

順便可以一提的是，我們把肚子填飽往往說「吃過飯了」，英國人不吃飯，如果譯這個意思，能不能說這句話呢？我以為翻譯不能太講這種理。當然「是書一出，洛陽紙貴」這種句子萬萬不能用，如果說「慘遭回祿」，似乎也可以通融。所以 "Will you come over and have dinner with us tomorrow evening?" 這一句譯為「你明天到我這裡來便飯好嗎？」絕對不能說壞。（因為可能明天你請他

吃的是煎餅、餃子和十幾樣菜，一粒飯也沒有。而中國人讀了，對於西洋人的「便飯」，到底吃些什麼，也並不深究。）

～什麼才算翻譯～

把英文答句中的 yes, no 譯成中文，也要用很多心思。就如有人問 "Do you believe we can win the war?" 答句是 "yes"。這個 "yes" 不能譯成「是的」。該譯成「我相信」。因為我們的習慣是借用問句中的動詞。如果答話是 "no" 就該譯成「不相信」。一般主張 "yes" 只能譯成「是」的人應該翻一翻 Daniel Jones 寫的 *The Pronunciation of English* 裡面提到 yes 的六個不同的調子，原來調子有了輕重抑揚，意思就完全不同了。

1. 先重後輕而短促，由高而低，意思是「就是了」。
2. 先重後輕而拖長，由高而低，意思是「當然啦」。
3. 先重後輕再輕，由低而高再下降，意思是「再對也沒有了」。
4. 先重後輕，由低而高，意思是「真的嗎？」
5. 先重後輕，由低而高，急促，是打電話的時候用的，意思是「我知道你的意思，你說下去吧。」這個 yes 最容易譯錯。
6. 先輕後重再輕，由高降低再提高，意思是「也許是的」。

這種種語調文章裡並不用符號畫出，但在譯對話的時候，譯者要體會當時情況，想像答話人語調的高低，把意思表達出來。不是一見 "yes" 就「是」一下完事的。這種工作還是在求譯文的忠實，談不到達和妥貼。如果直接譯成「是的」，根本是錯誤。當然不算翻譯。

　　（一般人容易忽視英文讀音，其實無論在那一方面，讀音都是很重要的。專門名詞的譯音是一件事，英文裡說話時的語調輕重抑揚，和翻譯時選字用詞大有關係，尤其不能忽略，不揣摩語氣而翻譯，談不到翻譯。）

　　我在中文大學校外進修部教高級文憑翻譯課程，曾對同學說過，只有像中國這樣有悠久歷史文化的國家才有高級翻譯。就如 divorce 一字，在中文裡不止「離婚」一義。以往中國人「出妻」，那個「出」字就是 divorce。回教徒只要對妻子連說三聲「我不要你」，就可以「休」妻，或「出」妻，英文用的是 divorce。以前伊朗人只要寫封信，就可以「休」妻，那情形英文可以說是 divorce by mail，中文是「休書」。至於皇帝的 divorce，中文不是離婚，是「廢后」。越是文化包袱重的國家，做翻譯工作越難。

～翻譯是怎麼一回事～

　　翻譯的工作如同別人把房間裡的東西翻亂，叫你整理；他不但把東西翻亂，而且還把許多東西藏在秘密地方，叫你去找。甚至沒有的東西也要叫你補出來，有些東西要你丟掉。這樣他才滿意。

　　就如這一句，Only a fool would underestimate you，很簡單，不是嗎？但如譯成：

　　　只有愚人才低估你。

就不大像中國話了，你可以譯成：

　　　誰要看輕你就蠢了。

這樣一來，意思很明白，很像話。但譯文裡的詞不但和原文裡的位

置不同，而且原文的 only a fool 全沒有了，反之「誰」，「蠢」，卻是原文裡沒有的。

這是最簡單的例子，更複雜的例舉不完，也不知更複雜多少倍。

高明的譯者和次等的譯者有一點相似。這兩種人都把原文裡有的丟掉一部分，添進原文裡沒有的一些東西。但這樣做也有個分別：高明的譯者丟的是用不著的，添的是少不了的。次等的譯者所幹的正正相反！

創造新語法、新名詞、或刪或增，做得好受讚賞，做得不好就出亂子。有人割去的是盲腸，有人挖去的也許是眼珠；有人畫龍點睛，有人畫蛇添足。

翻譯是件吃力而不易討好的工作，很少人能做到十全十美的地步。翻譯好壞只有程度上的差別，有的人譯得好些，有的差些；高手之上還有高手。而且好壞的標準難以確立。

遇到大家譯法不一樣，只有請一位真正高明的人看一下，批評一下。

翻譯的人等於四面受敵，他的防線很難固守，他的譯文永遠改不到十全十美。錯得極少，大致上過得去就不錯了。翻譯名家 Denver Lindley 說過，他的譯文發表了八個月之後，發現以前苦思不能找到妥當譯文的，竟有極好的句子可用。

翻譯不是譯單字，是譯句。所以字典裡的解釋不能搬到譯文裡去用。如果可以，也不用翻譯了。一般人所謂直譯，就是這種搬運工作。這是最次等翻譯。這不能算翻譯，譯出來的文字因為讀者不懂它的意思，所以沒有達到翻譯的目的。當然這種譯文不正確。

翻譯是藝術，就在各人的譯法不同，最高的能傳達原意，一絲不走，而譯文讀來流暢，一如中文原著。要做到這一點，不很容易。（當然有些英文裡的思想是中國根本沒有的，永遠譯不成容易

懂的中文，但許多壞的譯文並不是改不好。我們不能拿這一點來做理由，替自己的劣譯辯護。）

～直譯？還是意譯？～

這是一個許多人有爭論的問題，我的意思是翻譯就是翻譯。好的翻譯裡有直譯，有意譯；可直譯則直譯，當意譯則意譯。譯得不好而用直譯或意譯來推諉，是沒有用的。可以直譯而意譯，應該意譯而直譯，都不對。英文普通信件用 Dear Sir 開端，就等於中文的「逕啟者」或「敬啟者」，直譯為「親愛的先生」就不對。（私信裡的 My dearest Joe 等又當別論。）

不同的譯文，需要程度不同的和字面上的信實。譬如條約，法律文件，因為怕引起糾紛往往死譯、硬譯，不求通順，雅馴，只求萬全，甚至英文的 parts of speech 也不敢改動。又如文藝作品，主要是引起美感，詞語也要雅馴，聲調一定要鏗鏘，有時不能不大刀闊斧，芟除蕪雜，補足譯文文義。

譯者有時要問明白譯文的用途再著手翻譯：是為了解原文大意？還是要看原文措詞？或是把譯文拿去傳觀？但萬變不離其宗，原文有的意思要說出，沒有的意思不可亂加。

照字面直譯不是翻譯，假使原作者懂得中文，他看了這種譯文，一定大罵：「我那裡是這樣說的！」

～論過分講究準確～

最講究準確的也沒有法子翻得絕對準確，這句話並不是說翻譯

的人可以不顧一切，照自己說話作文的習慣亂譯；不過是我們可以看情形，顧全譯文的流暢和意思的準確。Robert W. Corrigan 在 *"Translating for Actors"* 一文裡說得好：

> Accuracy must not be bought at the expence of bad English. Since we cannot have everything, we would rather surrender accuracy than style. This, I think, is the first principle of translating, though it is not yet accepted in academic circles. The clinching argument in favour of this principle is that, finally, bad English cannot be accurate translation—unless the original is in bad German, bad French, or what have you.

　　許多譯者只顧「準確」，譯出不堪卒讀的中文，應該注意上面這段話。中文不通也絕對不能算「準確」的翻譯，除非英文也是不通的。中文不能卒讀、譯文也就沒有人看了，那麼譯它有什麼用？反之，有些無關緊要的細節略有顛倒、增刪、對原作者和讀者不但沒有過意不去的地方，反而盡了最大的力，值得他們道謝。尤其遇到了中英文習慣語，習慣寫法不同的時候，總得要遷就一些的。中國有句話，「神而明之，存乎其人」最能說出這件事的要點來。

　　不過我再說一句，有些懶得去找恰當譯文、率意亂譯、用寫幻想曲的筆法增加不相干的東西，把重要的、看不大懂的原意刪掉不譯的人，不能拿上面的話來做護身符。好的譯文總是精確的，只有照字面逐字翻譯，不顧中英文基本不同的人，才要記住上面的教訓。

～譯文好壞的標準～

　　我們憑什麼評論文章呢？憑兩樣：一是國語，或一般中國人說

的話；一是中國人寫的文章。現代人寫文章，總脫不了以口語或文字為標準，沒有第三個可以依據的。我們不能說，「我這句根據的是英文。」一句中國話如果根據的是英文，我們就可以說它不通。「我們童年和青年時候的行動與事件，現在成為我們最平靜地觀察著的事情。它們像美麗的圖畫一樣地在空中展開。」這兩句譯文不好，因為它既不像中國人寫的文章，也不像中國人說的話。這件事就有這麼簡單。譯者可以自辯，說第二句的「它們」英文是"they"，他譯得一點也不錯。不錯，英文是 they，可是中文的「它們」代表不了「我們童年和青年的時候的行動與事件。」像我這樣一個沒有看見原文的讀者，讀了這兩句，有些不知道作者說什麼的感覺。我所以敢斷定，這句翻譯算不得翻譯。

「讀起來不像是翻譯」是一句稱讚的話。（當然還要譯得準確可靠。）

譯文的好壞，不知有多少等級，不過粗分起來，只有三等：

像中文

過得去（還可以讀得懂）

不是中文

把英文語風介紹到中文裡來是好的，不過這件事不容易。參看本章下面的「文字的發展」。

～翻譯步驟～

誰也不能製造優秀的譯者，不過我知道有很多人可以改進自己的翻譯，卻沒有人把極淺顯的道理講給他們聽，這一點很可惜。有幾點可以說一說。消極方面只問幾個問題，甚至只有一個問題：

「你覺得這句譯文像中國話嗎？別人一看就懂嗎？」接著我會提出一兩個方法來解決最常碰到的麻煩，抵抗原文的引誘。

理想的譯法是這樣的：先把原文看懂，照原文譯出來，看看念不念得下去，試刪掉幾個不一定用得著的字，看看是否有損文義和文氣。如果有損，再補回來。試把不可少的字加進去，看看是否超出原文範圍，增減以後和原文再校對一次。有些地方是否譯錯，語氣的輕重是否恰如其分，原文的絃外之音譯文裡找不找得到？原文的意思要消化；譯文的文字要推敲。有經驗的譯者，可能一下筆就譯好了，不過還是要推敲的時候多。

這種譯法當然比較費力。但這件事本來是吃力的。

廚子不能把田裡拔出的菜、殺死的豬就給人吃，他要把這些東西洗乾淨、煮熟，加了調味品進去，才能端上桌來。上面介紹的譯法就等於好廚子做菜。

先看全句原文——沒有看完一句不要動手譯；沒有看完整段不要動手譯；沒有看完全文，不要動手譯。譯文所用的許多字、句法，都和全文、整段、整句有關，而且一句意思要到看完全句才能明瞭，長句尤其有這種情形。有一種句子像：It suits the company's purpose that...and that...可能譯了第一個後面的話就打住，底下的一個 that 後面的話當作另外一件事了。因為第一個 that 後面的字可能很多很多。

～為讀者設想～

看了原文然後譯出中文，原文在腦子裡還沒有忘記，這時會覺得譯文很好，也達意。但讀者沒有看原文，和你的情形不同。要讀

者懂你的意思完全要看你表達得好不好。譯好以後,撇開譯文,等忘記了原文再讀譯文,這時你就知道那個讀者讀後能不能理解了。時時設想自己是讀者。

找個沒有看過原文的人看一看你的譯文。他可以代表很多的讀者。

～語言的不同之處～

譯者應該知道,翻譯並不僅僅是把一句話用另一種文字表達出來。Charles W. Ferguson 說得好:

> A word is a world. It is history in the briefest form. It is a spot on a page but often a story of great events and movement. You can't examine a word and learn it well without learning more than a word.

因此譯者應該留心到整個英語民族的思想、文化、學術、宗教、藝術、歷史、地理、工藝,這許多方面即使不能完全涉獵,也要多看英文書,多查參考書籍,並留心他們的生活。關於參考書,請看「參考書」那一章。

英國現代詩人 Stephen Spender 在"Goethe and the English Mind"一文裡說過一段極有意義的話,是譯者應該記住的:

> When two compatriots speak to one another in their common language, both are speaking against the background of a common environment, education and tradition. But when two people who are foreigners to one another speak, each in his own language,

then, on the assumption that each understands the other's language perfectly, a language difficulty arises which is beyond the difference of language itself. There is inevitably a collision of backgrounds, of tradition, of environment, which each language carries with it. The mere understanding of what words and sentences mean is not enough. To understand, each has to enter into the mental landscape, the history, the stage-setting of the other's mentality.

Spender 這段話可以譯為：

> 兩個同國的人用共同的語言對談，他們的背景、環境、教育、傳統是一樣的。可是兩個不同國的人對談，每人用他自己的語言，假定各人都完全懂得對方的言語，這時，在言語本身不同之外，還有言語上的困難。言語本身天生有不同背景、傳統、環境的抵觸。僅僅懂得字句的意義是不夠的。為了要互相了解，雙方都得深悉對方那一方面精神的境界、歷史、「舞臺裝置」才行。

～文字的發展～

　　譯者應該明白文字發展的途徑，去助長這種發展，而不要扼殺這種發展。我們不能忽略話是怎麼說的。翻譯的人，無意中在創造語言，修正語言，但也在破壞語言。

　　文字是活的，總在變。但一國文字有它的特性，不能亂變。在兩種語文接觸，兩個民族相處的時候，文字的變化特別快，特別

多。於是就有兩種人產生了：一種是講究文字純淨的人；另一種是容易受外文影響的人。

多數的人雖然錯誤百出，自有一股力量，也有道理。但照英國的 Sir Ernest Gowers 說那些「少數」永遠得人尊敬，雖然勢孤，說出話來，別人多少也得聽，因為他們的話都是有根據的。結果就產生折中的發展，誰也消滅不了誰。（參閱「引言」裡提到的論「國故派」的那一段。）

～中英文結構比較～

中英文的結構有基本的一點不同。

一句簡單的話，像「他今年十二歲」，英文和中文差不多，He is twelve years old.（除非算法有出入，可能西人已經是中國人的所謂十四歲了，這一點只有推馬虎。如西人是一月生的，中國陰曆正是年尾，過了一個月，中國人已經兩歲，西人一歲還不足。有出生年月日，譯的又是傳記，就要當心。）但稍微複雜一些的，就有一些基本上的分別：中文的一堆詞分開來放著無所謂；英文卻要用連結的詞來連接起來。譬如英文 I know a man who knows a boy who has a cousin who met the richest banker in town, Morse. 這樣的一句英文並不好，也沒有人要這樣寫，但英文可以這樣寫，中文卻不能。我們如果遇到這種情形，話說起來就囉嗦了。「我認識一個人，他有一個表兄，這個表兄呀，還認識城裡最有錢的銀行家毛斯呢。」如果用有連結的方法來譯，就要譯成「我認識一個有一個認識城裡最有錢的銀行家毛斯的表兄的人。」當然沒有人這樣譯，但壞的翻譯可以像這樣壞，這只是表示中英文結構上最基本的不同點罷了。

許多不堪卒讀的譯文，毛病就出在怕譯文不連結而硬連結起來。

例如這句英文：If in time of war the sense of patriotism is an honorable bond, perhaps the sense of dignity as a member of the community to which he belongs has a stronger binding force than we can realize. 照原文的結構可以譯成：「如果戰時愛國感是光榮的束縛，那麼也許一個人作為他所屬的社團的一分子的尊嚴，具有遠較我們所能明白者更為有力的束縛力」。這一句譯文的意思譯得對，原文的 if 是個「環」，把兩個句子連在一起，而 than 也把比較的關係表明了，這兩點譯文裡都已經忠實地表達了出來。

但這句譯文看起來，一、不像中國話；二、不容易懂。先看英文再看它，才知道一句話怎麼會譯成這樣的。所以我們敢斷定這句翻譯不大高明。好了，有什麼法想嗎？

如果不把「環」拿掉，就沒有法想。犧牲一點用不著的「準確」，我們可以試改譯為：「戰時愛國心是光榮的束縛，其實身為團體一分子的尊嚴這種想法的束縛力更強，也許我們還沒有體會到呢。」

這樣一來，原來是一串鍊子，拿起一端，全副鍊子都拿起了，而中文卻切成了三段，放在三處。但細讀中文，意思和英文的一樣，雖然分為三分，其中脈絡仍舊連貫，不過形式上沒有「環」罷了。（這裡的 if 並沒有「假使」的意思，參看「英文字」一章裡的 if。）

溫庭筠「商山早行」裡的「雞聲茅店月；人跡板橋霜」是意思明顯而文法上最不連的例子。英文詩當然也不像散文一樣連接，如今人 Edmund Blunden 的 *"Half A Century"*：

Sweet this morning incense, kind

This flood of sun and sound of bees...

詩裡面也略去了主動詞，繫詞 verb to be 和連接詞 and。不過英文散文裡許多地方要連結，中文卻可以不連，不連只是文法上如此，意

義上仍然連結。就如

He enjoyed a lucrative practice, which enabled him to maintain and educate a family with all the advantages which money can give in this country.

— Anthony Trollop

這一句有三個成分：

1. He enjoyed a lucrative practice
2. (His) practice enabled him to maintain and educate a family with all advantages...
3. Money can give in this country advantages

用圖來表示連結的情形是這樣的*：

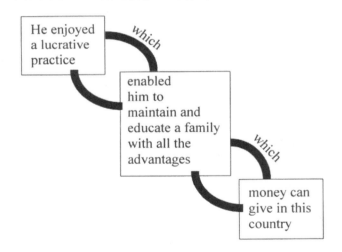

這個連接的「環」就是 which.（當然第二個 which 可以省略，但文法的結構上它還是有地位的。）現在再看中文譯文的結構。

---

　　* 按此表已有進一步分析，見拙著《翻譯新究》，頁 23。

他業務很賺錢，夠養家庭，夠教育子女了，所有在國內錢能換來的好處都齊了。（這一句不要譯成：「他享受一種賺錢的業務，那業務使他能以金錢在本國所能給人的一切好處，養活及教育一家。」）

這句中文並沒有字眼做「環」，把幾個成分連接起來，如果畫圖，就像是

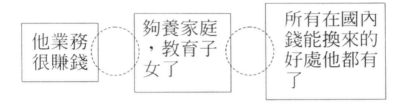

但儘管沒有「環」，意思還是和英文一樣明白，所謂如常山之蛇，擊首則尾應。

英文裡的連結的「環」，不只 which, that，主要還有 in, to, on 等 prepositions, and, or 等 conjunctions, infinitive to do, to be 等等，present participles。*

---

*文法家有所謂 unattached participles，是英文裡的一大毛病。如 M. E. U.上舉的：We beg to enclose herewith statement of your account for goods supplied, and being desirous of clearing our Books to end May will you kindly favour us with cheque in settlement per return, and much obblige. 按這一句的 being 是和 we 連在一起的，而下面的 you 和它無關，所以這句英文不通，所謂 unattached 就是指和 you 連不上。這是一句臭英文，但由這個例子可見英文重視連結的關係。中文根本無所謂。

　　至於長的句子，整句就是一條鏈子，由許多環連接起來的。而中文卻像一塊一塊的糕餅，零零碎碎放在一堆。譯者如果不明白這個主要的分別，譯起英文來，可能句子太長，念不斷，因此譯不好。

　　不過文章有連續性，有某種上文，才有某種下文。翻譯的人為了結構上合乎中文，必須把原文拆散，重新裝配。在這種時候最要注意原文的連續性。因為就這一句而論，拆了重裝固然很好，但是和下一句失去了連繫，文章就念不下去了。這一點極其要小心。我記得有一篇文章上句有個「青春」的字樣，這個字就在句末，下句緊接「青春」這個字，就說到一個人的衰老，兩個詞所指的事物毫無關係。從心理上說來，這個「衰老」是「青春」喚起的。譯文如果把「青春」改放在句首，和下文相距太遠，這種連繫已經看不出來了。遇到這種情形，想辦法也要把上句的「青春」放在句末，以便喚起下句衰老的聯想。

　　還有，可能一句話中英文表現所採的道路不同，英文先說一點，再接另一點，一層一層說下去，而中文的次序可能正相反。我們遇到這種情形，千萬不能跟英文走。

　　像下面這一句英文和它的譯文出入就很大。在結構上原文是一句，譯文分成三句。原文用過去分詞（endowed），現在分詞（participating），介詞（in），連接詞（and），冒點（：）等連串起來，而中文卻沒有用。

Asia, endowed with the first fruits of the sun, participating in the daily rite of creation, in the very origin of light, and, as the colours of dawn seemed to betoken, resplendently rich, was held by early Western peoples to be the world's perfect and more marvellous part: a belief endorsed for christendom when its nearer shores became the Holy Land.

　　　　　　　　　　　　—Vincent Cronin, *The Wise Man from the West*

在歐洲人眼中，亞洲得天獨厚，位於發出光明的地方，參與造化的日常儀式，先得到太陽的厚賜，好像燦爛的晨曦預示的一般，富足無比。因此早期西方人當它是全世界十全十美，格外不可思議的地方。等到它最靠近歐洲的海岸變成了聖地的時候，基督教所及的地區認為這個信念已獲得了證實。

《西泰子來華記》：思果譯

香港公教真理學會出版

～用什麼中文來翻譯～

翻譯有許多難處：中西觀念、知識、思想方法不同，是一；其次才談得到語言的不同，因為如果觀念相同而語言不同，只要更換字句就行了，如 You're the new boy?只要改為「你是新來的學生吧？」就行了。

但時在今日，翻譯還有一點麻煩的問題，就是中文。我們的白話文雖然已寫了幾十年，仍然有許多問題沒有解決。五四運動那時的中國人，大都有文言的底子，不過白話文還沒有寫好，不是撇不開文言的羈縻、就是以為所有的文言詞語，作法，一概都不能用。但今天的人，多數都沒有文言的底子（讀過一點選本上的《左傳》、《詩經》，並沒有多大用處），反而濫用文言虛字和詞語。中文到了翻譯的人手上，尤其糟糕，文法不通，詞語錯誤不當，讀起來非常彆扭，意思根本沒有表達清楚。

所以我們在談翻譯以前，先要決定用什麼中文來翻譯。我不妨提出行得通的原則來：

～用白話文～

儘可能用白話的虛字，如「就」（不用「即」，「便」），「把」（不用「將」，「以」），「所以」（不用「是以」，「因之」），用「還」（不用「尚」），「都」（不用「皆」），「很」（不用「甚」），（「之」字又當別論，以後討論）。

用現在還可以用的文言名詞，形容詞，副詞，成語如「始末」、「征帆」、「貿然」、「後顧之憂」等。

文題，標題，專有名詞，酌用文言以求省字好聽。

新名詞要根據英文的希臘、拉丁文字根，求妥貼中譯。

上面各點也是今後中文的寫法，沒有什麼稀奇。當然不同的文章，所用的文言，白話的成分也不同。譬如譯給小孩子看的書，用周秦諸子或史記、漢書裡的字和成語，不是發了瘋嗎？當然政論、新聞、公文等等裡面，可以多用一些文言。所有的文章都用新聞體翻譯是不對的。正和所有的文章都用小說的筆墨譯是不對的一樣。

許多古字已經沒有人用，許多古語已經沒有人懂，當然以不用為宜，但和外國語、外國字比起來（如把phlegmatic譯成「黏液的」，把 cast 譯成「卡士」），還是古字古語容易懂些。

～譯音，還是譯義？～

自從有翻譯以來，就有譯音。從前的小說裡常有「德律風」這個名詞，就是現在的「電話」。譯音而通行的名詞有盤尼西林、杯葛、

（但是「禁運」（embargo）卻不用「因巴果」），雷達、邏輯、密斯特（Mr.）、咖啡、番茄、沙發。粵語更多，有士擔、燕梳（insurance）等。譯音的辦法實在不高明，我試寫一段對話如下（也可以說是聽來的）：

> 前天我坐特蘭姆（tram）到朋友家，他們要去看一齣莫非（movie），說卡士（cast）好極了，個個費司（face）佛陀真涅克（photogenic），斯多利（story）裡有好幾個克拉麥克司（climax）、安丁（ending），尤其是德拉馬蒂克（dramatic）。

不用說，誰也不這樣翻譯，但是目前已經有些譯音的詞很通行，而其實是會引起誤會，使讀者糊塗的。盤尼西林的正式譯名是「青黴素」，有意義，也不難懂，為何不用？大多數譯音詞有個好處，是經濟，但這個詞比譯義詞還多一個字，parliament（國會）從前譯為「巴力門」，也多一字，不過這個譯音詞已不多用了。「雷達」radar是大家都懂的東西，原是四個英文字的首字母拼成（radio detecting and ranging），本可譯為「無線電定位器」，好懂，也不算太長。不過就這兩個字的字義而論，譯名還算是好的。「聲納」sonar 也是譯音，原文是 sound navigation ranging 三個字的首字母拼成，似應譯為「水中電波定位器」（簡稱「定位器」），「聲納」就詞不達意了。

有些名詞如 logic，實在不好譯，譯不精確反會引起誤會，所以不如用音譯法，人要讀熟它的定義，才知道是什麼意思。但有許多東西明明是可以譯的，何不譯它出來？（現在 logic 已不大用「邏輯」，學術界好像喜歡用「理則學」。）

有人說，用譯音法既省事，又簡單，用的人多了，日子久了，大家就會懂的。這句話就和有些人說，歐化的中文，起初看來有些生硬難解，寫的人多了，日子久了，大家就會看慣，是一樣的。這樣說來，一切翻譯所用的心，全是冤枉的了。我們遇到名詞就音

譯，遇到句法就英文化，日子一久問題全沒有了，不是嗎？

又有人說，世界終將成為一國，文字也只有一種，譯音更有遠見。如果這句話真的不錯，我倒主張廢除中文，索性大家學英文算了。不過，中文是消滅不了的，也不應該消滅，我們就好好地保存它吧。

～利用中文現成語詞～

譯者遇到中文有適合的字眼表現英文的意思，再好也沒有了。如把 To kill two birds with one stone 譯為「一箭雙鵰」。（嚴格講來，現在「一箭雙鵰」有不好的含意，如一人得到兩樣不該得的東西，而英文裡卻沒有，所以仍以「一舉兩得」為佳。）中文裡沒有的，就要斟酌了。如英文裡有 "Mrs. Grundy" 一詞，這是 Morton 所寫的喜劇 *Speed the Plough* 中主人公 Dane Ashfield 常常提到的隔鄰的那位太太，這位太太一本正經，心眼兒狹，事事要老套。字典上雖把它譯作「世評」，終未能完全表達出原意來。這些地方，細心的譯者不知要用多少心思才能找到適當的字眼。

中文可以表現的應該儘量用已有的中文表現。如果沒有，再想辦法。已經有的，另外再創，似乎不必。就如中國的複數有時用別的字代替，如：

這批強盜

這些學生

這班傢伙

各地選手

中外名醫

遇到這些地方，就不必再加「們」。又如「童子軍要日行一善」，儘管原文用了複數的 s，中文裡不加「們」也很明白是指所有的童子軍。

但有些地方，中文裡的確沒有可以用來表現的字眼。就如英文裡常常有的 miracle，凡讀英文的都知道這是「奇蹟」，「神蹟」。所以凡見到 miracle 我們就用「奇蹟」；這也未嘗不可。英文的 miracle 有全部基督教的歷史為背景，這個詞在說英語的人心目中喚起的意象，和「奇蹟」在中國人心目中喚起的意象，不完全一樣。倘使是個鄉下人，我想他的所謂 miracle 是「關夫子顯聖」，「觀世音菩薩顯靈」。我並不是主張用這種方式譯 miracle，我是說「奇蹟」一詞不太好。而且英文裡可以常用，中文裡如果用得太多，就格外刺眼了。

如果有一個名詞一再在文內出現，不能用一句話解釋代替，就只有加註。這也是不得已的事，譯文如果好，是不用加註的。

參閱本書「利用中文成語與遷就習慣」一章。

～肯定與否定～

原文是肯定說的（positive）像 good, bad 等，譯文應該儘可能用肯定說法；如果是否定說的（negative），像 not good, not bad，譯文應該儘可能用否定說法，英文裡還有一種 double negative 的說法，像 He is not incapable of...，中文裡也儘有「他並不是不能……」。「不好」和「壞」雖然意思好像一樣，說者的用意還是有差別的，所以要儘量保持原來的說法。

～方言～

翻譯者往往用自己家鄉的方言而不覺。我們翻譯現在用的是國語，方言文學雖有價值，但用來翻譯，卻不大好。即使是燕京人，也不能用過於土的詞語，以免別人看了不懂。（中國有幾本英漢字典的編者是吳語區域的人，所以外國人名地名的音也用了吳語的音如 Edward 譯為「愛德華」就是一例，這是不對的。）

～反證～

有時一個字、一個詞譯得妥不妥，可以用反譯求證，如 emotion 譯為「感情」、「情緒」，這兩字再譯成英文還是 emotion，可見沒有錯。如果譯為「情感」，反過來就會譯為 sentiment，就有問題了。（當然好的譯文未必能還原，這只是指單字而論。）

～論英漢對照～

英漢對照的書的確給譯者若干束縛。不過儘管英文不放在中文旁邊，我們也不能亂譯。果真增加的，刪掉的都有道理，即使英文放在旁邊，又怕什麼？所以實際說來，英漢對照應該享有一般翻譯的自由，而一般翻譯也要有英漢對照的謹慎。別人請你翻譯，不要說「我早知道是英漢對照，就會更小心一點了。」

不過話雖如此，不是英漢對照的文章，在改編（詳「改編」一

章）一方面，的確比較自由。英漢對照的譯文，並不是不能改編，但規模比較小，如此而已。英漢對照譯文的改編只限於一句之內，一段之內，但如果不是這種翻譯，則全文裡只要適當，都可以前後顛倒。

～其他～

翻譯是藝術，要動手做的，不是談理論，研究一下，思想一番，就可以學會。翻譯不像洗一件襯衫，可以把它洗得乾乾淨淨，翻譯像琢玉，可以琢磨個不完。

譯荷馬，譯莎士比亞要詩才，不是人人可以動手的。普通的英文文字，只要中文能達意，英文看得明白，總可以譯出來。

但也可以說，誰也沒有資格做個無所不能的翻譯。最好的翻譯者也要向人請教。因為文字的理論與表達是一件事，通曉各種學術事物又是一件事。

我們平時說話像話，一說到翻譯，似乎連一句話也說不好，不會說了。有一位太極拳名師就說過，有些人「連站也不會站」。我隨手拿起一份報，上面就有一句很平凡的話不像話：「假如女朋友麥茜*沒有這一種新意思，我不會想到出來的。」譯者譯完一篇文章，自己一定要讀一下，問問自己，「這像話嗎？」

---

* 這個「茜」字應讀「欠」，但現在的人常常把它讀成「西」。要知道，「周家的太太不姓綢。」這個字下面還要提一次。

翻 譯 研 究

把英文譯成中文的基本條件

一、能用中文寫作

　　這種能力不僅是能寫一種中文文章如隨筆遊記，還要能寫各種中文文章，如政府文告、商業文件——包括合約、書信、保險章程、提單條例、發票、廣告等等——私人函牘、遊戲文章、學術論文、新聞文字（消息、社論、時事評述）、詩歌等等。譯者雖不一定是大文豪，大詩人，新聞記者，但至少要詞能達意，別字極少。這種本領說來也不太難，只要能寫文言和白話，略有些作新舊詩詞的底子就行了。難就難在那點底子。中文好，英文略差，譯出來的東西還有可以採用的地方；中文太差，不管英文如何精通譯出來的東西，就全部要別人重寫了。如果不能用中文表達意思，就不必翻譯。

二、懂得英文

　　誰都懂一點英文，但譯者卻要懂得透徹。

　　英文的種類也真多，和中文一樣，而且每一種都有整個歷史為背景，關乎學識方面很大，不是輕易學得到的。隨便說吧。英美文學已經把人嚇死了，不知要讀多少書才能略知皮毛，各種運動如拳

擊、網球、足球、棒球、騎術，如果不是經常閱讀某一門的，無法懂得清楚，有時根本不知道人家在說什麼，而西洋人大多喜歡運動，無意中會用一些術語，表示某一個和運動有關的意思。西方是商業國家，商業術語更是人人皆懂一些。至於兒童歌謠，美國西方拓邊淘金故事、政治鬥爭、科學發展等等，無一不和日常生活有關。懂英文，實際上是懂西洋生活，西洋歷史，地理等等。又因為英文已經是世界性的文字，懂英文就等於懂世界歷史，世界地理，世界上的許多東西。這可真不容易。我們當然懂不了許多，不過至少要能用參考書。

就英文本身來說，有古英文，中古英文，近代英文；莎士比亞時代（即依利莎白時代）有莎士比亞時代的英文，十八世紀有十八世紀的英文，我們沒有注釋，未必能懂。有方言（小說中最多）、有俚語、有文雅語；有英國英文、美國英文、加拿大英文、澳洲英文、紐西蘭英文……做翻譯的個個字要懂得。

翻譯的人應該什麼書都讀。這句話太不實際，但實情就是這樣。英文書如童謠（nursery rhymes）、民歌（ballads）、連環圖畫（comics），當然小說、詩歌、政論、散文都要看。常常一句英文讀起來沒頭沒腦，和上下文毫無關聯，原來那句話是童謠裡的，那一句雖然和上下文無關，但和那一句的下一句卻有密切關係。這是很難應付的，因為除了在外國念幼稚園或小學的，誰也不敢說他會背童謠。碰到這樣一句，趕快查一本 *Dictionary of Quotations* 的索引，如果運氣好，你可以找到那下一句。（參閱「參考書」一章。）

三、有點治學訓練

從上面的話看來，懂英文要懂很多事情，所以譯者應該多少是個學者，當然不是了不起的學者（否則他就不做翻譯了）。他至少要能查書（有些人書在手上不知道裡面有他要查的東西），知道那些地方可以找到他要懂的東西，向那些師友求教。在文字方面，他應該有些語言學的修養；在一般學術方面，他應該有些考據求證的經驗。至少他有一兩門是比較精通的，譬如說，他是個文學家（文學家做翻譯佔許多便宜）、教過書、做過新聞記者、商行秘書、會計、公務員、玩過一種球、田徑賽等等。當然科學家譯科學文字最好，歷史學家譯歷史文字最好。譯者的常識學識越豐富越好。新聞記者的常識豐富是很可佩的。

四、對文字的敏感

譯者要有對文字的敏感。他要懂得作者在每個字眼，段落上用的心；他要預先感到讀者對他的譯文的反應。有時在他看來，譯文已好到極點，誰知讀者看了，不是不懂，就是覺得可笑，或者以為他別有所指。敏感固然和天資有關，但也可以訓練，加以發揮。人不是天生就能幹的。

譯者要多讀書、多思考、多向人請教、多練習，然後才談得到有敏感。

往往以為簡易的英文卻有陷阱在下。敏感的人就會不放心，再去查書，再去細想。

五、想像力

　　譯者要能設身處地想像文章裡面人物的身分、心情、口吻。把小孩子的話譯成了老夫子的話是很可笑的。反過來也一樣。喜歡裝腔作勢的人絕對說不出直接了當的話來。很多譯者和拙劣的小說家一樣，從頭到尾，說話由他一個人包辦，無論是無知的小孩或有學問的大學教授，用的字眼全一樣。這不過是一個例子，其實要用想像力的地方多得很。

六、勤勞精細

　　這也許是做任何事都不可少的美德，但譯者更需要具備。多查字典，多請教別人，多想，多把原文和譯文對幾次，多修改譯文。譯好就送出去是很危險的，錯落在別人手上，白紙上寫黑字，賴都賴不了。你本可做個一流的譯者，因為偷懶粗心，結果就淪為三流的了。

　　本書中以後還要談到有關以上各節的詳細情形。

參 考 書

　　我說過一個人要無所不知，才能翻譯，而誰也不是無所不知的。不得已我們只有向人請教。當然最好的「顧問」是字典，你可以向「他」問了又問，查了又查，「他」又淵博，耐性又好。

　　說來奇怪，連擺一個小花生攤也要有「生財」，而翻譯的工具卻很少有人喜歡利用。普通讀英文的人只有一本英漢字典（在本章裡「字典」也包括「詞典」），以為就夠了。最多再買一本 P.O.D.或 *The Merriam—Webster Pocket Dictionary*。

　　憑良心說，這兩本英文字典真好，尤其是 P.O.D.，但靠它來幫助翻譯，卻不夠。

　　先說英漢字典。英漢字典不論編得多好，先天就有缺陷。

　　第一、太舊。字典比起流行用的字，總比較落後。一般英文字典三五年就增訂一次，有些字典的增訂工作從不中斷，事實上新版沒有出版，增訂版已在編輯之中。著名大字典如 Webster, Oxford 等等，都有大批專家、學者、職員，經常蒐集資料，加以整理，注意文字變革情形，羅致辭典學者。所以我們用起那些字典來稱心滿意。

　　英漢字典要等人家出了書以後才能根據它來編譯，所以總更慢一步。有些字典十年前非常有用，現在已經嫌舊了。

　　第二、中文解釋，無論多麼精確，也不能供翻譯之用。從編字典的人的立場來說，他只能幫讀者明白一個字的意思，至於這個字

在幾種甚至幾十種不同的上下文組合中該譯成什麼，他可沒法照顧。而中文相等詞語往往有許多字面上沒有而隱含著的意思（connotation），拿來應用在某一句裡，未必適合。一切死硬、不通、不完美、難解、難讀、可怕的譯文，皆由用英漢辭典而來。一個字也許有三五個解釋，讀者揀一個來用，其實未必適合。他要能懂那個字的意思，再就上下文細想一下，然後才能找到一個適當的詞來用上。（中國現代的白話文一部分已經受了英漢字典的影響。）

就如 He is a failure 這一句，照英漢辭典只能譯成「他是個失敗者」，意思並非不明白，就是不像中國話，上一章已經提到。failure 這個字編字典的人只能譯成「失敗者」，但是在這句裡，這個詞就不能用。

第三、W.T.N.I.D.有四十五萬條，其中雖然未必全能用到，但大多數的字也很難說絕對用不到。最大的英漢字典所收的單字和詞，不過十多萬。碰到其餘那二三十多萬條怎麼辦呢？

第四、字典不是百科全書，許多英文字不是看了漢譯相等的詞就能懂得它的意義的，而中文的百科全書更加落後，陳舊簡陋，只有靠英文字典和英文的百科全書。美國的字典帶一點百科全書性質，翻譯的人用那種字典方便不少。就如W.T.N.I.D.不但告訴人字義，還給人一些知識（下面有例子）。

第五、英漢辭典裡從沒有講到字源（即 etymology），就是有內容也貧乏得可憐。翻譯一個新名詞，術語，有時要借重字源。這一點在「新名詞」一章裡細談。字源是識字的一助，不可不注意。

第六、英漢字典還有一個毛病，就是漢文。漢字不太可靠。有些字你照它的解釋寫出來，結果說出不通的話，寫了別字，鬧出笑話。那只能怪你不好，不該信任它。這種例子細細去找，可以找到很多。

差不多所有的形容詞、副詞、動詞，甚至無數的名詞都因上下文而有變化，字典萬難包羅一切。就如 beautiful 這個字，誰都知道該譯為「美麗」。在 I had a beautiful moment that afternoon. 譯成「那天下午我有了美麗的一刻」似乎也不錯。但「美麗」是什麼意思呢？讀者一想就糊塗了。這個字一本字典上說「美，美麗的，漂亮的，優美的」。另一本字典只有「美，美麗」，還有一本字典上是「美麗的，美觀的，美的」。都不錯。所以這位譯者很可以說，「你看，字典上就只有這些，我有什麼法子？」可是，讀者是不查英漢字典的，他不懂就是不懂。

現在看 C.O.D.的解釋：

Delighting the eye or ear, gratifying any taste...morally or intellectually impressive, charming, or satisfactory.

夠了，所以上面英漢字典裡解釋的，似乎只說到這個字所指的「視覺」的快感，沒有別方面的感受。（如聽、觸、精神方面等。）

再看 W.N.W.D.在這個字的 SYN（onym）下面說：

beautiful is applied to that which gives the highest degree of pleasure to the senses or to the mind and suggests that the object of delight approximates one's conception of an ideal.

這也是很有幫助的。

W.T.N.I.D.裡 beautiful 這個字的第三解講得好：

③generally pleasing: Fine, Excellent, Delectable: superlatively good: lacking anything detracting from enjoyment ＜beautiful weather; a beautiful friendship; a beautiful roast turkey＞

好了，根據這些英文字典的解釋，我們可以把上面提到的那一句譯出來了：「那天下午我有一會兒工夫，舒暢極了」當然 beautiful 這個字還可以有不同的譯法，「寫意」，「心曠神怡」，「適意」……但絕不是「美麗」。譯成「美麗」是直譯，是錯誤的（多數的所謂「直譯」是錯誤的）。

Myth 這個字，誰都知道是「神話」，一般英漢字典都解釋為「神話」。但在這個短句：A myth of racial superiority used to justify discrimination. 裡，（W.T.N.I.D.）又作何解呢？當然大多數的人會譯成「用來替歧視辯護的種族優越的神話」，不過讀者不很能懂。不看現有的英漢字典而看英文字典，W.N.I.D.的解釋是：

③a: a belief given uncritical acceptance by members of a group esp. in support of existing or traditional practices and institutions.

這樣一來，就不是「神話」了。如果為讀者設想，不妨在「謬論」，「謬說」，「妄論」，「人云亦云」，「成見」，這些詞裡挑一個。

rain forest 是個看起來很淺顯的詞，只要把它譯成「下雨的森林」就可以了，而且一般字典也沒有提出有什麼特別的解釋。可是譯者如果有點不放心，再查一查 W.T.N.I.D.就會發見下面的注釋。

a tropical woodland that has an annual rainfall of at least 100 inches and often much more, is typical of but not wholly restricted to certain lowland areas, is characterized by lofty broad-leaved evergreen trees forming a continuous canopy, lianas, and herbaceous and woody epiphytes and by nearly complete absence of low-growing or understory ground-rooted plants-called also tropical rain forest.

由這個解釋看來,「下雨的森林」就不夠了。可以看那一種譯文,酌加注釋,或在譯文裡多用幾個字,使讀者略知這種地方的情況。

Whoosis 用大寫字母起頭,使人疑心它是個專門名詞,會只把它的音譯出來。可是一查 W.T.N.I.D.才知道這個字原來是 who's this 縮成,意思是「某某」someone or something whose name one does not know or cannot recall...

Sheltered workshop 這個詞也叫人不解,以為是「上面有遮蓋的工廠」。如果不放心,查一查 W.T.N.I.D.,原來 sheltered 的意思是:

protection from competition esp. from abroad

下面還有:

providing a noncompetitive environment for the useful occupation and training of persons（as the physically disabled, the aged, or emotionally disturbed or handicapped children） in order to promote their adjustment and rehabilitation ＜～workshop＞＜～ employment＞

我也不必再舉例了。讀者對於這類詞,如果感到興趣,可以再去查 W.T.N.I.D.裡的 strapping passes（pass [3]N 14）, radio beam, still camera 等等。

sophisticated 這個字有個新解,現代的英漢字典上還沒有收進去。譬如歐美社會上有些人對於日用品非常考究,差一些的貨色他們都不用,這種人的社會就是 sophisticated 的。這一新解本由缺乏樸質、自然,引伸而來,變成了過分講究。雖然最初用起來含有譴責或鄙夷的意思,但現在已經不然了。你說一個朋友

sophisticated，他不能見怪，事實上你是恭維他。

a sophisticated camera 是一架「精巧的照相機」，這個解釋英漢字典裡也沒有。

又如 cribbage 這個字，英漢字典的解釋是「王牌玩法之一」，「一種之紙牌戲」，tyrannosaurus 這個字的解釋是「一種恐龍」這種解釋怎麼能用在譯文裡？很多蟲、魚、草、木、鳥獸的名詞，都是這樣解釋的。

demure 這個字形容一個好女子，一本英漢字典上譯成「率直、認真」就不對了，和英文解釋 sedate and sober 意思不同。這是字典不可靠的一例。

fist 譯為「拳頭」也不錯，所有的英漢字典都這樣譯。但是在 held in the fist 這個短語裡，就不是「握在拳頭裡」，而是「握在手裡」，因為照英文的解釋，fist 是 clenched hand (C.O.D.), a hand with fingers doubled into the palm (W.T.N.I.D.) 這是英漢字典不可靠的另一例。

英文字典查起來當然費力，像 W.T.N.I.D. 這種大辭典，長的一條就是一篇文章，如果看不懂它的解釋，查起來就慢了。但這是沒有法子的事情，非查它不可。

英文字典之外，還要用百科全書，像 *the Columbia Encyclopaedia* 和 *Everyman's Encyclopaedia* 都不算太貴，可以參考。有時你譯一篇文章，如果知道許多有關的事實，一定大有幫助。我在總論裡說過，譯者不單是要懂英文，要懂得全部西洋的種種學問，包括歷史、地理、文學、宗教、倫理、政治、經濟、自然科學等等。有很多時候，原文作者假定讀者已經知道的事，就不詳細說明了，照文字來看，可能不知道他說什麼，但是西方受了教育的人是懂的。各種專科辭典如 *Cassell's Encyclopaedia of Literature, The Reader's Encyclopaedia* (William Rose Benet)，醫學、動物、植物、礦物、地

質等等甚至無線電電視的專科辭典，都要隨時參考。以前我以為研究英國文學，就只知道一點英國文學，現在才知道，英國文學裡接觸到的，有全部西洋文學，還多少有點世界文學。學英文不僅是學一種外國語文，並且是懂得說這一種文字的人的學問，也就是英語民族的學問，也就是西方世界的學問，甚至多少有點關於全世界的學問。*Cassell's Encyclopaedia* 裡的許多條，如 Spanish Literature 就是一篇不太短的論文，不難從這裡面知道一些西班牙文學的面目。我們如果譯一篇關於西班牙文學的文章，先看看這一條，一定有不少幫助。*Columbia Encyclopaedia* 裡也有一條 Spanish Literature，略微短些，也可以參看。看了一篇得到點印象，再看另一篇，這個印象就變成立體的了。只有不怕麻煩地去查，才能對原文裡所講的事有把握，然後才能譯出可以讀的文章來。

編百科全書的人不免有點主觀，也不免有錯。所以一個題目多查幾部百科全書比較有益，以免為別人的先入之見或錯誤所左右。

當然這種查書，查字典的工作很辛苦，可能影響速度。W.T.N.I.D.裡 take 這樣一個字的解釋約有一萬字那麼長，雖然不需要全看，至少也要看上千個英文字。S.O.D.裡這個字也有上五千字的解釋。幾個字一查，頭就要昏了。幸而要查大字典的時候不太多。百科全書裡的文章當然更長，不過要看的也不太多。*Everyman's Encyclopaedia* 裡講二次大戰的那一條，就是很厚的一本書。可是遇到我們不懂的事情，除了查書還有什麼別的辦法？

S.O.D.是根據牛津大字典編成的，是翻譯英國文學名著絕對少不了的一部參考書。這部字典把各字字義按每一義出現的年代先後排列，所以有些一度有過，現在已經沒有的字義它都收了進去。例如，一個人要譯 Jane Austen 的作品，少不得用這部字典，因為有些十八世紀末，十九世紀初的字義和現代的可能不同。一個人要譯

Charles Lamb 的散文，更不能不查這本字典，因為這位作家用的字有時很特別，一般字典裡查不到。（翻譯 Shakespeare 的人當然少不了 C.T. Onions 編的 *A Shakespeare Glossary*。像英國的 *The New-Arden Shakespeare, The Penguin Shakespeare* 注釋都極豐富，便於學生閱讀，儘管如此，這本 Glossary 還是極有用處的。）

1917 年版的 W.N.I.D.也把歷代不同的拼法列出，碰到用舊拼法拼出來的字也有幫助。如英國 Izaak Walton 著的 *The Compleat Angler* 這本書書名裡的 compleat 把我困惑了不少時候，後來也猜了出來，就是 complete。W.N.I.D.裡有這個拼法的解釋。那一版裡收的字還要多些，例如 Milton 所用的 com (=come), W.N.I.D. 註明這是 come 的舊拼法（Obs. or dial. var. of comb, come）（但 W.T.N.I.D.就沒有收進去）。

無論是譯文學名著，或是譯現代文章，大型字典都比小型字典好。原因是大型字典的解釋細微專門化，照那個解釋容易找到相等可用的中文，不像小型字典如C.O.D.，W.N.W.D. 等等，因限於篇幅，只能較為廣泛地說出大意。W.T.N.I.D. 的同義字說明對翻譯尤其有幫助。遇到翻譯有困難，不十分明白原文的確實意義，或找不到適用的中文的時候，就該乞靈於大字典上所講的同義字了。

還有一本參考書是譯者不得不備的，這就是 *Bible concordance*，你看到文章裡一句聖經，不知出於那一章那一節。你要翻譯，未必容易，而且吃力不討好。天主教基督教都有譯本，聽你揀了用，只要一查 concordance 就行了。當然 Shakespeare 的 concordance 也有用的，總可以供你參考。（兩教聖經的譯文儘管你不採用，但參看以後，至少不會譯錯。）

美國的俗語很多，有海陸軍、黑社會，吸毒品者、爵士音樂、大學生、中學生、游藝界、壘球、鐵路工人等等方言，簡直是另一

種語言，你如果翻譯美國小說或雜誌裡的文章，遇到對話裡用到這種語言，就困難了。Harold Wentworth 和 Stuart Berg Flexner 兩人合編的 *Dictionary of American Slang* 是很有用的參考書。你翻譯美國小說，看到一句「what's new？」以為是問話隨手就譯成「有什麼新聞嗎？」但下面沒有人回答，卻有些不相干的話。你以為答非所問，也就算了。殊不知道這是美國的俚語，等於中國人說「吃了飯嗎？」是一句問候詞。這一句要在這本字典裡找。

關於中文詞，我們還需要一本按詞的末一字次序排列，和詩韻的編排一樣的字典。如「風」這個字，我們參考的連綿詞不但需要「風波」、「風標」、「風平浪靜」、「風靡」等等，還要「高風」、「流風」、「暖風」、「祥風」等等。我們知道病人找醫生看病該用「求診」，那麼醫生替病人看病，該用什麼呢？一本照詞尾次序排列的字典可以列入「（醫生）應診」這一條。

我們要備各種外文字典，即使不懂也要備。如西班牙有個足球隊，名叫 Real Madrid，報界多譯為「真馬里德」。Real 不是「真」嗎？他們沒有想到 real 解為「真」是英文，這個球隊是西班牙的，何以竟然用起英文來了？第二，世界沒有冒充馬德里足球隊牌子的球隊，所以這一隊的人用不著為免魚目混珠，英名受損，而仿古今中外通用的辦法，在本名上加個「真」字，如「真正陸稿薦」，「真××教會」等。原來這個 real 意思是 regal，就是 royal，照香港的譯法，該譯為「皇家馬德里隊」。

這一錯誤的教訓是：如果不是用英文國家的專門名詞，即使那個字像英文字，也不可當它是英文來譯。辦法是請教懂那種文字的人，或者查一本那種文字的字典。

一位有學問的大譯家說，做學問而用參考書，已經不足道了，講究的要找原書來查。唯一可以靠來做學問的是 O.E.D.，至於

Encyclopaedia Britanica 等參考書根本不能信賴。我們倘使連參考書也不肯去翻，就更說不過去了。

以下介紹幾本好的英文字典：

1. *Webster's Third New International Dictionary* 最完備。有人批評它收的字太雜，話很對。不過，對譯者最有用。解釋細，容易找適當的中國字詞，可惜字體太小，價錢也貴。

2. *The Randon House Dictionary* 很新，相當完備，不太貴，字體大而清晰，解釋簡而明。附有外文字彙多種，地圖等，兼有些百科全書的性質。另有節本，更新。（已有修訂本）

3. *Shorter Oxford English Dictionary*：大的 Oxford (O.E.D.)太貴，一般人也不會用，不得已可以買這一部。凡譯英文文學名著絕不可少。有時你要查的一句，正是字典裡某個字的例句。（已有新縮本）

4. *Webster's Biographical Dictionary* 裡面有各外國語的發音指南，極有用處。

5. *The Columbia Encyclopaedia, Everyman's Encyclopaedia* 這兩部都不太貴，也不錯。

各種外文字典都要備。各科專門字典不管好歹都要買。

附記：按新出的英漢辭典已經多收了不少新解，如本章裡提到的
sophistieated, demure……

固 有 名 詞 的 翻 譯

　　即使容易得像固有名詞,翻譯起來也並不簡單。這件事情可以馬虎,也可以認真。做得馬虎誰也不知道你譯得對不對,甚至也不管你譯得對不對。做得認真就需要語音方面的知識,和運用中國字的能力。

　　英文裡面的固有名詞發音已經極難(下面有許多例子),而英文裡的「外國」(指不是英美的)人名地名也不少,發音和英文的不同,如果譯錯,也是笑話。這些外國語我們那裡能完全懂得?

　　即使懂得那些音了,找近似的國語音的漢字來表達,也不容易。有人擬出一張表來,什麼音用什麼字,辦法也不錯,好像一下子問題就全解決了,但這件事做起來並不這樣輕易,現在分開來講。

　　英文人名地名的音極不規則。現在流行的許多譯名,錯得可笑,其實這些錯誤應該是可以避免的。萬國基本子午線是英國 Greenwich 天文臺的子午線,這個地名一般譯作「格林威治」,或「格林維基」,但實際上英國人是讀 `grinidʒ 的,最近似的音是「格林尼基」。這個錯已經鑄定,改也沒有用,也沒有辦法了。著名的小說中人物「福爾摩斯」應該譯作「何姆思」。(如嫌「姆」不雅,可用「穆」或「默」,但中文裡唯一發單純 m 的只有「姆」,在「姆媽」這個詞裡可以聽到。當然還有「姆」,粵語中的「唔」,蘇州語中的

「嘸」，北平話裡的「我們」變音的「我」，這些字恐怕更不普通了。）

許多英文、法文、德文等別國的輔音(consonants)如各國的 r，英文的 th（有氣無聲的 θ，有聲有氣的 ð）等，中文裡沒有，若干元音(vowels)，如英文的 æ，法文的 ϕ 等，國語裡也常找不到中文字來表達。我們只能找「最近似」的。

先說人名，英國十九世紀的大散文家 William Hazlitt 一直我們都以為他的姓是 ˈhæzlit，最近經 Daniel Jones 考據出來，這家人是念 ˈheizlit 的。這樣說來，原來譯的「哈斯立特」，該改為「亥斯立特」了。改不改倒不大要緊，我提出來，不過是指出專有名詞的讀音之難於捉摸罷了。英國十八世紀大詩人 William Cowper 這個姓該譯作「庫勃」，而不是「考勃」，因為，儘管別家姓 Cowper 的叫「考勃」，詩人自己是這樣念的。按照「名從主人」的標準，應該這樣譯。

再如英國大詩人 Samuel T. Coleridge，那個姓不該譯為「柯勒瑞基」因為當中的 -e- 字是不讀出的，所以該譯為「柯爾瑞基」。還有詩人兼批評家 Matthew Arnold 的姓不該譯為「安諾德」，因為當中的-o-字也是不讀出的。（現在美國人讀出，但英國人並不承認。）

除了逐字查字典，找出正確的聲音，再找適當的漢字而外，更沒有別的省力的辦法。千萬不可以照拼法憑自己的判斷譯音，因為英文不是純粹拼音的文字，而且連英國人自己也讀不準確。

Lord Ponsonby 有一篇散文，提到自己的姓的讀法。他說他這個姓雖然不像 Marjoribanks（該譯為「馬契〔或「希」〕班克斯」），Cholmondeley（該譯為「秦利」），Menzies（有許多讀法：「孟席斯」、「孟額斯」、「孟葉斯」、「孟格斯」、「明額斯」、「明格斯」），Dalziel（蘇格蘭的讀法是「第艾爾」），Home（該譯為「休姆」）那樣容易念錯，也會念得不對。這個字照他家的習慣，應該念「噴森比」（「噴」這個字太不像樣，雖然有個「垈」，但大家不認識，

不如還是用「彭」吧。還有他說美國人總把重音放在這字的第二音節上，念成「彭頌比」。當然，中國人把他譯成「彭頌比」也不算壞，但這不是「最近似」的音。）

順便講一件事，有一家報紙把美國的 Ridgeway 譯成「李格威」，一直不改。幸而此人總算有退伍的一天，新聞裡再也提不到他，才算了事。據一位譯界的前輩說，如果知道有錯（看看別的報也會知道）可以把譯名更正，另加括弧說明「本報昨譯為李格威」，就行了，不一定錯到那人沒有人提為止。

所有亞非等國的文字，英美人都用英文的字母改拼，當然不見得準確，大致還可以。可是西方各國的人名，因為大家都是用字母的，所以大多照寫，不去照英文的拼音法去另外拼。譬如義大利的 Leonado da Vinci 的姓，如果照英文讀音，該拼成 Vinchi；法國詩人 Francois Villon 如照英文讀音，該拼成 Fhahngswa Viyong。如果是這樣拼的，中國的譯者譯錯音的機會就少了。

譯人名有兼顧到意思的，有只顧聲音的。大多數的譯者是看情形，能兼顧就兼顧。Bernard Shaw 當然好譯，「蕭」是中國姓，很現成；「伯訥」是很好的中國人名（雖然此翁並不「訥」，有人譯為「伯納」，這不是個好的人名），使人見了以為他的兄弟叫「叔謀」。不過遇到 Feodore Mikhaylovich Dostoevski 怎麼辦呢？「杜思托也夫司基」（按此字俄文的音並不很像這七個字）絕不像中國姓，給外國人一個中國姓也不錯，不過他並不姓「杜」。若說他姓「杜」，名「思托也夫司基」，那麼如果他有一位妹妹叫 Anna Dostoevski，我們能譯成「杜安娜」嗎？邱吉爾、羅斯福，都是很好的姓名，雖然他們不姓邱，不姓羅。從前的人老實，用沒有意義的字譯外國人姓名，如剎、陀、涅等，似乎最好，因為一望而知那些人就是外國人。英美人喜歡在「外國人」的姓前面用該國的稱

呼，藉以表示他的國籍，如對法國人用 M.，對德國人用 Herr，對西班牙人用 Senor 等（這些字的意思都是「先生」）。我們當然可以用那些字表示他們是外國人，不必硬把他過繼給蕭家或杜家做乾孫子。

　許多外文的音是中文裡面沒有的，上面已經提了一下。有些音方言裡有，國語裡沒有。拼出來的字如 -lam，-tam 粵語裡有，國語裡卻沒有。所以用國語譯只能譯成 lan, tan 的音，沒有別的辦法。（我們不能用兩個字來拼，否則可以譯為「蘭姆」，「覃姆」，而且用字太多也是大忌。）我說「最近似」音就是指這種地方，這也是妥協，不得已。

　國語裡的捲舌音ㄓ、ㄔ、ㄕ、ㄖ，南方大多沒有，英文裡也沒有。這一類聲母拼出來的字如「卓、常、生、榮」等，不能用來譯英文的音。南方人讀起來很貼合的「史密士」，讀成國語就差得遠了；「斯密司」差不多。「詹姆士」、「史蒂文生」都要改。

　有些字是不能用來譯人名的，如「噴」、「敗」、「稗」、「唄」、「悲」、「卑」等。存心開玩笑或挖苦人，又當別論。pa 這個音共有琶、爬、耙、扒、耙、帕、怕，這幾個字，只有一個「琶」字可用，但也只能用於女子，放在男子的名字裡就不像話了。這是很傷腦筋的事情。上海話的「派」字很好，不過國語的讀法不同，也不可以用。

　中國英漢字典裡的人名地名的音，我想最初是講滬語的人譯出來的。因為 Edward 譯成「愛德華」，用的字並不是國語的最近似的音。-ward 的音國語可以用「瓦」來譯。不過現在「愛德華」已經用定，也不必再改了。（Wa 這個音國語裡只有蛙、窪、媧、挖、搲、哇、汙、洼、畚、瓦這幾個字，瓦字當然不好，但除了瓦，還有別的嗎？）

至於地名，有譯義的，有譯音的，Oxford 譯為「牛津」是全盤譯義，Cambridge 譯為「劍橋」是音義各半（美國麻省的 Cambridge 則全用音譯）。如果譯義，英國地名裡有好多部分是有意義的，如 Aberdeen 裡的 aber- 義為「口」；-bury 是「設防的地方」；泰晤士河照字義譯為「闊河」。「外國」（指英美以外的別的國家）的地名也是如此。德文裡的 bach 就是「小河」；義大利的 Tripoli 裡的 Tri- 意思是「三」；土耳其 Eski-bazar 裡的 Eski- 意思是「舊」；西班牙文 Guadalquiver 裡的 Guada- 意思是「河」……我們既然不能完全知道，似乎只有譯音算了。不過把 -port 譯成「港」，把「-burgh」譯成「堡」，德文的 stadt 譯為「鎮」似乎是很適合的，末一個字尤其乾淨明白，否則 Hochstadt 不譯成「厚赫鎮」，卻成「厚赫希塔特」了。現在美國的 Massachussetts 我們喜歡譯為「麻省」，而 California 卻譯為「加州」，一「省」一「州」，叫人糊塗（現在有人改為「麻州」，也有些眼生）。Springfield 常譯為「春田」，「春」字有問題，「田」字也有斟酌的餘地，譯音簡明，遇到這種地方，譯者抵不住那個誘惑。San Francisco 譯為「舊金山」有歷史上的事實做根據，「三藩市」則音義兼顧。有些字用來譯地名使人誤會，如「郎」這個字就不能用，何以不用「朗」呢？東非的 Lake Chiuta 湖，那個 -ta 最好不要用「塔」字來譯，因為這個湖不一定是因塔而得名的。

元音(vowels)，尤其是英文元音，幾乎各有各的讀法，口腔內發音位置的前後，唇的開合，舌的高低，稍有不同，音就變了。所以譯錯元音還可以推諉，而且事實上也沒有辦法譯得很準。但輔音 (consonants)則涇渭分明，發音的情況用手摸都摸得出，用眼看都看出，不容混淆，不容譯錯。各國文字元音固有不同，輔音也有好些不同。能懂得西方各國的語音最好，否則可以查 *Webster's*

Biographical Dictionary 前面的 A Guide to Pronunciation 項下第四節 Elements of Pronunciation of Foreign Names，這是很有用處的，*例如丹麥文裡的 aa 等於「奧」（他們用 o 的音符），芬蘭文的 ai 等於 i 的長音（ī，國際音標是 ai），德文的 eu 等於英文的 oi，這些例不能盡舉。

　　輔音裡最要注意的是 j，這個字母在德文裡讀 y（國際音標作 j），西班牙文裡讀「赫」（國際音標作 K，注意這個音符和小寫的 k 不同，是用喉音發出的 h，英文裡有時就寫成 h），這個音是連續發出的，請教一位德國朋友，問他音樂家 Bach 的 ch 怎樣讀，就知道了。又如西班牙文的 d，不讀 d，讀 this 裡的 th（國際音標作 ð），譯成中文倒有點像「斯」或「茲」。德文的 w 等於 v。又如 c 在義大利文裡如果後面跟 i 或 e 就念 ch 的音（國際音標作 tʃ）。法文的 ch 讀 sh（國際音標作 ʃ）等等。這也不能盡舉。

　　總之碰到專有名詞，查一本可靠的字典，找出最近似的中文字來表達那些音，是一件值得用心做好的事情。雖然譯音不到百分之一百正確，但如果不查字典，就不知道更要差多少了。

　　人名的制度不同，應該知道一些，否則就要鬧笑話。西班牙人母姓在最後，如一個人名有三個字，你總以為最後一個字是姓，和父親的姓一樣，就錯了，原來父親的姓是倒數第二個字。就如寫《唐吉訶德》的名小說家塞萬蒂斯 Cervantes，全名是 Miguel de Cervantes Saavedra，看來像是姓 Saavedra，但卻不是。

------

　　* 英國 *Nuttall's Standard Dictionary* 後面也有 Pronunciation of Foreign Words，看了很有幫助。

又如匈牙利人的名字，姓可能在前，和中國人的一樣，如 Kun
Bela, Kun 就是姓。

日本、韓國、緬甸、越南（當然還有中國）的人名、地名，全
有一定的漢字，這件事最困難，因為這些專有名詞的漢字不能亂寫。
沒有辦法，只有請人指教。順便提一下，這些國家的領事館或商行
都可以幫忙。我們有時看到中文報上的中國人名下面有個括弧，說
這是「譯音」，不免覺得詫異，其實是因為新聞來源是英文，譯者
不知那專有名詞的漢字。不過這也可見中文通訊太不發達了。

譯者如果用慣國音，可利用國音檢字表，商務印書館的「國音
學生字彙」後面就有這個表，把同音字列在一起，可供譯者選用。
這對於譯人名地名很有幫助，因為我們一時想不到那麼多的同音
字。當然國語辭典更好，因為有解釋，所以要多翻幾張紙，但也可
以馬上知道字義，不用再查字典正文。

西洋人的小名把長名截短，如 Frederick 截為 Fred，也有後面加
-y 或 -ie 的，如 Freddy, Freddie。也有完全不同的，如 William 有一
個小名叫 Bill。好了，假定有一篇文章裡，有一個 William Brown，
第一次出現是全名，以後時而叫 Bill，時而叫 Billy，時而叫 Will，
時而叫 Willy，譯者如果照譯，讀者可能以為有好幾個人。遇到這
種情形，譯者要就只用一個名字，要就加註。

有一個對付長名字的辦法，就是用「氏」，如「杜思陀也夫司
基」可以叫成「杜氏」，不過這個辦法只能在新聞裡用，其他文字
裡就不妥了，因為上面說過這人並不姓杜。（翻譯就是翻譯，沒有
什麼新聞翻譯、文藝翻譯，但這種用「氏」的辦法，倒是十足的新
聞翻譯，雖然是正式文章裡所不許，新聞裡用用，也罷了。）

長名縮短，有時實在很好。艾森豪威爾縮成艾森豪似乎不錯。
英文裡的 p、k、t 甚至 b、g、d 如果後面不跟元音，大可不譯，如

Robert 的 t，並沒有聲音(voice)。

英文裡作者提起一個人，為了文字有變化起見，往往時而用他的全名，時而用小名，上面已經提到。不但如此還提到他的身分，如 the doctor（醫生）、the bacheler（獨身漢）、the victim（受害者）等等。《紅樓夢》裡曹雪芹提到賈寶玉從頭到尾都是「寶玉」，既沒有用「怡紅院主」，也沒有提「癡公子」。這是中英文學不同的地方。翻譯的時候，只有變通辦法，用一個名字，否則讀者就要給你弄糊塗了。William Brown 這個名字，我以為最好用 Brown。如果是小孩、少年，當然可以用他的小名，從頭到尾一律。遇到一篇文章裡有好幾個 Brown，他自己、他的叔叔、他的弟弟等等，英文裡可能用名字，你就要想辦法分清楚了，連名帶姓是辦法之一。中文裡另有一套辦法，如年長的，可用「那老漢」；中年人可用「那漢子」；女子可用「那女子」，「那婦人」等。

重要的人物，比較陌生的地名而有重要性的，都該附原文。如果譯長一些的文章或一本書，每譯一個人名都要寫下來，照英文字母次序排列。粗心的譯者在短短一篇文章裡往往一個人名有幾個不同的譯法，這是沒有人肯原諒的。

有些字如芳、華、姍、蘭、絲、瓊、妮、姬，用來譯女子的名字，也未可厚非，英文裡女子的名字一看就可以知道，也是好的。但 Nancy、Lucy 的 -cy 千萬不可譯成「茜」，這個字讀「欠」現在連英漢字典都把 Lucy 譯成「露茜」了，真誤人不淺！

譯者對於男女的名字要小心。John, Peter 等等當然一望而知是男人，Mary, Joan 當然一望而知是女人。但 Leslie, Vivien 卻是男女共用。有時文章提到一位 Brenda Jones，不說此人是男是女，千萬不能當此人是男人，而用「他」來稱謂。因為只有女子叫 Brenda。譯者一不小心，就要鬧笑話。照拉丁文的規矩，女子的名字後面多

有用 -a 的，如 Alberta, Augusta, Paula 等，還有用的 -ine，如 Caroline, Geraldine, Pauline 等。知道了這一點也有用處。

拉丁文人名，凡是用 -ius 字尾的是男人（可參考 Confucius, Mencius）。

現在我把容易譯錯的「外國人」名舉幾個例子在下面：

Machar, Josef Svatoyluk, 捷克詩人——可譯為「馬哈爾」，不是「馬卡爾」。

Mickiewicz, Adam, 波蘭詩人——可譯為「密茨克葉維其」，不是「密克維其」。

Oersted, Hans Christian, 丹麥物理學家——該譯為「歐斯帖斯」，不是「奧斯台德」。

Simeon, 保加利亞國王——該譯為「息麻翁」，不是「息米恩」。

Cervantes Saavedra, Miguelde, 鼎鼎大名的小說家，《唐吉訶德》的作者——我們已經譯為「塞萬蒂斯」，但照西班牙文可譯為「塞房泰斯」。你也許說所差有限，沒有關係，我也這樣說，不過如果不費大事，可以譯得更近似些，豈不是很好？（Saavedra可譯為「沙阿費斯拉」，不是「沙味德拉」。）

Czuczor, Gergely, 匈牙利詩人——可譯為「嵯操」。

Nygaardsvold, Johan, 挪威政治家——可譯為「努高斯浮爾」，不是「涅加茲伏爾德」。

Corneille, Pierre, 法國劇作家——可譯為「考奈依」，不是「考奈爾」。

Buchner, Georg, 德國詩人——可譯為「布赫納」，不是「布其納」。

不錯，我們不能全知道這些外國語的發音，但是既然 W.B.D.標

出了近似原文的音，利用起來並不太費事，我們就絕不能再全照英文的拼音拼歐洲各國的人名地名了。

W.B.D.前面的 Guide 不大容易看，要下一點功夫才能慢慢懂得。

好了，我也不必多舉了，總之，碰到專有名詞要查字典。

譯地名不但是「外國的」，連美國的也要小心。Mojave 是加州的沙漠，看起來真像該讀「摩解夫」，但加州本是墨西哥的一部分，墨西哥用的是西班牙文，所以這個地方到現在還是讀成「摩哈非」。

又如美洲有一個印第安族的語言系統，名叫 Quichua，照字面似乎可以譯為「奎區阿」，但這個字照 W.T.N.I.D. 和 C.E. 注音，卻可以譯為「開其瓦」。

有些「外國文」的專有名詞不好譯，你以為只要譯音就行，但其實有意義，如「股份有限公司」英文是 Ltd.你知道，當然不會譯成「立滅貼碟」。法文是 societe anonyme，義大利文是 societa anomina，德文是 die Gesellschaft mit beschrankter Haftung，西班牙文的合夥公司是 y Cia。遇到一個商號的名字必須查一查外文字典，或請一位懂那種外文的人指教，不能亂譯音。

翻譯有多難，由譯人名地名等專有名詞可以看出。沒有一處可以掉以輕心，沒有一處不需要學問。死的東西，尚且如此，抽象的文字，文學的妙語，特別的語句，不知要難多少倍。姚莘農先生譯人名絕妙，顯出他對中國文學的修養，單單是這一方面，已經無人可及。譯人名談何容易！

新詞、專門名詞的翻譯

現在書局裡已經有了許多專科名詞的字典，如醫學辭典、化學辭典、動物學、植物學、礦物學等等辭典，都是專家編的。一般英漢字典裡也收了不少專門名詞進去，似乎翻譯名詞沒有什麼問題了。

事實上做翻譯工作的人，即使買全了各科辭典，也時時有查不到專門名詞譯名的痛苦。第一、中國的專科辭典大都是若干年前編的，許多新名詞都沒有收進去。第二、有時一個動物、植物的名詞，各字典的譯名不同，普通字典和專門的辭典的又不同。現在各種科學日新月異，還有許多新興的科學，從前連這門科學的名字都沒有。就如工業方面，有一門叫作 ergonomics 的學問，又稱為 biotechnology。W.T.N.I.D.上的定義是：

the aspect of technology concerned with the application of biological adjustment of man and the machine

F.W.S.D.的定義是：

The study of the relationship between man and his working environment, with special reference to anatomical, physiological, and psychological factors; human engineering.

這到底是怎麼一回事呢？原來現代工業因為人操縱機器，非常

單調辛勞，為了顧全工人健康，精神愉快，以便充分發揮他的智力、體力，就在改良光線、座位，減低工廠熱度、噪音、使各種標度盤易於閱讀等等方面改進，使他們有良好的工作環境。這種學問，叫做 ergonomics。

從字源來看，erg 是希臘文 ergon，意思是「工作」；nomics 是 economics 的縮寫，意思是「經濟學」，這個詞可以譯為「工作經濟學」。而 biotechnology 則可以譯為「生活工藝學」。像這樣一個專門的新名詞，絕不是任何小型字典裡可以找得到解釋的（包括英文字典在內），譯者只有乞靈於大型字典，請教工業專家，根據希臘、拉丁文字源來翻譯，必要時還要加注。這樣才能算盡了翻譯的責任。這種譯法，本是辭典學家所採的辦法。嚴復所謂「一名之立，旬日踟躕」，最能表達譯名詞的艱難。英漢字典不涉及字源，根本沒有辦法研究。

科學上許多新詞現在用縮寫式拼成的很多，如 sonar 是 sound navigation ranging 三個字的第一二個字母湊成的（中國的譯名是「聲納」，已在「總論」一章討論）。radar 是由 radio detecting and ranging 四個字的為首五個字母湊成的。這兩個字有現成的譯名。遇到這種字最好譯義不要譯音。如果譯音，最好不要引起不相干的聯想。「邏輯」這個詞使人不會想到任何事物，所以算好的。但現在「論理學」和「理則學」兩個譯義的譯文，已經逐漸要取而代之了。

又如 sound proof room 這個名詞，譯為「隔音室」固然沒有什麼不好，但這個譯法使人以為這間房能夠供隔音之用；如只出現一次，可以譯為「有隔音設備的房間」，如果一再出現，再想別的辦法。原來偶爾一現的名詞，譯得長些還不要緊，但一再出現就不能譯得太長。遇到這種情形，就譯短些，如怕讀者不明白，就在它第一次出現的時候，做一個註，幫助讀者了解。

　　一般新的動植物名詞最難找到譯名。查了英文字典並看了插圖，或說明種類，或說明產地，附有拉丁或希臘文的學名，也還是譯不出來。我們唯一的希望是中文的百科全書和各科名詞詞典早日有專家編出來，時時修訂，供給做翻譯工作的人參考。

　　基督教（包括天主教和新教）的神學、哲學、宗教名詞很難譯。天主教有大部和小型辭典，中文的似乎只有王昌祉神父編的「天主教教義詞彙」，可供參考。神學、哲學上的名詞難譯，也是實情。譯一個神學名詞，就要研究一番神學。有些字是普通的字，意義卻不同，遇到了尤其要小心。justification 這個字的意思是大家都知道的。但天主教的 justification 是指：

> remission of sin and the infusion of sanctifying grace by an act of perfect contrition or in the sacrament of penance.

這一句裡講的是神學。什麼叫 sanctifying grace? sacrament 又是什麼？contrition 和 penance 有什麼不同？不先弄清楚這些，根本不知道 justification 是什麼。天主教把 sanctifying grace 譯做「寵愛」，意思是使我們得救的聖寵，照天主教的說法，如果一個已經奉了教的人犯了罪，他失去了這個寵愛，就不能得救了。

　　contrition 的意思是痛悔，penance 雖然也指悔罪，但這裡卻指「告解」，是天主教的七件聖事 (sacraments) 之一。C.O.D. 對 justify 的解釋是：

> to declare (person) free from the penalty of sin on the ground or christ's righteousness or (Rom〔an〕Cath〔olic〕) of the infusion of grace.

　　意思可以懂，我也不必再加解釋了。總之，在神學上 justify 絕不

是「令……成為正當；證明為正當」等意思，照這些意思譯出來，自己不懂，讀者也不懂。此詞天主教譯為「成為善人」，「成義」，新教譯為「稱義」，都不好，新譯的聖經，乾脆就用 acquittal 這個字。

discipline 大家都知道是「紀律」，但在 with a rope's end...he continued this discipline 這樣一句裡，這個字雖然譯成「紀律」也勉強讀得通，卻不是「紀律」。原來中古世紀，苦修的人用鞭子打自己以贖罪，或替別人贖罪，這種鞭打叫 discipline，打的「鞭」也叫 discipline。W.T.N.I.D.的解釋是：

self-inflicted as mortification or imposed as a penance or as a penalty.

就說出了這一個意義。S.O.D.的解釋還加了 a whip or scourge 說出了後一義。這個字是「陷人阱」，譯者不小心就會掉下去的。

又如 economy 這個字本來極其平常，學過英文的人都認識。可是在神學上它另有意義。這個字 S.O.D.的定義是：

The divine government of the world...

並舉例句：

The scheme of the divine economy.

W.T.N.I.D. 的解釋更詳細：

God's plan or system for the government of the world ＜the incarnation would be no accident in the divine economy＞.

這個 economy 絕不是「經濟」（英漢字典譯為「天則」，用的人不一定懂，譯文裡能不能用還是問題）。

　　每一門專門名詞都不很容易翻譯。再拿會計為例，許多名詞見於日常的文章。有一篇文章裡提到 special journal，我們可能譯為「一本特別的日記帳」，不知道這個 special 在會計上該譯為「特種」。銀行業有銀行業的名詞，進出口有進出口業的名詞，就如開一張信用證，有所謂 confirmed irrevocable letter of credit without recourse，這是什麼意思呢？原來就開證銀行立場而言，信用證可分為「可取消」（revocable）和「不可取消」（irrevocable）兩種。不可取消的一種非經出口商（就是信用證的受益人）同意，開證行不得逕予修改或取消。就通知銀行（notifying bank，就是收信用證通知出口商的銀行）的立場而言，信用證可分為「保兌」（confirmed）與「不保兌」（unconfirmed）兩種。保兌的一種就是通知銀行向出口商保證，這個信用證項下的匯票（就是出口商向進口商收款的條子），即使開證行和進口商都破了產，通知銀行仍舊照兌。就出口商和買下匯票的銀行的立場而言，信用證分為「有追索權」（with recourse）和「無追索權」（without recourse）兩種。無追索權的就是如進口商拒絕付匯票的款，則開證銀行對購匯票銀行，購匯票銀行對出口商，無行使請求償還的權利。所以這種信用證對出口商最有保障。

　　當然這是非常專門的，但做翻譯工作的人，譯到一篇講進出口或銀行押匯業務的文章，極可能碰到這樣一個名詞。也許連最完備的字典也查不出，要查銀行或進出口業務的專門詞典。如果沒有，就只有請教銀行家、進口商，問他們有沒有現成的譯文。很可能他們用慣了英文，根本不知道中譯是什麼，這時只有根據打聽得來的知識，譯出一個名詞，請他們指教。好在這兩種人還不少，總可以找到的。

　　我說譯者多少要有些治學問的習慣，因為翻譯不僅是文字上把一種外文譯成國文的問題。有時候是把外國的學問、風俗、習慣等

等介紹過來。這件事不很簡單，而一個人懂得的東西則有限。只有多查大型字典、百科全書，請教各方面的專家。

　　不但名詞，新的事物也產生新動詞。如從前我們說「放映電影」、「廣播歌曲」，現在的電視有聲有色，用什麼動詞呢？我想「播映」是可以用的。這個詞字典上還沒有。遇到 produce the story for television 這一個動詞就可以用了。（十多年前我已用「播映」，寫上文時「播映」還少見，現在各報採用的已多。相信不久就會收到字典裡去了。）

中 文 語 法

　　一本講翻譯的書要談中文語法，好像裁縫要研究染織一樣，是很冤枉的。不過裁縫如果沒有可用的料子，也就非研究一點染織不可了。如果中國語法目前混亂得很，翻譯者也只有研究一點語法。中國白話語法也並不是完全沒有確立，不過因為歷史短，又受壞翻譯的影響，不免混亂而不倫不類。不是沒有語法，而是大家不守法。最近我看到一本翻譯得相當好的書，裡面並沒有「外國腔」，譯者中文的語彙也豐富，但在後記裡他說「懇求讀者的原諒……希望專家的指正」，這兩句就不合語法了。毛病出在這兩個「的」上。如果說「懇求讀者原諒」，就沒有一點問題，這一句裡「原諒」是動詞，正好像「希望你指正」一樣。但一加「的」字，「原諒」就變成了名詞，「懇求」的受詞（object），而「懇求」下面只能接「人」的受詞，「人」後面再接動作的動詞，不能接動作的名詞。如果說「我希望獲得的是讀者的原諒」語法上就沒有毛病了（當然中國話並不一定這樣講）。「獲得」是外動詞（transitive verb）可以有個名詞做受詞。「希望」也是如此。

　　語法的根據有兩個：一、向來都這樣寫；二、大家都這樣說。這個寫有文言，有白話，有古今；但絕不是外國文。這個說法是國語的說法不是各地方言的文法（如粵語的文法就有些和國語不同的。如「睡不著覺」粵語是「唔眠得覺」，等於是「不眠得

覺」。），當然更不是外國語。

研究語法的方法是讀書，用心注意著者怎樣用中文寫文章；研究國語和方言。我所談的也就從這兩方面得來。

打開今人寫的文章，如果細細看去，就可以發見許多這一類的錯，不管這位作家的名氣有多大。我們真需要一本類似 Fowler 弟兄寫的 *The King's English*，專門把一般人常犯的錯指出來。

不過本書不是中國語法書，所談的以翻譯裡常見的毛病為限，也不能像字典（如 *A Dictionary of Modern English Usage*）一樣，把一切的錯全包括進去。但因壞翻譯的影響很大，所以這裡提到的，可能也是一般用中文寫的原作裡常有的。還有，我不是專門研究語法的人。我因為寫文章，就不得不注意一點語法；因為有問題，就不得不看一點語法書，如此而已。雖然這種注意，前後也有三十多年了，我卻從來沒有把全部精神放在語法上。用心的譯者，最好看一點近人寫的中國語法書籍，雖然大部分說的，是對於中國語法的研究，學了語法未必就能作文，但懂得中國語法，對於作文自有許多好處。就如研究了詩的平仄，未必就能作詩，但懂得平仄，對於作詩自有許多方便。

語法，一向人稱文法，嚴復稱為「文譜」（見嚴著《英文漢詁》），就是英文的 grammar，不過中英文語法的任務不完全相同，就如英文的 grammar 要管語形變化、語音學、造句法（accidence, phonology, syntax），而中文沒有語形變化，而語音又自成一門學問。語法的定義，語法專書裡有，這裡不必再抄。

「中國有語法嗎？」很多人都懷疑，而且討論很久，也難有結論。我的答案是任何語言都有語法。「不是你的嗎？」不能寫成「是不你的嗎？」就證明中文有語法。不過問題在說這種語言的人有沒有研究語法，研究的成績怎麼樣。從明朝起研究中國古文語法

著名的書不下數十種，當然以《馬氏文通》為最有系統。國語語法雖然已有人下了很大的工夫研究，好像大家多少還有些在摸索的階段：因為彼此立論固然沒有一致，而我們寫文章碰到的問題，語法書裡沒有提到的也很多。這些問題不是一兩位語法家能解決的，要大家努力用白話寫文章，提出主張，把研究的心得寫出來才行。

翻譯的人，往往受英文影響，不知不覺破壞了中國語法。當然我們不會把 how do you do 譯成「如何做你做」，但極可能把 It is evident that he lied 譯成：「這是明顯的，他說了謊」。這一句不合漢語語法，但可以混過去──毛病就出在混得過去上。

我要談的中國語法就是這種地方。

～主詞～

主詞如「we」，「he」，英文裡連用三五次，每句用它開頭都無妨，但譯成中文，就嫌累贅。遇到這種情形，可以酌量把幾句拼成一句，省去這個主詞，以免重複。如「我們終於到了那裡。我們找到一家旅館，定了房間。」在英文用兩個 we 字毫不希奇，但中文裡卻不甚好。補救的辦法是刪去第二句裡的「我們」。中文不是英文，沒有 subject 不要緊的。舊小說中的例子很多。許多譯者不敢略去主詞，有時順手寫出的句子裡沒有用，一對原文，又再補出。其實他只要多看中國的舊小說就明白了。

上面說了中文的主詞可省，但有時又不可省。下面的句子該補出主詞：

同時開始進行搶修的工作。

「誰」進行？英文裡可能用的是被動語氣，但中文裡一定要找

出誰來。即使找不出，這一句也可以改成：「同時，搶修的工作，已經開始」。

所佈置的機關，防不了盜。（誰「佈置」的？）

～單數與複數～

中文名詞沒有數的變化。英文一個是單數，兩個到無數是複數，在我們看來覺得很不可解。但在哲學上，單一與複數（unity and plurality）屬於「量」的範疇，卻有天淵之別。我們應該注意的是複數怎麼譯法。最大也最頭痛的問題是「們」這個字。試看下面這些句子：

土人們都圍過來了。

女性們的服裝每年都有新的花樣。

童子軍們的座右銘是日行一善。

醫生們一致認為他已經康復了。

從前的科學家們已經在這方面做了開路先鋒。

公司裡的同事們替他慶賀。

這些「們」也沒有什麼不可以用，但我們平常並不用。不用「們」更乾淨，而且有些副詞如「都」、「一致」，許多形容詞如「許多」、「好些」已經表示不止一人了，當然是複數。用「們」的譯者可能有兩種思想，一種是忠於原文，原文既有複數的「s」，中文當然要用「們」字表達。另一種是覺得中文不合科學，不把單數、複數表明，我們應該謀進步，學人家用「們」字。不過就語言而論，這兩種想法

都不對。我們要問，這種新的複數表現法是否需要，我們原有的文字是否明白，用了「們」是不是進步？如果用不著，就不必畫蛇添足。

「們」這個字在我們的文字裡只用於人（「人們」卻是個新詞，我們只說「大家」）。我們聽到「牠們」這個聲音，心裡想到的是一群人，絕不會想到動物。現在的中文擴大「們」的用途，使它和英文 they 相同，所以有許多「它們」、「牠們」出現：

一、這些海底生物雖然令人驚奇，但是牠們的細胞⋯⋯（可直接省去「牠們的」，或省去「們」。注意文言是「其」，並不是「其等」。）

二、把這些狗趕出去，免得牠們弄髒客廳。（可刪「牠們」。）

三、看看魚，餵餵牠們。（把「牠們」改為「魚」。）

四、三隻老虎都走上崗來，過了一會，牠們便分散開了。（刪去「牠們」。）

五、用暖爐保護這些腳趾，使它們不致凍壞。（刪「們」字。最好改成「免得凍壞它」。）

六、它們是這家公司的帳簿。（改「它們」為「這些」。）

七、我有工具，也知道怎樣用它們。（把「它們」刪去或改為「工具」。）

八、這種山嵐只有早上才有，它們從山腳升起，漸漸在高空消失。（刪去「它們」。）

九、幾十種新糖果上市。店家把它們拿出來推銷⋯⋯（刪「們」字。最好改成「店家拿了出來⋯⋯」）

這些「它們」都不是中文，如果別人說起，你一定聽不懂。有一位語法家在他的文法書裡也用「它們」代表一些詞，在我看來，

這是不合中國語法的。

「它們」、「牠們」可以說很科學，很經濟，很明白。我們的祖先不知道這些代名詞的妙用，是落伍嗎？我們可要趕上人家？我認為用不著。

原因之一是有些「它們」、「牠們」是用不著的，如第二、第四、第七、第八句等。

原因之二是英文用代名詞遇到容易混淆的時候，也還是把原來的主詞或賓詞重述，我們正可如法炮製。如第三句。

原因之三是有許多 they 在中文裡光是「它」就夠了，不用加「們」。如第一、第九兩句。

賸下的有問題的是第六句。這一句裡的「它們」要改成「這些」。

本來有很多 it 是可以用「這」字來譯的。如「我們不想採取他的辦法，因為它（改「這」）解決不了問題」。

還有中文名詞的「複數」有一個字可用，就是「些」字。「那些人」一定是「those men」，絕不會是「that man」。「有些人」當然不止一人。

～量詞～

量詞，現在似乎用得很混亂。有人譯 a course 為「一個途徑」這個「個」字是錯的，應該是「條」。古代量詞，已有好多不用了，如紙用「枚」，歐陽修的詩「純堅瑩膩卷百枚」。又如杜甫詩「漁舟箇箇輕」，如果在今日，倒叫「艘艘」了。現在看起來還能懂的也有，如錢叫「貫」，衣服叫「襲」。

我們要注意的是目前可用的量詞，如一「根」繩子（不叫

「箇」),一「匹」馬（不叫「頭」),一「頭」牛（不叫「匹」),一「座」機場（不該叫「所」),一「枝」鎗（不是「支」),一支紗（不是「枝」),一「灘」水,一「柄」（或「把」)刀,一「把」年紀,一「拋」（或「泡」)屎……如果用專指的字沒有把握,當然還是用「箇」好,如「湖」用什麼來計數呢？如果想不出,就用一「箇」湖吧。

最頭痛的是「位」和「個」。有人對人謙恭,連學生、黃包車夫也稱一「位」。現在是民主時代,當然車夫、垃圾夫、洗衣婦都可稱為「一位」。但中國的社會還沒有民主到這個地步,所以我們聽到別人說「我遇到三位挑夫」就覺得有點奇怪。也許以為說的人在挖苦人。有的人對誰都不買帳,就是主教、法官、大學校長,他都稱之為「個」。我反對！我是天主教徒,但即使是基督教的會督被人叫作「一個會督」,我也覺得不對。他應該受到別人的尊敬。

除了「位」、「個」,還有兩個用於人的量詞,「名」、「員」,如「一名警察」、「一員准將」。現在的趨勢,「員」字已不大用。「名」字似乎不夠恭維,也不能隨便用。

不管社會民主到什麼地步,對某些人有特別的尊敬也是應該的,民族英雄、著名學者、專業人士、教會領袖、婦女,都應該有個「位」。我不反對有人用「一位清道夫」,但我不贊成別人寫「一個主教」（或「太太」)。

～冠詞～

英文名詞前多用冠詞 the 或 a。自從有翻譯以來,中文添的蛇足之一就是「一個」。有人譯了一句英文（原文待考）:「一個作家必須堅信,他的作品必會贏得一個觀眾,觀眾必會因他的『真理』

而出現，他所發明的新文學形式，必會創造一個新的觀眾」。不錯，英文裡有 There was a large audience at the theatre. 這樣的句子，但中文裡「一個觀眾」實在講不過去。既然是「眾」，怎麼能「一個」呢？這個「一個」是譯文的盲腸，非割除不可。多數的情形之下，除了累贅還不致於不通，像上面這個例就不成話了。少數的情形之下，我們可以用「一個」，如「一個人總要講理」。但我照一位前輩的主張試過，把一篇譯文裡許多「一個」刪去，結果不但譯文毫不受影響，反而乾淨得多。

有人譯得手滑，會在一個名詞前面用兩個「一個」，例如「他是一個年紀很大，家裡很有錢，妻妾也數不清的一個老人。」這種例子並不少。

～副詞～

中文和英文的副詞，有些用法不同，一般情形，中文用得較少，如 Habitually he fails to use his powers 我們不說「習慣上他不能用自己的能力」，我們說「他有能力不能用，已經習以為常」。又如 a symmetrically beautiful house 我們不說「有對稱美的房屋」，我們說「房屋勻稱而美」，或「房屋美得勻稱」。讀者和原作者不能責備譯者，因為意思沒有走樣。

但往往英文是名詞，到了中文用副詞的，如 It is a fact that he lives here 就可以譯成「他的確就住在此地。」可見詞類是無關緊要的。

（有些講翻譯的書，分門別類，把各類詞可以改成別一類詞，如名詞可改成動詞，動詞可以改成名詞等一一舉出，讀者喜歡，可以參閱。不過萬變不離其宗，詞類在翻譯的時候是不值得考慮的。）

～副詞的位置～

　　副詞在句子裡的地位本沒有一定。這件事關乎修詞，與文法的關係較淺。如 only 這個字就很叫人頭痛，不知放在那裡好。不過論到翻譯，中英文的詞位更不相同，這已經是在文法範圍以內的事情了。

　　現代白話文裡，形容詞在句中的位置最有麻煩的，是「所有」（all）這個詞。一派人主張把它放在它所形容的名詞的前面，不管名詞前面有沒有許多別的形容詞。如「反對採取溫和政策的所有言論。」因為「所有」指的是「言論」，所以放在「言論」的前面。這一說持之有故，言之成理。

　　但另有一派（我屬於這一派）說，「所有」應該放在句首，雖然和「言論」隔得很遠，事實上卻遙遙控制「言論」，並不會引起誤會。試讀這一句：「所有反對採取溫和政策的言論」，「所有」雖然和「言論」隔得遠，可是讀起來還是知道它是形容「言論」的。這是合乎中國語言的習慣的。

　　如「關於難民所有的資料」和「所有關於難民的資料」這兩句，第一句不如第二句明白，因為第一句的「所有」，可能引起讀者誤會，以為那個資料是「難民所有的」，不是別人的。而第二句卻沒有這種情形。

　　值得注意的是「全部」和「所有」意思雖然一樣，在句中的位置卻不相同。如「所有這所大學的創立和作育人才的意義」，「這所大學的創立和對作育人才的全部意義」，都可以，如果把「全部」放在前面就不行了。

「二人的約略身材形態」這句譯文不通，應該改為「二人的身材形態約略相似」。

to stick a pole into the ground 不該譯成「插了一根棍棒在地上」，雖然英文叫我們跟它，我們卻要譯成「在地上插了一根棍棒」。

「已經總共有三百人」該改成「總共已經有三百人」。

「似乎可能是」該改成「可能似乎是」。

「這是唯一約翰在非洲的親戚」該改成「這是約翰在非洲唯一的親戚」。

「研究昆蟲的一個人」該改成「有一個研究昆蟲的人」。

「醫生們儘管促請我們作經常的運動……」這一句第一不像中國話，第二副詞改成了形容詞，位置也不對了。我們的說法是：「儘管醫生勸人經常要有運動……」。

副詞在句中的位置本已麻煩，又加上中英文的不同，更加要小心注意。譯好一句以後，特別注意副詞的前後，如果讀來不自然，試換一個位置，看看是否好些。

～名詞短語～

在英文化的中文中有一個大問題是短語當名詞用，如「他的不肯就範」，「我不喜他的『將計就計』」，「物價的上漲得如此迅速」，等。這也許是很難免的，但在極端的情形下，的確破壞了中文的純淨。（末了的「純淨」二字是形容詞，在這裡當名詞用；形容詞當名詞比短語好一些，其實也不太好。）目前，這種傚倣英文用名詞的譯文，甚至比原作的還多，其實要避免並不困難，說「他不肯就範」，「我不喜歡他這樣將計就計」，「物價漲得這樣快」，意思一樣明白。

按文言語法中，短語當名詞是很自然的（所以有時用文言翻譯反而省事），如《左傳》文公三年「君子是以知秦穆公之為君也」，這句裡「為君」是短語，前面用「之」，它就成了名詞了。

參閱「中國的中文」一章裡「名詞的應用」。

～名詞和動詞～

名詞未必可當動詞，動詞也未必可當名詞。現在通行的辦法是不管三七二十一，一律通用。「回答」主要是動詞，「她沒有回答他」，「我現在還不能回答」。「答覆」是動詞，也是名詞，「她沒有答覆他」，「你總要給人家一個答覆」。現在常常有人寫：「我沒有得到她的回答」。

說「你給我一個回答」也沒有不可，但總不太好。

～代名詞的省略～

用代名詞的用途和冠詞的用途一樣，在英文裡不可少的，中文裡好些地方根本用不著。（詳「代名詞」一章。）

～時態～

英文的時態用中文表現，有時不必太拘泥於某些字眼。「曾經」是中文，不過我們白話文裡已經不大用這個詞了。比不得英文的 have (has) ...-ed。「他曾經和朋友遊瑞士」裡的「曾經」是用不著的，只要在「遊」字後面加個「過」字。下面的句子裡有同樣的情形：

曾經和我交談的人（和我交談過的人）。

他曾經有汽車洋房（他有過汽車洋房）。

又「他曾經吃過同事的苦」在白話文裡該寫成「過去他吃過同事的苦」。「過去」這個詞倒常用的。

還有一種常見的譯文「他曾幫助使鄰居同情他」似乎更牽強些。「幫助使」不是中國話。

「將」是個要當心的字。英文裡儘管用許多 shall，will，中文裡不一定就是「將」。每用一個「將」都要問問自己，「我說話在這裡用『將』嗎？」不大會的。I will come 不是「我將來」，是「我會來的」。This country will be strong and prosperous 不是「這個國家將強盛」，是「這個國家將來會強盛」。「將來」是中文，「將」不是。文言裡可以用「將」，白話裡不能。「國家將亡，必有妖孽」就是一例。這句話的白話文是「國家如果要亡，就一定有……」。

I'll come and see you tomorrow 不是「我明天將來看你」，是「明天我來看你」。

Holiday-makers are told they will have a warm evening 裡面的 they will have 譯成「他們將有」不像中文。我們的說法是「……晚間天氣溫暖」。

例子舉不勝舉，總之 shall, will 能譯成「將」的，一百句當中沒有一句。

劣譯的一病就是滿紙是「將」，是「曾經」。

～「的」～

　　白話文裡的「的」字是叫人頭痛的。楊樹達在《詞詮》一書「附錄──名詞代名詞下之的之詞性」末了說得很好，「其實助詞本身是一種可有可無之物，現在文言之『之』，口語之『的』，有時恆被省去，而無礙於文義。」（這句裡「一種」是多餘的。）

　　現在先看五四時代的白話文大將怎麼用「之」和「的」的。胡適之的白話文裡沒有許多討厭的「的」，其他的人就難說了。朱自清用得稍多，如他在「槳聲燈影裡的秦淮河」裡，有一句「我們這時模模糊糊的談著明末的秦淮河的艷跡，如『桃花扇』及『板橋雜記』裡所載的」。這裡面就有四個「的」（雖然第一個可以用副詞的「地」代替，也不大好）。「明末」後的「的」可以刪。「如……所載的」短句很硬，可以改成「『桃花扇』和『板橋雜記』裡就都提到過」。下面還有「即如船裡的人面，無論是和我們一堆兒泊著的，無論是從我們眼前過去的，總是模模糊糊的，甚至渺渺茫茫的……」，總觀全文，「的」字滿眼皆是。

　　至於和朱自清同遊秦淮河，寫同一題目遊記的俞平伯，「的」字用得更多。「今天的一晚，且默了滔滔的言論，且舒了惻惻的情懷，暫且學著，姑且學著我們平時認為在醉裡夢裡的他們的憨癡笑話」。這一句有五個「的」。還有何其芳的一篇「遲暮的花」裡面有一句「在我們還不十分熟識的時候，一個三月的夜晚，我從獨自的郊遊回來，帶著寂寞的歡欣和疲倦走進我的屋子，開了燈，發現了一束開得正艷麗的黃色的連翹花在我書桌上和一片寫著你親切的語句的白紙」。這一句共有九個「的」字。那時風氣如此，也難怪他們。照那時的這種大量用「的」情形，再在「我書桌」和「你親切」

的兩短語中加一個「的」，也不妨事。

現在寫白話文的人似乎不那樣熱情奔放地用「的」了，但翻譯裡卻常常有許多「的」字。英文裡多用「of」也是一病，Fowler 兄弟已經在 *The King's English* 裡指出了，如 The founder of the study of the origin of human culture。這一句就可能譯成「人類文化的來源的研究的創始者」（這一句可以譯成「最初開始研究人類文化來源的人」。）

「這是本地最偉大建築物」，可以寫成「這是本地的最偉大的建築物」。你怎樣寫？你認為那一句好？這是我和許多朋友辯論而意見沒有一致的一點。我的主張是「最偉大」這個形容詞需要一個「的」字。如果是單字形容詞，如「最高建築物」，就可以不用「的」。至於「本地」後面，可用「的」，也可不用。

我和朋友辯論之所以沒有結果，主要原因是正像楊樹達說了的，這個「的」字本來「可有可無」。還有一個原因是各人說話的習慣不同，看說這句話的時候在什麼地方頓。用「的」字確有短短的一頓，不過這一頓是不用逗點表明的。如果不頓，也就可以不用「的」了。

「的」和「之」這兩個字是否不能相容？「的」是否只能用在白話文裡，「之」是否只能用在文言文裡？關於這一點，也沒有一定的界限。有人把「之」、「的」互用，以避免重複。如「後來生意人以出口的附屬業務有更佳之利益，……」這也不是好辦法。

據我研究下來，成語裡的「之」可以保留。好「經之營之」、「將門之子」等。還有，在「他之所以不來，是因為……」「他之所以能成功」這種句子裡也可以用。不過刪去裡面的「之」字，似也無妨。

「情況是絕望的了」這個「的」字是用的好。

副詞用「地」，所有格用「底」，並非「舶來」，都是有出處

的，這裡不做抄書的工作，一般文法書裡可以查到，讀者自己可以去查。我要說的是中文裡有些副詞看起來像形容詞，而且習慣上不用「地」而用「的」，如「真的，他不肯來」。照英文文法，這個「的」應該是「地」。「底」字似乎不大有人用，因為所有格和形容詞很難分，「我的書」？還是「我底書」？這種分別無關緊要，怪不得大家不喜歡「底」。多用「的」，少用「地」沒有多大關係。（這兩個字在國語裡字音是一樣的。）

中文裡的副詞後面的「地」也和形容詞後面的「的」一樣，可以省略，如「反覆地叮囑」，不用「地」也很好。

總括起來，「的」在句中的有無可以歸納如下：

一、「的」是分開句中的許多單位的，所以每一個「的」都是一個短頓。

二、短的形容詞不用「的」來做語尾助字，如「白馬」、「懶人」，但比較生疏的則否，如「富有彈力的腿」、「獨霸一方的強徒」。

三、和形容詞的字數有關：單字詞可不用的，如「白馬」，雙字詞要用，如「蹉跎的人」，（「神鎗手」一詞不同，「鎗手」是一個單位，所以「神」後不必加「的」。）三個字的形容詞很少，但要用「的」，如「莫須有的罪名」，四個字的也要用，如「隱隱約約的山」，「完好無缺的山河」等。

四、最高級的形容詞要有「的」，如「最偉大的人物」，「最有力的證據」（試比較「鐵證」）等。當然有很多人喜歡寫「最偉大人物」，「最有力證據」的，這並不錯，但口語裡似乎以用「的」更自然一些。

五、「的」後不可用動詞，如有動詞，刪去「的」字，如「他的打人的習慣最可惡」，要刪第一個「的」，「我從獨自的郊遊回來」那句的「的」也要刪（「從」字也要刪）。

六、語調要美，可刪「的」則刪，兩個「的」字靠得太近則刪掉一個，如「在醉裡夢裡的他們的憨癡笑話」可改為「他們在醉裡夢裡憨癡的笑話」，「即如船裡的人面，無論是和我們一堆兒泊著的，無論是從我們跟前過去的，總是模模糊糊的，甚至渺渺茫茫的⋯⋯」這一句裡可改為「⋯⋯無論是和我們一堆兒泊著，還是從我們跟前過去的，總是模模糊糊，甚至渺渺茫茫的⋯⋯」這樣刪去兩個「的」並不影響文意、文氣。「的」有時可以共用，大都下面一個保留，上面一個刪掉。

七、所有格名詞前的「的」不可省（文言中的「之」則不同，如「我手」「我口」），如「我的書」，「我的錢」，不可省「的」。但屬於形容性質的所有格，如「我家」，「我這雙手」，「我父親」，「你爺爺」就可以不用「的」，可以不可以看習慣。

八、「是⋯⋯的」一定要有「的」，如「我是不贊成的」，「這個辦法是行不通的」。這種句子短的好辦，一長了，譯者往往忘記在句末用「的」，結果讀起來不順口，加了「的」又好像多餘。如不用「的」，索性也不要用「是」，如「我不贊成」等。

九、有些地方，「的」表示猜測，而不用「的」則口氣非常肯定。如「你放心，他會來的」，這只是假定，雖然也有些把握。但「不用擔心，他會來」就肯定得多，絲毫懷疑沒有。

十、「怎麼會⋯⋯的」也要「的」，如「你怎麼會來的？」長一些的句子往往會漏掉，「我問他，家裡貧窮，自己身子又不好，加上年年打仗，怎麼會把書讀好，創出一番事業，成為眾人景仰的人物」。這一句沒有完，又像斬了尾巴的狗。要加「的」。

有的地方，「那」可以代替「的」，如「他的三個能幹的兒子」就可以改為「他那三個⋯⋯」。

～「在……上」等等～

從《紅樓夢》第四十四回「賈璉氣的牆上拔出劍來」一句看來，從前人不一定用「從……上」這個句型。現在寫白話文當然要用「從」字，不過我們絕不能說曹雪芹錯。我要提出的是「在……中」的結構，如「（在）這次夢中」。這個「在」是可以省略的。「在 1953 年，我到南京去看姑父」這句裡的「在」也用不著。我見過一句「我以 18——年生於——」的譯文，這個「以」字是不對的。（按《紅樓夢》有些句子並不合現代文法，如第十五回「二人來至襲人堆東西的房門」，末了不加「口」字，現代白話就不行。）

「在上午上課期間」裡的「在」也用不著，但譯者往往容易受 in 和 during 的影響，要加個「在」字才能安心。

在「我在 1910 年出世」裡，當然要「在」字，但在「1910 年我在江西南昌出世」不是省了一個「在」字麼？為了避免「在」字重複，許多文章寫得講究的人就用一個「於」字，如「我於 1910 年在江西……」這也不是辦法，因為「於」是文言的「在」，兩個字一同用有些文白不分，反而破壞了文章的純淨。

同樣，「這家於今年秋天……」可以改為「今年秋天這家人……」。

「在……的方面」（或「上」），是英文 in 的中譯，但有時並用不著。如「在鞋的品質方面」，單單說「鞋的品質」也可以的。「在積極方面……」也可不用「在」。

現在有許多譯文，如「在百分之五十的情形下」，「一大部分的稅收仍舊花在毫無效率的警察局一方面」都不大像中文。其實譯者只要說「百分之五十」，「警察局毫無效率，卻花去了一大部分

的稅收」，也就明白了。

還有，「在（或「從」）……上」，（或「裡」，或「中」）也有研究的必要。如「從鏡子裡（或「鏡中」，不是「上」）來看」，「從山上（「中」，「裡」的意思不同）」，「在房（間）裡」，「在房中」則可，（「在房間中」則不可），「從兵艦上」（不是「中」或「裡」）。

「攻入城內」可以用「中」，「打進城裡」（不可用「中」），「走進房（或加「裡」或「中」）」，「進了房」，「進到房裡」，「從（或「在」）椅子上」（不是「裡」）都可以。我們遇到英文裡的in，絕不能抱定宗旨只用一個「在……中（上、裡）」來譯，各個句子的字、詞上下文不同，譯法也不同。

「在（原則）上」這一類的短句已經取得了中國籍，歸化了。我們說「（在）原則上我同意」，「他在科學發展上創下了偉績」，諸如此類。但現在的毛病是用得太濫。這都是怪英文裡的in字不好。有這樣一句翻譯：「如果在這件案子上，讓他們逍遙法外，他們會認為在什麼案子上都可以逍遙法外了」。這兩個「在……」都用得不高明。如果改為「犯了這件案如果還讓他們逍遙法外，那麼他們會認為犯什麼案子都……」，就容易懂得多了。

～「太……以致不……」等等～

too good to be true 一類的句子，不必譯成「太……了，以致不……」。可以譯成「好得過了分，恐怕靠不住」。至於 so angry that 一類的句子，一般人喜歡譯成：「他是如此的（或「這樣的」）憤怒，以致……」這也不是中文。我們說話的方法是「這可把他氣壞了，所以他就……」或者「他一怒之下，竟（或「就」）……」。

翻譯研究

～「和」，「及」，「與」等等～

英文用 and 和中文的「和」，「及」等不同。英文裡 A，B，and C 和 to rebuke, insult and beat him 在最後與倒數第二同類的詞之間一定有個 and，中文卻用不著。翻譯者儘可以不理那個 and，「約翰、詹姆、亨利和丹尼都是他的好朋友」裡面的「和」字是多餘的。

or 當然是「或」，其實有時也可以當它是 and 譯為中文。如「她剪裁（外衣），或是縫製外衣」可以改為「她也剪裁，也縫紉外衣」。

兩個形容詞之間的 and 可譯為「而」，如 intelligent and diligent 可譯為「聰明而勤勞」。如果把「而」改為「和」字就生硬了。這個「而」字省了也不要緊。（「聰明勤勞」是很好的中文。）

～「大約」、「左右」等等～

英文裡「大約」、「若干」的說法是 There are about 1,000...我們的不是「有大約一千……」，我們說「大約有一千……」還有另一種結構，中文裡不易用「大約」，如「這間公司的職員，總有大約三千人」，這句裡「大約三千人」該改為「三千人左右」。翻譯絕不能抱死一字一個譯法，於此可見。

「每年的產量約五十萬噸」可改為「年產五十萬噸左右（或「上下」，「光景」）。「約七點鐘」，也該改為「七點鐘左右（或「前後」）。這沒有什麼對不對，是好不好的問題。

90

～「著」～

自從有了白話文以來，我們連話也似乎忘了怎麼說了。「著」這個字的任務很簡單，就是英文的 -ing，「他說著話，客人就來了」。（但 participle 的 -ing 切不可譯成「著」。）

「他追蹤著每一齣伶王演的戲」，這個「著」是不通的。

「發著他的做丈夫的牢騷」裡的「著」也嫌多餘。（「他的」的「的」字也多餘。）

「在進步著」也不通。我們是說「還在進步」。

「靠著打魚生活」，「有著很大的脾氣」，第一個「著」可以省，第二個「著」不通。

還有「……了起來」是有一個動作開始了，還在動著的意思，所以「房門會開了起來」是不通的。乾脆說「房門開了」就是了。

～「是」～

「是」可有可無，也是一個問題。我說中國白話文法未曾確立，這個字就可以證明。（有好多地方英文有「是」，中文不用，如 He is rich〔他很有錢〕，這是另一問題。）下面的句子裡，「是」似乎可有可無：

你並不是在敷衍我。

總是有人來打攪。

「該是多麼快樂啊！」這個「是」是多餘的。（這個「該」也

有些不妥，譯文裡常見，但原文不一定有 should。也許我們不是這樣喊的吧。）

～其他～

中文裡的「相」字，有互相的意思，如「各不相犯」。「各不相同」是不通的，因為彼此不同，不一定有相互的關係。如果彼此不同，就說「各有不同」好了。「相」字下面總是一個外動詞，如「犯」。

「救了起來」和「救了出來」有分別。陷在阬裡，賊窟裡，要救「出」來；跌倒了，要救「起」來。

「沒有」與「不」不同。如「態度一點也沒有軟化」，不能說「態度一點也不軟化」。「無」與「未」也有分別，「警方並無拘留」，應該是「並未……」（參閱「中國字詞」裡「警員並無收規」一條。）

兩字連用，是合乎中國習慣的，但譯者往往難得發覺。如「高高低低，」可以用來譯 craggy，但譯者看到 craggy 一定用「崎嶇」。

譯文中「而」字有時可省。「聽了這句話而大為詫異」裡的「而」字就用不著，加個逗點就行了。這又談到中文的關係不用連接詞而自然明白的一點上去了。

「使他置若罔聞」這一句不很妥當，因為「使」的後面一定是採取行動或發生現象，如「使他屈服」，而不是消極的無為。這一句可以改為「這一來他就置若罔聞了」。

代 名 詞

　　譯文裡用代名詞有兩個毛病：一個是不可用的地方也用；一個是可以不用的地方也用。

　　我常常自問，我們的白話文有一天會像英文那樣大用代名詞嗎？這句話其實不對，我應該說，白話文有一天會像文言文那樣，大量用代名詞嗎？試看：

　　　　子曰：「驥不稱其力，稱其德也。」
　　　　　　　　　　　　　　　　　〔《論語·憲問》〕

這個「其」字等於英文的 its，指「驥的」。又

　　　　天有顯道，厥類惟彰。
　　　　　　　　　　　　　　　　　〔《書經·泰誓》下〕

這個「厥」也是 its。

　　還有「之」字。

　　　　　子曰：「學而時習之，不亦說乎！」
　　　　　　　　　　　　　　　　　〔《論語·學而》〕

這個「之」字替的是「學」字，等於英文的 it。又

惠子曰:「有人於此,必擊其愛子之頭,石可以代之。」匡章
曰:「公取之代乎?其不歟?」

〔《呂氏春秋‧愛類》〕

這兩個「之」字代「愛子之頭」,也等於英文的 it。
又「諸」字。

「冬,晉薦饑,使乞糴于秦。」秦伯謂子桑:「與諸乎?」

〔《左傳》‧僖十三年〕

　　這個「諸」代「晉」,也等於英文的 it。又《論語‧衛靈公》
「子張書諸紳」,這個「諸」代上文提到的孔子的一番教訓,又加介
詞「於」字,如果照現代的翻譯,就是「它們在」。

　　好了,這裡不能詳細研究文言的代名詞,我所奇怪的就是上面
這些代名詞用得多麼自然,而白話文裡卻都沒有相等的字可用。白
話文裡用「它」只限用於「把它打開來」,這個「它」可代表「包
裹」,「箱子」等等。假定指的是箱子,我們不能說「它占了一大
塊地方」,雖然譯文裡這種句子多得很。我不能解釋這是什麼原
因,我只能說這是國語習慣的問題。

　　當然,白話裡也有許多代名詞,如「這裡」,「這樣」,「這一
批」等等。但「它」,「牠」,尤其是複數的「它們」,「牠們」,用
途始終有限。近代的人已經推廣「它」,「它們」的用途,如老舍
在「眼鏡」一篇小說裡就寫過:

可是他除非讀書的時候不戴上它們。

　　這個「它們」是指上句提到的眼鏡。儘管老舍的文章洗鍊,沒
有洋味兒,可是這個「它們」實在用得不高明。其實這裡不用也可

以，說「只有讀書的時候才戴」就行了。又楊伯峻在「論語譯註」
裡把「鄙哉，硜硜乎！莫己知也」譯為「磬聲硜硜的，可鄙呀！它
好像在說，沒有人知道我呀！」這個「它」指「磬聲」。也許文章
的確可以這樣寫，但口語裡從不能這樣說，因為我們聽到主位「它」
的音，總想起「他」或「她」，是個有血有肉的人，連「牠」（畜生）
都不大會想起。既然不像話，文章就差了。

英文裡的代名詞 it, they 可以代表一切。一段文章上文講到
these ideas（這些觀念），下文可以來一個 their，指「這些觀念
的」，或來一個 they 或 them，指「這些觀念」。上文講到「許多方
法」，下文也可以用 they，them，their。同樣，上文提到康德的哲
學，下文也可以用 it，its 來代替。當然上文是畜生，下文也可以用
it，they，its，their，諸如此類。

譯者照字譯文，自然而然地用「它」，「它們」，「它的」，
「它們的」照譯 it，they，its，their，看看譯文似乎也通，就是讀者
未看原文，不大容易懂。不用這些代名詞，可真麻煩，譯者一定要
想法子，或者重述那個名詞——其實這是很好也很省事的辦法。也
許有人覺得太囉嗦，沒有英文簡潔。其實文章的簡潔不在這裡。
（可參看顧炎武《日知錄》卷二十一談《文章繁簡》。）還有一個辦
法是略而不用，這也行。

試看這兩句譯文：

你見聞中的種種聲睹，極度盲從的習俗，蔓延的錯誤之所以存
在，只是因為大家容忍他——因為你容忍它。你只要看出它的
謊話，你就已經給了它一個致命的打擊。
它是的，我們是被威脅，被制伏的人——……

這段譯文我看了幾遍也看不懂。第一句裡有個「他」，似乎就是接

著提到的「它」，也許是誤植，不去管它。以下一連幾個「它」就叫人摸不著頭腦了。但下段第一字「它」（！）真就要人的命了。我手頭沒有原文，但猜它可能是 It is true that... 不過我也沒有把握。（那兩個「被」用得也不合中文習慣，詳見「被動語態」一章。）

再舉一段譯文：

> 我看到少年人，我的市民同胞，不幸生下地來就繼承了田地、
> 廬舍、穀倉、牛羊和農具；得到牠們倒容易，捨棄牠們可困難
> 了。

這兩個「牠們」代的是「田地、廬舍、穀倉、牛羊和農具」，文義相當明白，可是不能讀出聲來，讀出來就不知道指的是什麼了。

不用「它」可以表達意思嗎？我們說了幾千年的中國話也對付過來了。現在隨手就拿老舍的「鄰居們」那篇短篇小說裡的兩句為例：（這個「們」字實在用不著，這是題外的話。）

> ……楊家的女僕送來了信。……她決定不讀那封信。
> 楊家的女僕把信拿了走，明太太還不放心，萬一等先生回來而
> 他們再把信送回來呢！……可是那封信是楊老婆寫來的……
> 丈夫聽了這個，必定也可以不收楊老婆的信。

這兩段裡用的「信」字，除了第一個，如果譯成英文，一定要有好幾個用 it 的。所以可想而知，譯成中文，也有了許多「它」。比較下來。我覺得還是「信」字明白。

中文裡的「它」還不妨一用，至於「它們」，簡直不能碰。這一點別人也許不相信，我且舉個例子。假定你從外埠回家，自己往樓上走，後面搬夫抬了三隻大衣箱，你會和搬夫說，「三隻箱子都來了嗎？好極了，請你們把它放在客廳裡好了。」即使不用「把它」

也行。你絕不說:「它們」。這個「它」指的是「三隻箱子」,你心目中那三件東西的整體。這個「它」也許不合英文的邏輯(英文文法有時也不合邏輯,這是另外一回事),但這是中國語言的習慣。

按英文裡 it 指一堆東西的例也多得很。furniture 為什麼不能用複數?家具不是一件一件可以數的麼?equipment 也是如此。英國人遇到了這兩個字不也是用一個 it,就代表了麼?若是因為「三隻箱子」是複數,一定要對搬夫說,「請你們把它們放在客廳裡好了」,搬夫一定看看箱子,看看客廳裡的人,找那個「他們」而大惑不解。這種邏輯是偽邏輯,這種理是蠻理。這種文字上的進步是倒行逆施。

再舉一個例。你牽了兩隻狗從外面散步回來,把狗交給了你弟弟,一面關照他,「把狗帶到後面院子裡去吧。」你不會說「狗們」。很可能你會說:「這兩條狗」。這是中國話。又譬如你會說,「老王狗倒養了好幾隻,又不讓狗(或「畜生」)吃飽。」不用說「狗們」,也不說「牠們」。

英文每句要一個 subject,所以提到一個人要用 he, she。有時為了避免單調,使文章有些變化,就更換 subject,時而用一個人的姓,如 Brown,時而用他的名,如 John,時而用他的全名,John Brown,時而也用他的職業或身分,如 the professor,the miller 等等。中文裡可沒有這個情形。在「固有名詞的翻譯」一章裡已經提到《紅樓夢》裡「寶玉」從頭至尾都是寶玉。現在再舉那沒有 subject 的句子,以證明代名詞在中文裡是可以省略的。《紅樓夢》第廿二回:

> 寶玉沒趣,只得又來尋黛玉。誰知(他)剛進門,便被黛玉推出來,(黛玉)將門關上了。寶玉又不解何故,在窗外只是低聲叫好妹妹。黛玉總不理他。……寶玉因隨進來問道,凡事都

有個緣故，（你）說來人也不委曲。（你）好好的就惱了，到
底是什麼起？黛玉冷笑道，（你）問的我倒好，我也不知為什
麼。我原是給你們取笑的，（你們）拿著我比戲子，給眾人取
笑。寶玉道，我並沒有比你，也沒有取笑你，（你）為什麼惱
我呢？……

括弧裡的人名和代名詞原文裡沒有，是我加的。讀者一看就知道沒
有更好，而英語裡卻少不了。譯者遇到這種代名詞，只要不妨礙文
義，應該儘量刪。

文言文不用說了。清朝錢謙益（牧齋）的《列朝詩集小傳》裡
《黃鶴山樵王蒙》那一條：

蒙字叔明，吳興人，趙文敏公之甥。（He）畫山水師巨然，得
（his）外氏法，然（he）不求妍於時。（He, or 蒙）為文章不尚
矩度，頃刻數千言可就。（He, or The landscape painter）隱於黃
鶴山，自號黃鶴山樵，人以此稱之。……

這裡面除了第一句外，沒有一個 subject，如譯為英文，就要用許多
he，或他的名字了。上文括弧裡的字是我補出的。這樣的例我隨手
舉出，並沒有用心去找，因為一般文言都是這樣寫法。

當然，我們現在不能再用這種古文翻譯，但是像《紅樓夢》裡
的那種白話還可以用。如果說到一個人的事，一連幾句不用「他」
字，也不要緊。我再舉《喻世明言》裡《木綿菴鄭虎臣報冤》一篇
裡的一段，以見中文並不是非有 subject 不可的：

卻說賈家小孩子長成七歲，聰明過人，讀書過目成誦。父親
（替他）取名似道，表字師憲。賈似道到十五歲，無書不讀，下
筆成文。（他）不幸（他的）父親賈涉，（他的）伯伯賈濡，

相繼得病而亡。（他們的）殯葬已過。（他）自此無人拘管，恣意曠蕩、呼盧六博，鬥雞走馬、飲酒宿娼、無所不至。不勾四五年，（他）把兩分家私蕩盡。初時（他）聽得家中說道，嫡母胡氏嫁在維揚，為石匠之妻……

現在再舉一段譯文，看看裡面有多少代名詞可以刪去：

他原是……的屠夫，於 18……年往紐約，當時口袋裡只有五元美金，但是（他）懷著一個完整的美夢，（他）在紐約一間屠房裡工作……亨利基沙買了車票，改名換姓……到了三藩市，身上只有六元美金，但是……沒有參加尋金隊，只卅年間便到（他）理想的美夢，（他）在五州裡共擁有……（他）當時的六元美金，已變為五千萬元美金，因為他沒有盲從附和別人，到三藩市去撿拾「俯拾即是，大如壘球的黃金」，那麼（他）會一事無成的。

這裡面的「他」我加了括弧的都可以省去，讀者一樣明白是誰。

再舉一段譯文：

不止五年，我都靠一雙手的勞動，養活（我）自己，（我）發現，一年之內，（我）只需工作六個星期，就足夠支付（我）一切生活的開銷。

這一句裡的括弧是我加的，可以刪的「我」一共有四個！

亡友夏濟安兄曾寫過一篇文章，說「我洗我的手」這句話不通。這真是一個好教訓，凡是做翻譯工作的，都該研究一下。

被動語氣

中國人並不是不用被動式的，一般語法書都有提到。高名凱《漢語語法論》第一篇第六章第十節，有很多例句，不能一一照錄。有幾種寫法不妨介紹如下：

被人欺負了。

給人欺負了。

讓人欺負了。

叫人欺負了。

為利所迷。

被賊所敗。

他嚇得要死。

挨了一頓打。

不為酒困〔《論語‧子罕》〕。

又「見」字也用於古文的被動式，如「盆成括見殺」〔《孟子‧盡心》下〕。

上面的例子裡除了「盆成括見殺」，「他嚇得要死」，「挨了一頓打」之外，有一點值得注意的是，其餘的例子裡都有「行為者」，如「被人打了」裡的「人」，「為利所迷」裡的「利」。

可是中文裡的被動語氣絕沒有英文裡的用得廣泛，而英文裡的

「行為者」往往可以省去。許多惡劣的譯文，把被動語氣照譯，結果讀來不像話。如

> 一、他被許可來美。
> 二、最近被注意到一件事。
> 三、這地方被稱為天堂。
> 四、他被指定為負責人。
> 五、他被查出貪污。
> 六、這條條文被修改為……
> 七、這座大廈已被稱為「偉觀大樓」。

這種例舉不勝舉。譯者但看見 -ed 就「被」它一下，似乎已經盡了職責。不知道毛病出在上面這些句子全不是中文。

　　補救的辦法有兩種，一種是改變句法，如第三句，可以改為「這地方有天堂之稱」，這也是被動式，卻不需要補出「行為者」，或者改為「大家把這地方叫做天堂」，這是上策。第二種辦法是查出誰是「行為者」，把他（它）補出，如第六句，倘使上下文可以看出是一個委員會負責修訂條文的，就可以改寫成「這條條文已經委員會修改……」。但是有時看不出誰是幹這件事的，亂補就要驢頭不對馬嘴，所以是下策。當然這一句也可改為「這條條文已經修改為……」，可見毛病出在那個「被」字上。

　　中文和英文不同，這句話也不用再說了。英文裡「被」了一下，中文不一定照「被」。例如第五句，如果說成「他貪污有據，已經查明」也可以的，不一定「被」。第一句可譯為「他已經獲准赴美」，這個「准」可想而知是美國的移民局。第二句可譯為「有一件事最近已經有人注意到了」，這個「人」誰都可以，所以譯者

不必太負責任。如果講的是化學上的新發明，你不妨把這句改為
「最近化學家已經注意到……」。

第四句一定要找出誰指定「他做負責人」。如果查不出，就只
有說「他成了負責人」。第七句的「被稱」可改為「定名」。這也是
表示被動的一法。可見方法多得很。有些人為了省事，不去細想，
就「被」一下算完了。

細想英國人用被動語氣，有時是滑頭，如 It is suggested that...
這樣的一句，不必說明誰 suggest 就可以把 suggested 的事說出，豈
不大妙？It should be understood that... 是在教訓人，但可不得罪人，
那就是說，「你該明白……」。遇到這種地方也真非想辦法不可。
從前死囚服刑（這個「服」是被動，也是自動），要「驗明正身」，
這句裡官方是「驗明人」，也不說出，堪稱異曲同工，有簡略的好
處。

有許多中文動詞是內動詞（v.i.）不必加「被」。這種動詞，英
文也有，如 look。在 He looks well 一句裡，look 並不是「被看」，
而是「被人看出是」，換句話說是「現」，「顯出」。還有 benefit 在 I
benefit by your example 一句裡意思是 I am benefited by... 可惜「被」
這個字我們筆下寫油了，不必用的時候也照樣用上。舉例如下：

他（被）嚇得昏過去了。

鐘（被）敲三下。

賊的贓（被）接不得。

房間已經（被）佈置好。

又如《紅樓夢》第二十八回裡有一句：「這汗巾子，是茜香國
女國王所貢之物，夏天繫著……」這個「繫」譯成英文是被動語
氣，但中文裡不用「被」。

　　順便提一提，「給」字比「被」字討厭得好些，如「他貪污給查出來了」，比「被查出」好得多，但也還是用「給人查出」的好。又如「這筆錢給搶走了」情形也一樣。

中文修詞

從前作文的人作文把名家的文讀熟，不斷作文，經名師批改，日子一久，自己漸漸通順了。現在多數的人，古文已經不讀，白話文也沒有許多名作可供熟讀，學校裡的教師懶得細心批改，也許教師本人連白話文也寫不大好，所以要寫好中文，真不容易。最糟糕的是蹩腳的譯文充斥，凡是印出來的東西如報紙（電訊為主）、雜誌，裡面大都是翻譯出來的文字，久而久之，人人受它的壞影響。

英文譯成中文，既然是用中文寫出來的，就得講究中文。這本書不是中文修辭學，不能一板一眼把全部修辭談完，只能指出修辭方面若干通病來加以糾正。

這一章和「毛病」是姊妹篇，有連帶關係。有些地方也很難畫分出明晰的界限。另有「中國的中文」一章實在也是「中文修詞」，這三章可以併起來看。

～文言與白話～

文言白話的成分和配合，各有各的「方子」，我以為某一字太文不能用在白話裡，另一位譯者可能認為那個字極白。我以為極好的白話，別一位譯者可能認為太鄙俚。這件事也只有留給廣大讀者

和後世去批評了。

現代中文修詞的困難是文言不能暢用（也許我們也不大會用），白話不大敢用（也有許多字寫不出）結果七拼八湊，寫成一種非文非白，不中不西，非語非文，不南不北的東西。這些問題非常頭痛，也許再過二三十年，才能完全解決。

五四時代因為當時一般文人都看重摹倣，寫出來的都是陳腔濫調，這是要打倒的，是所謂「選學妖孽與桐城謬種」。但現代中國人的毛病，是字也不太認識，詞彙也不夠，加上壞翻譯的影響充斥，真到了連話也不會講的地步，所以讀點詩、古文、詞，讀了以後再消化一番，是很有益的。從前人讀《詩經》也可得到多識草木鳥獸蟲魚之名的好處。大約三十年前，施蟄存說過一句在《文選》裡找點辭彙的老實話，就大受攻擊。其實今天的文學家，讀點《文選》也絕無害處，只要不抄襲，不套那裡面的濫調，就行了，至少知道文字的「音調」是要好好講究的。我們譯一個英文形容詞，如果肚子裡沒有三五個可用的詞以供挑選，怎麼能顧到上下文有沒有重複，前後讀音有沒有雷同，輕重是否適當，有沒有引起讀者想到相反的或別的意思上的危險，怎麼知道能不能表達原作者心中要暗示的微妙的意思？

現代的人寫的是白話文，但白話文到現在還是小孩子，不能獨立，語彙、文法，全要時時借重文言，這是事實。我們要知道，文言文雖然可廢，但這是幾千年認真寫下來的文字，在遣辭、造句、行文、韻律等等方面，世界上很少有幾種文字能和它相比的。胡適之提倡新文學做了好事，但是誰認為從此就該把文言文完全撇開，不讀，不去利用，就大錯特錯了。任何一種新文學都要借重舊文學。胡適之本人，周氏弟兄，朱自清，俞平伯這些人都是熟讀舊書的。

既然寫白話文離不開文言，問題就在，一、用多少文言？二、

文言白話怎樣配合？三、什麼地方可以用文言，什麼地方只可以用白話？

第一、有些文章可以多用些文言，如契約、公文、社論、日記、函牘。有些文章不能用太多文言，如小說、記敘、通俗論文等等。這個界限也不太明白，程度也因人而異。

無論用多用少，總要有一定比例，切忌文頭話尾，或話頭文尾，時而周秦漢魏，時而俚語村言。再還有既然用了文言虛字，如「應」、「即」、「乃」，就不要再用「該」、「就」、「是」。總之，全體文言白話要有個一定的比例，文到什麼程度，白到什麼程度。這個比例，極不容易定，定出來也極不容易守；不如寫純文言，或純白話容易。

第二、普通白話文裡文言白話的配合大約是這樣的。書名、文章篇名、成語、名詞、形容詞可以用些文言，如「萬劫歸來」、「苦學卅載」、「名韁利鎖」、「輻射」、「楚楚」等。虛字不宜用文言，如「即發出了號令」、「應快些來」、「乃三個人的事情」等，應該改為「就發出了號令」、「應該快些來」、「這是三個人的事情」。

第三、寫景、言情、敘述事物，不妨襲用一些文言，對話則絕對要用白話。用了引號表示是直接把那人的話錄下來的，結果念起來卻像冬烘寫的文章，豈不是可笑？（小說裡對話使人如聞其聲，如見其人的力量，全在對話裡。可憐現代有些作家，還不及曹雪芹，文康這些作古的人，這些沒有看過西洋小說的作家寫對話能表出各人身分性格的不同，他們寫的話近於口語，的確可佩。）

文言白話怎麼配合才佳妙，是教不會的，除了多讀文言文和名家白話文，多用心作文而外，沒有別法。

論到翻譯，有時用文言容易，有時用白話容易。翻譯的文章之所以有文白相混的現象，這就是原因之一。因為譯者圖方便，不管前後一律不一律，那樣方便用那樣。譯者要想譯文可讀，就要避免

用不配合、不調和的文字。

「求助於……」是文言結構，雖便於翻譯，不是白話文裡能容納的。「從……到」是白話，「自……至」是文言。不要混起來。在一篇純粹的白話文裡用「自……至」就似乎太文了一些。「從……至……」本身就犯了文言白話相混的毛病。

「談及」之所以不通，因為文言有「述及」，白話有「談到」，你到底寫那一種？

英國的 Charles Lamb (1775-1834) 善於倣古，常用古字，古文筆調，因為他實在能吸收古文精神，把古文和白話糅雜得合適，所以他的古文筆調受人歡迎，得人諒解，以為是唯一例外，一般批評家不但不責備他，還稱讚他，只叫別人不要去學他。五四以來，用些古文筆調的人也不少，如魯迅、周作人似乎也是「例外」，因為他們偶然用些之乎也者，非常妥貼，文筆佳妙，但究竟也是不可學的。至於提倡寫純粹白話文的胡適之，也不免用文言寫文章，這本來是不能避免的，他配合得也很好。為了說明翻譯裡白話文言的配合，我不得不舉一些更具體更詳細的例，以供參考。

魯迅*的《忽然想到》：

……康聖人主張跪拜，以為「否則要此膝何用」。走時腿的動作，固然不易於看得分明，但忘記了坐在椅上時候的膝的曲直，則不可謂非聖人之疏於格物也。身中間脖頸最細，古人則於此斫之，臀肉最肥，古人則於此打之，其格物都比康聖人精到，後人之愛不忍釋，實非無因。所以僻縣尚打小板子，去年

---

* 魯迅、周作人的政見、為人，我們拋開不談，這裡只談五四運動以後他們在文學方面的成績。

翻譯研究

> 北京戒嚴時亦嘗恢復毀頭，雖延國粹於一脈乎，而亦不可謂非
> 天下奇事之三也！

這一段文字諷刺得「辛辣乾脆」當然是上乘，而白話和文言的糅雜，也非常調和，讀起來既不嫌太文，又不嫌太白，恰到好處，不是高手絕寫不出。（「則於此斫之」似乎應該改寫「於此則斫之」，「於此則打之」同。）

周作人的《上下身》：

> 人的肉體明明是一個（雖然拿一把刀也可以把他切開來），背後從頭頸到尾閭一條脊椎，前面從胸口到「丹田」一張肚皮，中間並無可以卸拆之處，而吾鄉……的賢人必強分割之為上下身，——大約是以肚臍為界。上下本是方向，沒有什麼不對，但他們在這裡又應用了大義名分大的道理，於是上下變而為尊卑、邪正、淨不淨之分了：上身是體面紳士，下身是「該辦的」下流社會。這種說法既合於聖道，那麼當然是不會錯的了，只是實行起來卻有點為難。不必說要想攔腰的「關老爺一大刀」分個上下，就未免斷送老命，固然斷乎不可，即使在該辦的範圍內稍加割削，最端正的道學家也決不答應的。平常沐浴時候……要備兩條手巾，兩只盆，兩桶水，分視兩個階級，稍一疏忽不是連上便是犯下，紊了尊卑之序，深于德化有妨，又或坐在高凳上打盹，跌了一個倒栽蔥，更是本末倒置，大非佳兆了。由我們愚人看來，這實在是無事自擾，一個身子站起睡倒或是翻個筋斗，總是一個身子，並不如豬肉可以有裡脊五花肉等之分，定出貴賤不同的價值來。吾鄉賢人之所為，雖曰合於聖道，其亦古代蠻風之遺留歟？

這一段文章也是諷刺文，非常幽默，裡面文言白話的配合極其高明，和魯迅的那段有異曲同工之妙。這是不大好學的，但也可以示範，使我們知道白話文言可以夾在一起寫而不討厭，不但不討厭，而且非常可喜，不過很不容易罷了。

　　現在再引一段譯文，以見文中文言白話配合的拙劣：

> 「僧侶呼那問他的兒子何以他不跟僧侶希司達讀書……」兒子答：「我到他的地方去時，他說粗俗的事實，──什麼消化器官的功能，和怎樣使自己善於運用那些功能。」他的父親回答：「希司達將上帝的造化加以研究，而你則稱之為粗俗！你更加應該去跟他學。」

按這段譯文是對話，必須譯得像口語，如果純用文言譯成《聊齋誌異》裡的對白，倒也無所謂，可惜不是。譯者譯得不文不白。完全失去自然。試比較周氏弟兄的對話：

　　魯迅：

> 「狗、鼠、貓」；「你知道麼？貓是老虎的先生，」她說。「小孩子怎麼會知道呢，貓是老虎的師父。老虎本來是什麼也不會的，就投到貓的門下來。貓就教給牠撲的方法，捉的方法，喫的方法，像自捉老鼠的一樣……」

　　周作人譯尼采幾句話卻沒有一點文言：

> 「你們不要愛祖先的國，應該愛你們子孫的國。……你們應該將你們的子孫，來補救你們自己為祖先的子孫的不幸。你們應該這樣救濟一切的過去。」

（這段譯文並不好，可改的地方不止一處。我舉出來只為了說明像

周作人那樣愛用文言的人，譯起一個人說的話來，也全用白話。）他自己寫的對話尤其白得傳神。「詛咒」裡有兩句：

> 甲問，「你老不是也上上權仙去看出紅差嗎？」
>
> 乙答，「是呀，聽說還有兩個大娘們啦，看她們光著膀子挨刀真有意思呀。」

現在再看《聊齋誌異》裡的對白也很傳神，並沒有不自然的地方。《勞山道士》中：

> 道士問眾：「飲足乎？」曰：「足矣。」……辭曰：「弟子數百里受業仙師，縱不能得長生術，或小有傳習，亦可慰求教之心。今閱兩三月，不過早樵而暮歸，弟子在家，不諳此苦。」
>
> 道士笑曰：「我固謂不能作苦，今果然。明早當遣汝行。」……

這種對話讀者心中自然會譯成白話，所以沒有不好的地方，而文言夾白話的文章，讀者不會想到去翻譯的。

就是《三國演義》裡的對話，也是自然的，因為全部小說裡的對話都是文言，讀者自然會把它譯成現代口語。

白話文最不受歡迎的一點是「的」字用得太多，譯文裡的「的」尤其可怕。這一點已在「中國文法」裡評論，本章不談。

「拿鐵路的發展來衡量一國開發的情形」這句裡面兩個「的」字要就全用，要就全不用，不可以用一個，省一個。

講到代名詞，文言的「其」字比白話文的「它」、「牠」、「她們的」、「他的」、「他們的」用得多，而且自然。我們的白話實在是「野蠻」的文字，文言才是「文明的」呢。

「係」是文言的，白話文裡不該用。新聞裡用倒也罷了。

文言虛字原則上雖然不能用在白話裡，但有時也不得不用。如

「戰爭與和平」就萬萬不能說「戰爭和和平」。又如「冒失得得罪人」
這一句也不好，不如就求救於文言，譯成「冒失得開罪於人」吧。

「弄至」什麼地步，這個「至」字應該是「到」，因為「弄」
不是白話，「弄到」才是白話。

有人以為俗語沒有文學價值，我不贊同。老舍的京白，魯迅、
周作人的紹興土語歌謠寫在文章裡，都非常動人。翻譯的人遇到對
話尤其要用心念出聲來，看看像不像話。我們還不大會寫話，第一
是不敢；第二是字寫不出；第三是不懂口語的特別文法。狄更司寫
的對話何嘗合英文正規文法，但確是活人所說的（尤其是下流人
的），所以讀來如聞其聲。周作人《故鄉的野菜》一文裡錄紹興小
孩子贊黃花麥果糕的歌云：

> 黃花麥果韌結結，
> 關得大門自要吃；
> 半塊拿勿出，一塊自要吃。

就很有味。還有《喝茶》一文裡錄紹興沿街叫賣周德和茶干的
人所念的：

> 辣醬辣，
> 麻油煠，
> 紅醬搽，辣醬揭；
> 周德和格五香油煠豆腐干。

也很有趣。我雖然不是紹興人，聽來也有如聞其聲之感，譯者
遇到童謠俗語，應該大膽用口語來譯，不必打起文章的腔調來。

～名詞代替動詞～

用名詞代替動詞是翻譯的大毛病,這是英文的習慣,卻不是中文的。He does his own laundry 是好英文,但「他做自己的洗濯工作」卻不是好譯文。為什麼不能說「他洗自己的衣裳」呢?在「毛病」一章裡,關於這個毛病討論得很詳細。

～「同時」～

「在那同時」,「在……的同時」是新的中文,好些名譯家甚至於作家都用,似乎有逐漸得勢的可能。我也沒有反對別人採用的意思,但要提出一點,就是這兩個新的寫法並沒有必要,因為舊的「同時」一詞已經表示出「在那同時」和「在……的同時」的意思,一定要寫得這樣「精確」,似乎蛇足,試比較:

他預備了酒餚,同時生了一爐火。

他預備了酒餚,在那同時,生了一爐火。

他在預備了酒餚的同時,生了一爐火。

這三句意思沒有分別,但文字方面,分別可不小,好歹請讀者比較。

～「是」～

凡是用「是」的地方,這個字的前後兩個名詞要相等(equation)。如「他是好人」,「他」和「人」是相等的。下面這句就不相等:

這種方法是蘇打片。

　　因為「方法」和「蘇打片」是不相等的，「蘇打片」是一味藥，不是「方法」，如果說，「醫治這個病的方法是叫病人服用蘇打片」，或者說「治這個病的藥是蘇打片」，才算相等。有時兩個名詞相距太遠，譯者往往會忘記，就譯出不相等的句子來了。

　　把「是」字當天平，把前後的兩個名詞稱一稱，看看是不是放得平的。

～「直到……之時」～

　　像這句話，意思就沒有完：「我們決定進攻，以待敵方同意要談和之時」。要補足這一句，就要改成「我們決定進攻，等到敵方同意談和那時再說」。

　　很多譯文裡的句子都懸在半空，叫人不好受。「你忍耐，直到他悔悟」，底下呢？我們中國人一定要補出下文來的。

～其他～

　　「有區別」就是有區別，現在遇到這個情形有人喜歡用「有所區別」。這個「所」字看起來似乎可有可無，其實並非如此。這一短語裡用了「所」字意思就不同了。「有區別」裡的「區別」是名詞，指兩樣東西或兩個人不同。「有所區別」裡的「區別」是動詞，指想辦法使兩樣東西或兩個人有分別。

　　There *is*... 該翻「的確有」；there is... 翻「有」就行了。英文用斜體字表示著重，中文不大用這個方法，遇到這種情形，就在字眼上想辦法。

「每人養有一條狗」這個「有」是「假文言」，照說話的習慣，該說「養了」，或者說「人人都養狗」。我不反對電訊裡用「擁有核子武器」，但一般散文、小說、記事等文字，似乎沒有用這種「有」的必要。

「要懂得這次競爭的激烈和意義」這句譯文也不錯，可是如果要明白就要說，「要懂得這次競爭激烈到什麼程度、有什麼意義」。這個「和」字用的時候要當心。

「素食主義者」也可以懂，不過中國的說法是「吃長素的」，當然素食主義者和吃長素的有些不同，吃長素的是佛教徒，有宗教信仰，而素食主義者卻不一定是教徒。但「吃素的」似乎可以過得去。

「對敵人造成重大傷害」是外國語，如果翻新聞碰到 did enormous damage to enemies 就可以譯為「重創敵人」。

英文裡 He belongs to his own people 一句是很自然的，但中文裡的「他屬於他自己的人民」卻有些不大像中國話。這句話不好譯，意思是「他忠於同胞」，「他和自己的民族是一體」。

(It) lasted (three years)　譯為「延續」、「持續」，都不太好，因為這不是中國的說法。「經過」是不對的。只有文言的「歷」字最好，我們可以說「歷時三年」。「維持」勉強可以，也有不合用的地方。我想白話文裡有時我們會說「這件事拖了三年」，或「前後三年」，或「總有三年功夫」，不知道這種種說法可有人肯用。照目前的情形看，大概大家筆下都是「這件事延續（或「持續」）了三年」吧。選字的困難由這個 last 可見。

「這個人脾氣越來越大」是通的，「這個人生意越來越大」就不通了。因為「脾氣」有形容的意思，「生意」沒有；生意只能說「越做越大」。

I asked him to explain 譯為「我要求他加以解釋」不錯，不過

「要他解釋」更簡潔自然。

Volunteer social worker 譯為「志願的社會工作者」不很好。因為「志願的」和「社會」太近，有形容「社會」的傾向。如果改成「志願參加社會工作的人」就沒有這個毛病。

詞有褒貶，中英一律，詳細要在「中文字辭」等章裡講，譯者對這一點要特別留心。大部分英文字都已經分出，譯者也許因為對原文的理解不很夠，或者因為運用中文的能力不很強，就會用錯字，譯出不妥的句子來。

有客氣的詞，如「用飯」，所以不能說「我用了飯」。現在似乎有人不知道這一點。「你府上住那裡？」「我府上住……」我也聽到過。

英文裡在說明變化過程的時候，往往要把程度敘明。如「河身突然變狹到寬不足一哩」。這樣譯不流暢，我們可以把那個「到」字拿掉，用逗點來代替，意思一樣明白。

in 1939 譯為中文，很自然地會譯成「在 1939 年」。這個「在」字用不著。同樣，in July 譯為「七月裡」也可以了。

～說話～

關於說話的譯法有兩種，一種是英文式的；一種是中文式的。如：

（英式）「對了，」約翰說，「我不想去。」
（中式）約翰說：「對了，我不想去。」

這一點本來沒有多少可以說的，中式，英式都可以，因為英式的寫法，我們也看慣了，至於中式，當然沒有絲毫不好。不過遇到

二人對話，問題可來了。試看：

> 約翰說：「你怎麼昨天沒來？」
>
> 安妮答說：「我昨天有事。」
>
> 約翰說：「我等了很久，失望得很。」
>
> 安妮說：「對不起，我有事走不開。」
>
> 約翰說：「那麼，你為什麼不先打電話告訴我？」
>
> 安妮說：「我那附近沒有電話，我又走不開。」
>
> 約翰說：「……」

這種對話，每行由一個人名開頭，連續三五次就令讀者生厭了。比起來，英文的格式就沒有這個毛病：

> 「你怎麼昨天沒來？」約翰說。
>
> 「我昨天有事，」安妮答說。
>
> 「我等了很久，」約翰說，「……」

因此我主張對話還是用英式的好。由此可見，一味反對歐化是不對的，人家好的地方要學人家。

～變化～

有人為了避免重複，卻掉進另一個陷阱。

為了避免「他在一八九五年生在匈牙利」句子裡兩個「在」字，有人譯成「他於一八九五年生在……」。這並沒有能解決問題，反而有文言白話配合失調的毛病。這一句本沒有麻煩，只要寫成「一八九五年他在匈牙利出世」就行了。或者寫成「他是匈牙利

人，一八九五年生。」或「……生於一八九五年。」

　　又有人為了避免兩個「的」字，把其中的一個改為「之」，如「世界之（或「的」）混亂而多事的（或「之」）局勢」，也沒有解決問題。

　　其實就說「世界混亂多事的局勢」也沒有什麼不可。

　　文字要求有變化，但也有不能變的，這就是虛字。你一下用「之」，一下用「的」，一下用「須」，一下用「要」，一下用「應該」，一下用「應」，雖然字面不同，還是重複。重複用「要」字其實不妨，不必費心去求變化。如「他兩度以盜竊罪，一次以詐詐罪入獄」。這句裡的「度」和「次」，不但不高明，而且很糟。要就全用「度」，要就全用「次」。

　　要求變化的是實字。像名詞、動詞、形容詞、副詞等，一篇文章裡尤其不能左用一個「嘆為觀止」，右用一個「嘆為觀止」。英文裡有時用兩三個形容詞。而中文譯文卻完全一樣，只有輕重之別，程度上的些微不同。這時就必須找不同的字或詞語來譯，才能免於重複、單調。

～累贅～

　　我們還沒有一本可以用的白話作文教科書或辭典可供參考。有些詞用重複了，很難知道，作者譯者必須細心推敲才行。就如「加以收藏起來」就錯了，我們可以說「加以收藏」或「把它收藏起來」，但「加以收藏起來」就重複了。

　　「舷」是船側，所以「舷側」就不對。tuna 是「鮪」，字典、詞書裡都沒有「鮪魚」這一條，如用「魚」，可改譯「金鎗魚」。又如「船帆」是不對的，「帆」就夠了，已經在「中文字」一章提到。

有些詞雖然重複，但已經前人用慣，自然可以用，如「船艙」。

「原因多半是因為」顯而易見是不對的，也許一個人寫文章不會這樣寫，但翻譯的人確有這樣譯的可能。同樣，「這就是何以我要……的緣故」也不對，「何以」是多餘的。

kneel 不可以譯為「跪下身」，這個「身」字是多餘的。Nothing can hurt him，中文裡不一定要這個 can 字，譯為「沒有什麼傷他心的事情了」，這個「心」是加進去的。用了「能」字就累贅。

「更為開誠布公得多」＝ more opener，是不通的。「更開誠布公」，「開誠布公得多」都對。

「財源來自何處」這句話嫌詞費，該改成「財源在何處」或「財從那裡來」。

～不倫不類～

有時有些詞會用得不倫不類。

英文裡有些動詞如 roar，人、畜、物都可以用。而這個字的中譯「吼叫」卻不能用於物。所以 the engine roared 不能譯為「引擎吼叫」（詩裡可以）。這裡只能用「轟鳴」，「或轟隆轟隆響了」。

一個人被土匪劫持，警方得到消息，派警察來營救他，我們不能說「救兵就來了」只能說「營救他的警察就來了」。不用多說，兩軍交戰，援軍才能叫「救兵」。

嚴格說來，「這種衣料接觸到皮膚上的感覺」是不對的。這變成了衣料有感覺。應該說「接觸皮膚後給人的感覺」。

中文字詞

　　講翻譯而談中文的字和詞，乍一聽實在奇怪。但翻譯要用白話文，而現代的白話文歷史還短，另一方面，中文大受翻譯的影響，所以談談這些事，也不算離題。

　　翻譯既然用中文，我們下筆當然要格外小心，下面提出一些常見的錯字，或生硬不當的詞以供讀者參考。

～雙字詞～

　　中國的詞，有單字，有雙字（從前叫做「雙音詞」）。因為有些地方一定要用雙字詞，於是有些作家認為單字詞絕不能用，即使在可以用單字詞的地方，也用雙字詞。譬如說一個人臉上長了許多酒刺，本來是很好的話，結果為了用雙字詞就把它改成「長有」。這個「有」和動詞連用，似乎只有在「擁有巨資」，「持有第1097號牌照」這種半文半白，新聞文字或公文中用到。「有一條船」就是有一條船，不必說「擁有一條船」。「人」一定寫成「人員」，其實有時不能用「人員」。

　　為了找一個字和另一個字相配，成為雙字詞，有人把「帆」上加「船」字，「船帆」的意思很好懂，也像中文。不過我們從來不

用這個詞，因為「帆」一定是船上用的。如果因為上下文的關係，一定要用個雙字詞，中國詩文裡有的是「征帆」，「風帆」等。雖然稍微文一些，卻還可以用。應該注意的是「征帆」是遠行的帆，不是航行短程的船上的帆。「風帆」是可以普通用的。

雙字詞裡有一個「聆聽」，我到現在還沒有找到先例。也許是一個很好的詞，不過目前還不能這樣說。我們的雙字詞裡確有兩個同義的動詞連用的，如「歇息」、「借貸」、「望看」（如「改天再望看你去」，見「國語辭典」）。但並不是可以隨便加的，這個原因是如果已經有了可以用的，大多不再另創新的。用心地聽可以用「諦聽」，「傾聽」。還有「河岸」這個詞似乎是沒有的，岸就是「岸」。

英文裡 colleague 一字常常有人譯為「同僚」。這也不完全錯，但只是 colleague 的一義。如果某一官員，提起他的 colleagues 來，我們可以譯為「同僚」。但如果一個商行職員或董事，提起了他的 colleagues，這個字只能譯為「同事」。我們現在似乎忘記了「同官為僚」這個疏。（「僚」本又作「寮」，不過現在也不必復古了。）

有一個單字真正不容易找到別的字來拼湊，這個字就是「腦」。翻譯科學論文，腦就是腦，既不能加字（如「頭腦」，「腦筋」，「大腦」等），也不能換字（如改用「智慧」，「心靈」，「思想」等）。科學論文裡如果提到「夢」，似乎也沒字可加。「夢幻」？也不很正確吧。

許多動詞只可用之於人，不可用之於物，譬如說，人可以「擁有」，物則不能。「某甲擁有巨資」上面剛說到了的。但「廚房擁有最新的電器設備」就不通了。這一句可以改成「廚房裡裝了……」（有人不喜歡「裝了」是嫌它「俗氣」，不過這是很好的中文。）

我覺得「有」這個字是很好的，無論用在那裡並不丟我們的臉。現在的趨勢是很多作家、譯家，把它當作種田的母親，在鄉下

娶的妻子，或沒有讀書的兒子，不願意朋友看到。他們不是用「產生」，「發生」，就是用「擁有」。

I have got an idea 曾見有人譯作「我產生一個觀念」。這不是我們平常說的話，在這種句子裡也不需要一個雙字的詞。如果是幾個人在一起討論一件大事，其中一人想到了一個主意，他會說「我倒有個主意」。這是中文。

「做朋友」是很好的，不一定改用雙字詞「成為朋友」。「成為朋友」並不是絕對不可用，譬如兩個人本是仇敵，後來因為某種原因，「倒成為朋友」，是很好的中文。不管用什麼詞，要看上下文，但千萬不要以為單字詞是蹩腳的中文。用「做」朋友的「做」並不丟臉。

～小兒語～

小兒語和成人語不同，如我們和小兒說話，可以問她：「你的手手呢？」「你的鼻鼻在那裡？」，同樣「魚兒」，「鳥兒」，也是小兒語，寫給大人看的文章裡不能用。

疊用一字或加「兒」字，都是因為湊雙字詞的結果。遇到這種地方，不妨通融一下加一個無關緊要的字，如「遊魚」、「飛鳥」等。（「星星」雖然是國語，也只以口語為宜，如寫文章，可用「群星」、「繁星」等。）

翻 譯 研 究

～內動詞、外動詞～

我在本章引言中提到內動詞（intransitive verb）和外動詞（transitive verb）的問題，這是一個大問題。現在有很多人分不清這一點，以致文句不合語法。就如「她失蹤了一粒珍珠」這一句就不通。因為「失蹤」是內動詞，下面不可以有受詞的。我們只能說「她失掉了一粒珍珠。」

「展開」雖然是外動詞（v.t.）也可以作內動詞（v.i.）如「展開募捐運動」，「募捐運動已經展開」。但「開展」似乎只能作為內動詞，如「公司的業務有待開展」（試比較「他開展公司的業務」）。

「探險」是內動詞，我們只能說「他到非洲探險」，不能說「他探險非洲」。

「蘇醒」是內動詞，不能用作外動詞。「蘇醒他起來」是不通的。

（鈔票）「回籠」是內動詞，我們可以說「大量鈔票即將回籠」，但不能說「大量鈔票將予回籠」。（「將予」後面一定跟外動詞，如「將予制裁」就是說「（甲）要制裁（乙）」。）

「挹注」是自動詞，所以說「挹注政府的支出」是不通的。要改為「政府的支出靠……來挹注」。

～詞的縮短～

中文裡把四字詞縮為兩詞要看什麼詞，不是任何詞都可以縮短的。有的長話短說很明白，很經濟，但有的不高明。

　　英文 maintenance 這個字有一個意思是維持機器或房屋的效用（壞了當然要修理），因此譯為「維持修理」是合適的。但為了緊縮，很多人已經用「維修」，而且這個詞可能通用。有人譯為「保存」。這兩個譯法都不甚好，也許「維持」好一些。還有工廠裡管理機器，維持它的效能的人，叫「維修人員」。這樣縮也許是好的。不過工作人員的職務可能有很多，如果有七八種，那怎麼辦呢？用「維修存賣換運人員」嗎？所以我認為「管理員」也可以了。我們求精確，有時反而破壞了中文。

　　「喊問」這個詞很生。如果問的人是大聲喊著問的，只能說「喊著問道」，現在有許多縮短的詞，不管能縮不能縮硬縮，因此文字倒不通順了。

　　「取代」是個時髦詞。「A 公司將取代 B 公司在歐洲的獨占地位」是時時碰得到的譯文，許多人也這樣寫。這是 replace 或 take the place of 或 instead 這些英文字害人，也是「取而代之」的縮短。不過這個詞實在是不大對的。我們的習慣是說「A 公司代替了 B 公司在……」。我發現許多用「取代」的地方，都可以用「代替」。當然用「A 公司取 B 公司在歐洲的獨占地位而代之」是可以的，不過稍微累贅一些。「取而代之」縮成「取代」不合文法，也不足為法。

　　《項羽本紀》：「秦始皇游會稽，渡浙江，梁與籍俱觀，籍曰：『彼可取而代也！』」這是大家都讀過的，也是用「取而代之」最適當的例子。若是柴油引擎效率不高，有濃煙，更換汽油的，也用「取代」，即使改成合乎文法的「取而代之」，也是不通的。

　　還有人用「代取」，這更可怕了。一個人在銀行存了一筆錢，自己沒有空，叫別人替他「代取」是可以的，但他的社會地位，別人卻不能「代取」。

　　把許多字的詞縮短，最高明的文字學家要推蘇加諾。他把 new

emerging force 縮成了 Nefos, neocolonialism 和 imperialism 縮成了 Nekolim，諸如此類；不過一個人如果沒有蘇加諾那樣的地位和放肆，就要小心才好。這些縮寫，他一下臺也完了。

～含意好壞不同～

誰都知道兩個意義相同的形容詞，可能只有一點微妙的分別。一個是好的意思，一個是壞的意思。拿英文來說，sensuous 是好的，sensual 是壞的。sensuous 指屬於感官的，訴諸感覺的，如 sensuous（引起美感的）music；sensual 指耽於肉體的快樂，如好色，淫蕩等。中文裡面當然也有同樣的情形。譬如「肉體」這兩個字本沒有不好的意思，但現在漸漸和「肉慾」有了連繫，難怪有人不願意用它。如果對「精神」而言，我們寧願用「肉身」（也許不多久「肉身」也變成壞字眼了，到那時再想法子吧。）

同樣，wipe out 如果受詞是土匪，我們該用「掃蕩」，如果友軍全軍被敵人 wipe out，就不能用「掃蕩」了。（總論裡已經提到），這時不得已只能用「覆沒」。友軍 harass 可以用「襲擊」，敵軍 harass 就只能用「滋擾」。

～別字～

古人一向寫別字。就如「子規」，就有「子嶲」，「子鵑」，「子雟」，「子鶺」，「子鴂」這六個寫法，「嶲」，「鵑」等和「規」字同音通用。類似的情形，不計其數，可參閱朱起鳳編的《辭

通》。但現在字典等參考書比古代齊全得多，似乎不能再這樣隨便亂寫了。

有些字我們會寫錯。從前編《字辨》和《實用文字學》的那兩位先生已經找出了很多，他們如果仍舊留心，一定會又發見許多。我隨便舉幾個：

「昏厥」不是「昏蹶」。

「碰」不可以寫作「踫」。「搣」倒可以的。曹雪芹就這樣寫。為什麼「手」可以「足」不可以，我不知道。但文字的形成與演變不一定講道理。

「聲譽鵲起」不是「雀」。

「這班人」不是「這般人」。（「這般人」的意思是「這樣的人」和「這班人」〔這一批人〕的意思不同。）

「真相」非「真像」

「遂心」不是「隨心」，雖然「隨心所欲」是不錯的。

「待」（stay）不可寫作「呆」或「耽」，雖然很多人寫錯。「耽」的音和「待」不同。

「稍微」今多作「稍為」，是不對的。

「一千零三十五」的「零」這個字現在給「另」或「○」取而代之了。其實該用「零」。（又阿剌伯字 10035，用中文來表示，不必說「一萬零零三十五」，一個「零」字就夠了。）按「○」中文讀為「圈」，「一○○三五」倒也罷了，用在文字裡是不對的。

像我這樣中文字認得不多的人只有多查字典，雖然有時也會越查越糊塗（因為字典也會大有出入，使人無所適從）。大多數字典都是幾十年前編的，當然不大適用，好在中文單字的意思還沒有大變，詞語稍微有些麻煩，新詞大多沒有解釋，不過主要的詞大多數總是可以查到的。成語尤其要查一查，因為四個字可能寫錯兩個，

而意思可能弄錯。（成語詞典有時各本用的字不同，要小心。如有疑問，再查別的字典求證。）

～張冠李戴～

「收入眼底」不應寫成「收入眼簾」。「映入眼簾」是不錯的。

「振筆疾書」不可寫成「揮筆疾書」。我們只能說「揮毫」。

「笑逐顏開」不是「喜逐顏開」。「喜上眉梢」是有的。

「涉足」（地方），「插足」（事件），不能混用。

「漁舟」的漁有「氵」，而「魚網」的魚則無。不能混淆。

「唯唯諾諾」不是「唯唯是諾」。（「唯命是從」是不錯的。）如果不十分有把握，還是查一查字典。

～用字不當～

妻子去看丈夫，那個 visit 不是「訪問」。他們「會晤」，「會面」。

英文的 lie 可用於人，也可用於物。我們的東西擱在地上，不是躺在地上。這個 lie 引人用「躺」字！

有些外動詞只能用於一定的受詞（object）。A carpet of sparkers 譯成「閃光物體構成的地毯」乍一看不錯，但「地毯」用「織成」就更恰當。關於「構成」這個詞，譯文裡處處用它，負擔過重。

英文裡衣服可以給人 use，但中文裡不能給人「用」。中文裡只可以說「穿」。這本很簡單，但翻譯的時候，一見了那 use，就容易

用「用」了。時間也只能「花費」，不宜用「用」。「我用了一天工夫去研究這個問題」是不妥的。

我們說「抱希望」，不說「存」希望，但「存希望心」卻是很好的中文（因為「存心」是現成的詞）。

fragile 是「脆（脆）」或「易碎」，不是「易脆」。

「啞然」不是「不說話」的意思，是指笑聲。不說話是「默然」。

visitor 不該用「訪客」，「訪客」是動詞加名詞。這個字就是「客人」，或「來客」，或「客」。

「綁架富人」是可以的，「綁票富人」就不通了，雖然我們可以說「綁富人的票」。

「設施」和「設備」不同。「設施」是「規畫施行」，或「措置」；「設備」是有實物的。有時有人混用。

「岸」就是「岸」，「河岸」這個詞似未見過。「河邊」倒是有的。

「避免」這個詞和 avoid 不完全一樣。「避免因偷懶而虛度一生」不大像中國話，我們的說法是，「以防偷懶而虛度一生。」

「做出一件表現獨特的行為」是一句不很通的話。「行為」怎樣「做出」呢？這裡的行為要改為「事」。

「求取進步」似乎是很普通的翻譯。我們「求進步」是可以的，「取」似乎不可。英文裡用 get 就可以，不過英文是英文呀。

～字詞研究～

還有一些字詞，值得研究，現在列在下面：

—— 「幫忙」「幫助」 ——

「幫忙」,「幫助」作名詞,作動詞似乎都可以。但我覺得講究的人筆下似乎有分別。

「我需要你幫忙(幫助)」。(「幫忙」好一些。)

「他的幫助太少」。(用「幫忙」的人很多,但在此處不好。)

「請你幫我的忙」。(現在很多人喜歡說「請你幫忙我」,實在不對,因為幫忙是自動詞。)

「請你幫助我。」(可以這樣用,因為「幫助」是他動詞。)

—— 「款」「錢」 ——

「款」(「款子」,「款項」)、「錢」(金錢)是同義字。但應用有別。「他有錢」,不能說「他有款子」。(「他有一筆錢存在我這裡」和「他有一筆款子存在我這裡」是一樣的。「鉅額金錢」和「鉅額款項」也是一樣的。)「取款單子」不能說「取錢單子」。這兩組詞的分別是這樣的:「款」是更隆重的、更體面的;「錢」是更家常,更隨便的。要看那一種情況才能決定用那一組詞。

—— 「贈 禮」 ——

gift 是「禮物」或「贈品」,但不是「贈禮」。如果寫一句文言文,講起兩個朋友(或敵人也可以)講了半天,結果「互相贈禮而別」,倒也可以,但絕不可說「他的贈禮使我激動」那類的話。

現在的毛病就是亂拼,不管拼得拼不得。

—— 「座」 ——

我們尊敬一個人才用「座」，如「座前」，「座主」，「鈞座」，「督座」（如果那人是「幫辦」或「督察」）。因此那位大人物的飛機會成為「座機」，他的汽車是「座車」。如果是一個平平常常的人，乘了自己的汽車在半路上停車，我們不必說他的「座車」壞了。

—— 「做」與「作」 ——

北方人「做」「作」同音，因此兩字易於混用。但即使同音同義，這兩個字仍有分別。國語辭典裡這兩詞下的詞語不同，是最明顯的證據。如「做飯」不作「作飯」，「做麵子」不作「作麵子」。「作弊」不作「做弊」，「作陪」不作「做陪」，「造作」不作「造做」等。最好一例是「做作」，這兩字不是疊詞，如「打打罵罵」，「吃吃喝喝」，明明是兩個不同的字。

—— 「說」「道」 ——

不知是為了省字，還是為了什麼，現在的人不喜歡說道的「道」這個字。英文裡 he said，譯為「他說」，不用「道」倒也罷了。he replied 譯為「他答」，而不用「答道」。

《紅樓夢》裡全用「道」。如第二十二回，我不提那單純的「道」，就有「鳳姐……冷笑道」（按近日的譯者喜歡譯成「冷笑」，「賈璉笑道」（近日的譯者，「笑了笑」），「鳳姐湊趣笑道」，「賈母亦笑道」，下面接連幾個「笑道」，「冷笑道」也不必再舉了。我看了「他冷笑」，「他回答」，「他嘆氣」（he signed）底下用引號引出一番話來，總覺得好像那段文字文義不完似地。也許時代進步了，我們更

求簡潔麼？要不然是我看多了舊小說，有了成見。我不明白。

———「原來」「因為」———

「原來」和「因為」有別。這是一位前輩說的。「原來」可用來譯 for，「因為」可用來譯 because。一句用「原來」開頭是中文裡常見的。「因為」的前面一定要有一句什麼話才行。

———「必然」———

現在用「必然」譯 must 的人很多，當然沒有不對。但在有一些情形下不能用。譬如我們不能說「你『必然』要去」。我們說「你『一定』要去」，在「必然的結果」一句裡，「必然」也不宜改為「一定」。

———「禮　貌」———

「禮貌」用作形容詞是翻譯 polite 這個字的結果，我們好像只說「這個人有禮貌」，「這個人答話很有禮貌」，不說「這個人是禮貌的」。

———「小量」「少量」———

「小量」還是「少量」？如果「大量」可以用，「小量」當然也可以。不過，「多量」也可以說的，所以「少量」也不錯。中文的習慣是用「少量」，但我們不能說「小量」錯。

———「時間」「時期」———

「時間」，「時期」有別，「我花好多時間（不是「時期」）去辦這件事」。「在那一段很長的時期（不是「時間」）裡他什麼人也

不見。」現在似乎有把這兩個詞混用的情形。

——「項」——

「項」是一個「有身分」的字。我們看到很多「一項問題」，「一項辦法」，「一項結果」。在這三個短語中都該用「個」，可憐的「個」好像是鄉下種田的，見不得大場面似的！按「項」的意思是「件」，如「十項運動」。我們不能說「一件問題」、「一件辦法」、「一件結果」。（參閱「毛病」一章。）

英 文 字

　　關於英文字，我們翻譯的毛病是抱定一個字一個譯法，照字填入譯文。遇到 begin 就一定是「開始」，「expect」一定是「期待」，through 一定是「經過」，其實不一定全是這樣。

　　英文裡的字，如果都像 apple, red，就好了。可是，實際上絕非如此。不用說哲學名詞，詩文裡的譬喻不好譯，就是常常看得見的那些「熟人」也不好對付。我的經驗是有一批英文字為數不過幾十個，常常用到，卻非常麻煩，真正的意義與字面的不同，譯成中文又和中文的習慣不合，要特別注意，否則你的譯文就要列入次等了。另外有很多字，雖不常見，也不好譯。現在分別講述。

一、動　詞

　　agree 是個可憎的字。I agreed that... 逼著我們譯成「我同意地說……」其實按我們說話的習慣，該譯為「我認為……」或者先說出那句話，再補一句「我認為不錯」。

　　argue 不一定是「爭論」，They argue that... 不是「他們爭論……」是「主張」。It argues that... 也不是「爭論」是「由此可見」。（當然，譯為「證明」，「顯示」是可以的，不過那是外國話。）本來

這種字，字典上都有註解，但一般人抱定 argue 就是「爭論」、「辯論」，連英漢字典也懶得去查了。

begin 這個字也給了翻譯的人許多麻煩。They began to cry 是再簡單也沒有的句子。我們把它翻成「他們開始哭了。」一點也不錯，就是細細一想，我們中國人不這樣說話。我們會說，「他們都哭起來了」。也可以譯成「他們就哭了」。所以 begin to 不一定譯「開始」，而且有時可以省去。

I began to see why he loved her so much。這裡面的 began 最好譯「漸漸」。

expect 是個不好譯的字。I expect a storm 譯為「我期待暴風雨」是不妥的，那麼「預期」？「指望」？「盼望」？「料想」怎麼樣？都不能用。想一想，天文臺報告，說暴風雨快要來了，你預料它會到，等著它到，怎樣講法？「風暴會來」，大概差不多。現在查 C.O.D.就知道這樣翻譯並不失實，因為這本字典上的解釋是 regard as likely。

as expected，不要譯成「如所預料」，不妨譯成「果然不出大家所料」，「果如所料」。

establish 這個字和別的一些常見的英文字一樣（如 bring, make 等），用途比中文的「建立」廣。To establish a republic government，當然是建立。但「生意」就不能「建立」了，只能說在某一行生意打下了基礎，He has established himself as a grocer 不能譯作「他建立了自己食品商地位」（這句讀者也懂，但不像中國話），該說「他已經成了食品商」。

有好多英文字容易混淆，和中文的情形一樣。gasp 和 gape 不同，所以把 gasp（喘著氣說）譯成「張口驚視」和上下文也可以連得上，就是錯了，所以我要提出來。

「他露齒而笑地說」是 grinned 的譯文。查一查字典，翻得一點也不錯。但這不像中國話。我們從不說這一句話。現在想像一個人笑得露出了牙齒，你怎樣來形容？我們可以說他「笑得嘴都咧開來了」這是中國話。

不過 grin 這個字也表示因痛苦或憤怒而露出牙齒。中國有句話叫「齜牙咧嘴」（齜，開口見齒）漢語字典上說是「遇痛苦時面部不寧之狀」，正是這個意思。但是一般英漢詞典並沒有把這些解釋收進去，所以翻譯者無法依賴。C.O.D.上還指出這個字有傻笑、輕蔑他人的意思，那麼又要找別的字了。

interview 不一定是「會談」、「碰面」、「訪問」、「謁見」，年高的人，叫後輩來，談了一陣，這是「問話」。碰面是碰面了，談也談了，譯者用什麼字眼，看這兩者之間的關係而定。

persuade 總是譯成「說服」，其實英文裡面的這個字和中國人用的「說服」距離很遠。這個字英文的解釋是：

to have belief *of* fact, *that* thing is so); induce (person *to* do, *into* action)──C.O.D.

1. to cause (some one) to do something, especially by reasoning, urging, or inducement...

2. to induce (someone) to believe something.──W.N.W.D.

中文的「說服」是：

謂以言語折之使服。

這兩個解釋雖然有點相似，但有一大不同。中文的說服是先有人不服，然後你用言語說得他服。這是英文字 persuade 沒有的意思。照英文那個字的意思，你可以發起一個運動，叫別人參加，憑你的口才，說得人人都樂於出面、出力。他們未必心裡先有不服，

然後被你言語所折服了；他們也許遲疑，也許推三阻四，也許不贊成，經你一番話說得動了心，改了主意，然後加入。但並非經你一「說」才「服」的。至於 I persuaded him to support my movement 應該怎樣譯，讀者想一想，但絕用不到「說服」。

任充四編的《精撰英漢詞典》解為「說動，勸誘，說之使聽，誘之使從，說之使信，使確信」是很精確的，內中無一個「說服」。

convince 這個字有同樣的情形。

promise 是一個叫譯者頭痛的字。He promised to give the poor man ten dollars。十有九個會譯成「他答應（或「答允」）給這個貧漢十元」。問題是他未必是有人求了才應的。可能是自動要拿出的，也許是由於同情。也有人翻成「許諾」，這也不對，因為「諾」已經是「應允」、「答應」了。這一句可以譯成「他說他一定給這個窮漢子十塊錢」。

He promised to put an end to it, 絕不能譯成「他答應結束這件事」。這句可以譯成「他保證再不許有這種事情發生」。

prove 是可怕的，因為這個字給我們掘下陷阱。His suggestion proved a god-send，如果用「證明」來譯 prove，似是而非（他的建議證明是一個天賜）。這個字在這句裡的意思是 be found to be, turn out to be, 根本沒有「證明」的意思。有一句譯文是這樣的：「但以往的事實，不能證明此項理由的正確。」似乎也是「證明」了，卻不是中國人的說法。如果改為「但就以往的事實來看，這一個說法並不可靠」也就可以了。

It doesn't prove that... 與其譯成「總不能證明……」不如譯為「總不見得……」同樣，It proves that 不一定譯「它證明……」該譯為「這可見……」

說英文的人常常用 stare 這個字。我們為了用雙字詞，就硬拼了

一個「瞪視」。這個詞又是很生的。國語裡有「他跟我瞪眼」大概是最適合的了。古文裡用「張目」，《史記‧藺相如傳》裡有「相如張目叱之」，這個詞用在白話裡嫌古了一些，但總是中文。我並不是說我們不能創造新詞，不過中國的文字裡如果已經有可用的詞，用起來大家容易懂，讀起來舒服，就不必另創生硬的新詞。而且創造新詞也只有運用中文很精熟的人才有資格，否則就糟了。

stop 也是個簡單而難譯好的字。They have stopped doing business with us 譯成「他們已經停止和我們做生意了」，不很像中國話。我們的說法是「他們已經不跟我們做生意了。」「停止」雖然是中國詞，我們卻不這樣用。我們只說，「停止交易」，「工程停止了」等等。

treat 也是一個負擔很重的字。我們的習慣是一看到這個字，馬上就譯為「對待」或「處理」。實際上在中文裡只有「事件」才能處理，只有人才能「對待」。但英文裡可以 treat 的不知有多少。最常見的一個是 chemical treatment「化學處理」。我們先研究一下什麼是 chemical treatment，單就衣料來說，現在有一種不皺的料子，是用化學原料烘製，使它定型，不用漿燙，就能保持摺縫，諸如此類。照這種情形說來，這只能說是「化學加工」。我們寫一篇小說，怎樣表現題材，英文也用 treat，譯成中文也不能用「處理」。

try to 很可惡。現在一般的譯法是見到這個詞就譯成「試圖」，似乎可應萬變。（國家有難，以不變應萬變也許是值得稱讚的，但翻譯這件事，若抱同一主張，就糟了。不過用這個法子似乎很省力罷了。）I will try to bring him here「我會試圖帶他到這裡來。」，I tried to make them reconcile「我試圖叫他們和好」諸如此類。

其實因上下文不同，try to 的譯法也是不同的。現在舉個例如下：

I tried to make them reconcile. 我已經想了法子叫他們和好。

（喜歡用成語的可以說「使他們言歸於好」。）

二、名　詞

　　advice 不一定總是「忠告」，也有別的意思。你做下流事，朋友勸你不要做，給你 advice 是「忠告」。你遇到一件棘手的事情，沒有主意了，他教了你應付的方法，這個 advice 是「給你出主意」。

　　centuries 這個字可以譯成「幾世紀（幾百年）」，也可以譯成「十幾」或「幾十世紀」。遇到這個字要查歷史。比較滑頭的譯法是「若干世紀」，不過滑頭總不是好辦法。

　　confederate 這個字有壞的意思，雖然可以譯為「同類」，也可以譯為「黨羽」。

　　everybody 譯成「人人」有時比「每一個人」更合中國語習慣。

　　here 這個字，大家再熟也沒有了。但如果有人說 Here I will give details about my escape 翻成「這裡」當然也可以混過去，不過最好看一看，作者是指「本書」、「本章」、「本文」，還是「本節」。

　　myth 不一定是「神話」。凡是沒有根的信仰、謬想，也可以叫 myth。

　　petroleum resin 不是「石油製樹脂」，是「樹脂狀石油沉澱物」。這種兩個字結合的詞有時很把人弄糊塗了。（常見的 bread and butter 不是「麵包和牛油」，是「搽了牛油的麵包」，是一例。）

　　reason 在 have reason to believe 裡，是誤人的，因為「有理由相信」不是中國話。誰相信一件事沒有理由？我們中國人一向不說「有理由相信」的，「我相信」，「我的確相信」都可以。

英國人常說一個人「taste」好極了。譯者很自然地譯成「趣味」。不錯，時下的人會說你「趣味高尚」，大約是從英文翻過來的，我們已經聽懂了。想想看，你編一本近代小說選，把所有的佳作都選了進去，批評家一致讚美，說你選得好。You have a very good taste。遇到這種情形，我們怎樣說？要是我的話，我就說，「老兄的眼光真了不起」。再說得細一些，文一些，可以說「精於鑑賞，審辨力強」。

三、形容詞

better 是個簡單得不能再簡單的字，但也會使譯文念起來彆扭。He has got a better job「他得到了較好的工作」不是中國話。我們的說法是「他找到了好事」。為什麼我們不喜歡這種方式的「比較」，我不懂。我們如果比較，就會說，「他找到了事，比上次的好」。

中國人說人「發福」corpulent，「財發身發」，發胖和發財似有關係。英文裡「大塊頭」和「富裕」兩個字也差不多，難怪我們也會弄錯。opulent（富裕）和 corpulent（肥胖）兩字的字源並不相同，我們只要記住「死屍」corpse 這個字就不會弄錯了（拉丁文 corpus 的意思是「身體」）。

grateful memories 不是充滿感激的記憶，是「愉快的往事」。

hypocritical 不一定譯「偽善」。如在 I shall be hypocritical if I consent to this vice 裡，絕不能用「偽善」。這裡是「口是心非」。

我們時常讀到 developing countries，也讀到 underdeveloped countries。這些國家大多指亞、非、南美洲經濟落後的國家，underdeveloped 中文譯為「開發不足」，developing 中文譯為「開發中」。這到底是什麼玩意呢？

　　原來西方國家（當然都是 fully developed 的），起初指這些國家為 backward（落後），後來覺得這詞字眼不雅，就改了 underdeveloped，意思是「有待開發」。但這個 under 到底還是一個不大好聽的，就又改為 developing，「在開發之中」，這真是聽起來很舒服的，實際上，也就是「落後」。一般字典還沒有 developing 的解釋，要譯者自己想。

　　new 不一定總是「新」的。We will move them to a new place 不是「新」地方，是「另外」一個地方。這個地方可能是很舊的。

　　有些字涉及社會情況和歷史背景，與字義無關。就如英國的 public school 並不是公立學校——實在是貴族學校。（在美國就是公立學校，沒有問題。）我說過，一篇英文就像佈了陷阱或地雷的田野，你隨時有跌下去或觸雷的危險。看起來平淡無奇的字，往往叫你在白紙上留下用墨筆寫出的錯誤。

　　ready 在 ready to give assistance 裡，不是「準備」，是「現成」，「隨時可以（怎麼樣）」。

　　simple 不一定總是「簡單的」，simple dress 不是「簡單的服裝」，是「便服」。

　　useful 這個字很簡單，譯成中文就是「有用的」。但有時候，不能這樣譯。如果說一個病人多年臥在病榻上，後來經名醫診治，病好了。英美的人會說他從此就過 useful life 了。譯為「有用的生活」，似乎沒有不合，但這句話含有更深一層的意思。如果他是一個工程師，他又可以替社會服務了，不僅是自己方便。所以如果譯為「替社會服務」還更好些。

　　冬天酒喝下肚西文說它能 warming，中文則說能「禦寒」，有現成的字可用。

　　He found the boy's story incredible，現在譯 incredible 和

unbelievable 這兩個字，一向都用「難以置信」，這也不錯。不過此地如果用「靠不住」似乎自然些。（說實話，現在的譯文裡「難以置信」太多了，幾乎不能再用了。）

<h2>四、代名詞</h2>

you 這個字是任何學英文的人都認識、任何中國人都會翻譯的，這一點誰都認為沒有問題。美國的女孩子有一首歌，唱的是 "We Love You, -Beatles." 我們五十上下的人很容易想起黎明暉的那首現在已經算不得肉麻的歌曲「妹妹我愛你」。很自然地我們會譯成「披頭四，我們愛你」。不知道這裡是四個人，該譯成「你們」。英國人對第二人稱的 "you" 沒有單數、複數之分是我們想不通的。每次碰到一個 you 字，譯者要想一想，這到底是「你」，還是「你們」，除非有把握只有兩個人在場說話，不要馬上就寫「你」。如果是教師對教室裡學生說話，不說 boys 或 girls，說 you，那麼 you 總是「你們」。如果丈夫從外面回家，手上拿了一個包裹，叫家裡的人猜，除非他單單給一個人看，這個 you 也應該是「你們」。這是個譯者須要小心對付的字。

（參看「代名詞」一章）

<h2>五、介　詞</h2>

不要看見 between 就一定寫「之間」或「當中」。The relation between them 當然可以說「他們之間的關係」，但說「他們的關係」

不也很好嗎？a bond between friends 就不一定譯「朋友之間的牽繫」，就說「友誼」好了。

「這項攻擊出自（ordered by） A將軍的命令」。「出自」是個文言詞，在白話文裡很刺眼，我們就說「這次攻勢奉的是A將軍的命令」好了。

from 也是一個可怕的字，翻譯的人要小心的。children from poor families，照字面譯成了「從窮人家來的孩子」，也不能算錯。可是「從……來的」一個詞中文裡一定是指有「來」的行動的；是乘火車、走路、搭電車，還是坐飛機的，都沒有關係。這些可憐的孩子也許坐在家裡動都沒有動，也許在學校裡讀書還沒有下課，並沒有動作。Children from poor families often need some encouragement 一句裡的 Children 並沒有「來」。仔細一想，這幾個字的意思原來照中國說法是「清寒兒童」。我說我們連話也不會說了，這指的就是「從窮人家裡來的孩子」。又如「幫他忙的人並不限於本地的工商，還有來自學界的人士」這一句裡的「學界人士」一向就住在本地，並不是外路「來」的，雖然英文裡有個 from，（乾脆說「學界人士」好了。）

有時真有「來」的動作，如「威士忌來自蘇格蘭，杜松子酒來自英格蘭，白蘭地來自法國，葡萄酒來自葡萄牙……」但仔細一想，我們中國話又不是這樣說的。我們好像是說「威士忌是蘇格蘭出的，杜松子酒是英格蘭出的……」或說：「蘇格蘭的威士忌，英格蘭的杜松子酒……」

「來自第一艦隊的」為什麼不說「由第一艦隊調來的」？「我收到來自紐約的一封信」為什麼不說「我收到（由）紐約寄來的信」？

through 也是個可怕的字。一般譯者喜歡用「經過」或「通過」來譯這個字，不錯，在 He entered the hall through the doorway 一句裡是「經過」。但在 He obtained the information through a relative, He

141

achieved great success through his painstaking studies and keen observation，也用「通過」，就不大通得過了。我相信只要你不贊成在這種地方用「通過」，你一定找得到適當的字。（「他從親戚那裡得到消息」。「憑了辛苦研究、敏銳觀察，他大為成功。」）

有些地方該譯「藉重」、「假手」、「靠」。

with 不一定總是「帶來」。A friend came to me with a problem 不是「帶了」一個問題來。英文裡的with是上下文連接的詞，「帶來」當然也有連接的功用，但中文是不用連接的。所以這一句可以譯成「有一位朋友找我，他有個問題（要解決）。」

六、連接詞

but 未必常常是「但是」或「但」，在有一種情形之下要用「可是」。如 He likes to read Shakespeare, but I don't。這一句裡的 but，譯成「可」最自然。「……我可不喜歡」。

if 是個再簡單也沒有的字，但這個字可能使譯文不像中文。據徐誠斌主教指示，在 If he is unwilling, why should we force him to do it? 這樣一句裡 if 並沒有「假使」的意思。這裡說的是事實。像這一類的用法很多，不勝枚舉。我查過很多英漢字典和英文字典，都沒有說明這一點。這裡的 if 該譯成「既然」。

or 這個平淡無奇的字也有一個陷阱。如 bowel or large intestine。這個 or 不是「或」，而是「就是」，是說 bowel 就是 large intestine。又如 the Ruler of Darkness or Satan，不要譯作「黑暗的主宰，或撒旦」，因為黑暗的主宰是撒旦別名。

在 Since he is a scholar, let us ask him to give a lecture 這句裡，

since 不一定是「因為」，而是「既然……就……」。

till 這個字好像故意和我們找麻煩似的，要費一番手腳才能譯好。像 He can wait till we come back 這樣簡單的句子，都不是譯成「他可以等，直到我們回來的時候」就可以算好的。這句話不像中國話。就翻成「他可以等我們回來嘛」好了。（參閱「中文修辭」）

when 是位好好先生，一有這個字，你只要用「當……時」對付它，就行了，不是嗎？When I go to a city，一定譯成「當我到一個城市去時」。這一譯文實在不錯，譯起來也很省力。可惡的是英國人的一段文字裡，竟可以用上五六個 when，全篇文章裡，可以用上二三十個 when，他那英文讀讀倒也過得去，可是譯成中文，滿紙是「當……（的）時（候）」，真不禁令人勃然大怒。讀者會以為譯者有點神經病了。

仔細一想，我們並不是不用「當……（的）時（候）」，只是用得極有限。《紅樓夢》第九回我一口氣看了三五十行，也沒有看見一處用「當……時」的。Little children cry when frightened 可以譯成「當小孩被驚嚇時便哭」，但譯成「小孩子受了驚（一嚇）就哭」只有更乾淨明白。

七、其　他

Dr. 當然是博士，但有時是醫生，雖然有的醫生也是醫學博士。有的卻只是醫學士，也叫他 Dr.，所以不要把所有的 Dr. 都譯成博士。

船員叫船長 sir，譯者可不能譯成「先生」。你要知道中國的水手怎樣叫船長。下士稱營長也是 sir，中國人遇到這種情形，叫「先

生」嗎？

　　有些形狀因中英文字不同而異。如英國的T型，中文就成了「丁」字型。英文的 zigzag（Z型），中國就是「之」字。不過我們似乎沒有 V.W.M.N.這些形狀的字，萬一要借用英文字母，也沒有什麼不可以。不過中國有的，還是用中國的。

　　現在有一句英文的中譯，「如所週知」（憑良心說，我不知道原文到底是什麼），已經在一般中文原著中出現，所以用在譯文裡，應該是沒有問題的了。但我總覺得這句話有不合文法的地方。這本是一句長話，縮短了來說的，全句是「如同一般人所知道的，」在這一句裡「一般人」和「所……的」的「的」字不可省，一省就不成話了。為什麼不說「大家都知道」？

白話文和對話

　　胡適之並不是第一個用白話寫文章的人，但認真全國上下用白話寫文章，還是他提倡起來的。這本書不是中國文學史，也不是白話文學史，不做考證的功夫。我要說的就是到現在為止，有些很好的口語竟沒有人敢用，或者是不屑用，寧願造一些不像中國文，也不像中國話的字、詞、語，來代替。

　　我一再說過，不論作文或翻譯，我們一定要借重文言。但是對於白話文的研究，從抗戰到現在似乎沒有多少進步——也許還退步了一些。五十年前，胡適、錢玄同、劉半農、傅斯年這班人討論、研究，的確寫了許多到現在都還有價值的討論文章（可參閱《中國新文學大系》第一集《建設理論集》）。現在國語的語法研究進步了，可是一般人運用白話文的能力依然如舊。尤其是對話寫得仍舊不像話。

　　就像最常用、也最該用作「日」字解的「號」字，就很少人用。我們不都是說「我上個月六號來的」嗎？一提起筆，我們就寫「六日」。意思沒有錯，就是不像話。還有「……一塊錢」，也沒有人敢用，肯用。「我花了五十元買了一部書」實在沒有人這樣說。為什麼不能說「五十塊錢」？開一張支票當然寫「五十元」，但是說話總是「五十塊錢」。「鐘頭」也是不大用到的。體面的字眼是「小時」。「我走了兩小時才到」並不錯，不過一般人說起話來，用「鐘頭」的多。

　　最值得大用特用的是「大家」這個詞。我把它介紹給作家、譯家，一點不害怕。現在我們說話用「大家」，但拿起筆來不知道用「大家」，不屑用「大家」，不敢用「大家」，卻用那不像中國話的「人們」。我沒有時間做考據工作，找出「人們」的歷史，但無論如何這個詞沒有聽人在說話的時候用到（照現今譯文的說法，是沒有被「人們接受」）。我們說「這一張片子演了兩天就演不下去了，大家不喜歡這種文藝氣氛太濃的片子」。不說「人們」。「大家」似乎「俗」一些，其實這種詞和英文的 everybody 一樣，無所謂俗不俗。而且表這個意思，除了「大家」，沒有別的詞可用。

　　還有一個好字是「弄」，就是現在很得勢的「搞」字的同義字。我並不反對大家用「搞」字，這也是很好的白話，但這個字只是中國一部分地方的方言。而「弄」是國語，用這個字的中國人非常多。英國人如果可以大用特用 make, get，我們就可以大用特用「弄」。所以 you made it worse 就可以譯成「你把這件事弄糟了」。Get a copy of the book for me, won't you? 就可以譯成「替我把這部書弄一本來，好不好？」這個「弄」字大家還不屑用，我倒覺得它挺好的。「弄掉」、「弄好」等等都是很好的白話。

　　我們不寫口語，有時是不會寫。江蘇鎮江人說一個人喋喋不休，叫做「韶刀」。這個詞我本不會寫，當然也不敢用。後來偶然在「國語辭典」裡看到，才知道這也算是國語，見於明人小說：「春梅見婆子吃了兩鍾酒，韶刀上來了。」這一句在今天如果改為「……絮絮不休」就全失掉了神氣，一句活生生的口語，變成了腐臭的死文。我並不是叫大家都用「韶刀」這個詞，但在對話裡，韶刀自然，這條路走對了。明人寫小說敢用，真叫人佩服，現代的人不會用，真可惜。

　　做菜「下芡」。原是家庭主婦常說的，但會寫的人恐怕不多。

「國語辭典」有這一條。上海說洗衣裳做「汰衣裳」，這個「汰」字很少有人用，字典裡也是有的。

中國大辭典編纂處編的《國語辭典》是一部創作，這部書容易買，我也不用多介紹。我們不會寫的字，只要念得出，大都可以找到。作家、譯家都該時常參考它一下。有些詞當然不能隨處都用，如「小不點兒」、「小把戲」等。但如果已經知道一個詞，自己又有些疑惑，也擔心寫錯字，就可以到裡面查一查。這個功用可不小！有些話是一個人的本鄉土話，不能隨便用，而另一些土話已經在國語區域通行，只要不太生，就不妨一用。

譯者的英文程度不管高低，大都可以看出英文裡的對話（就是寫在引號裡的話），就是口語，沒有文縐縐的文章，越是教育受得少的人越不文雅。為了傳神，不合文法的話也照寫下來，讀得含糊不清的字也把音節節略，甚至只標出音來。作者有時要諷刺一種人，就故意把他的話說得很文雅，不是表明那人有學問，而是挖苦他。試看 Dickens 筆下的 Micawber，Austin 筆下的 Collins 說的話都文縐縐的，就可以知道了。所以要譯文「貼切」，就得要寫恰如其分的話，找到口語裡的字。如果原作寫的是沒有受教育的人的話，而譯成學究式的不文不白的話，這個譯文就要斟酌了。沒有引號的敘事、說理、描寫，文一些還不妨，在引號裡的話就萬萬文不得。

有人寫小說，書中三教九流、老幼男婦、主僕師生的話，都由他一人代說，不是洋人說不倫不類的中國話，就全是一副高中學生的口氣，這就全不像話了。這也是翻譯最忌的。一個七歲的小女孩或礦工說起話來像大學教授在課堂上講書，這不是很奇怪嗎？

白話文也不很容易寫，我看過一位國學大師的白話文，發現他連「呀」字都用得不對，念起來也很彆扭。可見這個玩意不是他所擅長。淺如「兩」、「二」這兩個字，用的地方都不同。（有人把「二」

讀成「兩」，因此用錯。）再如文言裡說「馬一」，「牛一」，「一飲一啄」，到了白話裡就要加許多「量詞」（中國文法裡又叫「輔名詞」、「數位詞」、「別詞」、「類詞」、「助名詞」等，多得叫人害怕）。如「一匹馬、一頭（條）牛」、「喝一口水、啄一口食」等。

把文言改成白話，行文、詞彙，全要改，不是換幾個字就行的。這和把英文譯成中文差不多。

現在的譯文裡，文言虛字仍舊太多，「便」、「之」、「中」代替了白話裡的「就」、「的」、「裡」。是不是「就」、「的」、「裡」也太「俗」呢？文言虛字用在對話裡至少是不自然的。（但老學究說起話來可能滿口之乎者也，這種人物對話用文言虛字無所謂，不過我們一般人寫出這種白話文來卻不像話。）

關於行文的時候文言白話應該怎樣糅雜的問題，可以參看「修詞」一章。

白話文的節奏和音調

　　白話文的節奏（rhythm）我們現在還沒有弄清楚，說句外國話，還沒有「建立」。所以寫白話文的人不免犯許多節奏方面的毛病，就如這一句：

　　孩子本身經常表示喜歡父母愛護動物，這樣他們也好接近牠們。

看看也沒有錯，就是這種兩個字一組的結構，讀起來非常單調。如果把各組分開，就可以寫成這樣：

　　孩子　本身　經常　表示　喜歡　父母　愛護　動物　這樣
　　他們　也好　接近　牠們。

到現在為止，到底應該怎樣組合，誰也沒有說過。但許多名家的文章裡，似乎都避免這種單調的寫法，我也不必細細舉例，像上面這句如果改一下，可以寫成：

　　孩子　本身　總表示　喜歡　父母親　愛　動物　這樣　他們
　　也可以　接近　動物了。

　　文言文的四六句也是兩個字，兩個字一組的，但念起來好聽，

原因在那裡呢？原來文言文講究平仄，和做詩一樣嚴格。四六句之所以好聽，全靠平仄變化得好，如顏延年「三月三日曲水詩序一首」裡的首句：

方策　既載　皇王　之跡　已殊
（平仄　仄仄　平平　平仄　仄平）
鐘石　畢陳　舞詠　之情　不一
（平仄　仄平　仄仄　平平　仄仄）

　　上句用五平聲字五仄聲字，下句用四平聲字，六仄聲字，這一點關係不大，關係在末一字的不同，就是「載」、「王」、「跡」、「殊」、「陳」、「詠」、「一」等字。音調一定要在這一方面有不同，才顯出變化。讀者試把其中一句的末字掉換它的平仄，再念一念就覺得彆扭了。（陰平、陽平，是平聲，上、去、入，都是仄聲，讀者一定知道，不用我說了。按國語無入聲，但是說國語的做舊詩，也要照中原音韻的。）

　　拗體詩的韻是故意彆扭的，所以又當別論。又古風句句用平聲押韻，情形相同。

　　我現在並不主張復古，寫駢文或古文，我只是說寫白話文也要注意平仄。就如這一句：

他沒有人照應、地位喪失、沒有事可做。

　　看看也沒有毛病，但讀起來不舒服，好像說這句話的人在打呃，說兩三個字就呃一下。毛病是有的，出在每一短句末字都是仄聲字。（國語「失」字是平聲，但中國有入聲的省份居大多數，不會當這個字是平聲的。）

　　這一句只要把句末的「做」改成「為」，就舒服了，不過句裡

的「沒有」要改成「無」才行。

　　有的人從不理會平仄，但對於音調極為講究，他寫好一句，讀了覺得不和諧，就修改，修改，改到他的耳朵聽了舒服為止。這當然是很好的習慣，不過如果懂得平仄，懂得字的組合，差不多立刻就知道毛病出在那兒，動一兩個字就行了。

毛 病

　　在「中國語法」一章裡談的，是譯文犯了中國語法方面的錯。在「中國的中文」一章裡談的是譯文歐化，不像中文的問題，這些文句可能在語法上並沒有錯誤。這一章裡，講的是翻譯的毛病，比不合中國語法，歐化中文又更進一步。這三章以及別的許多章所講的全是一件事：譯文要像中文。

　　種種毛病，起初因受英文影響而養成，長久英文化的程度可能竟超過英文，說來令人悚然，也叫人不信。不諳英文的人看到這種中文以為是時髦，也學習起來，這個禍害可不淺。本來中國人讀英文，寫英文以後，也會吸收英文的表現法、句法、文章作法，這是值得鼓勵的。不過翻譯的毛病卻不能相提並論。因為有許多字眼等於麻將裡的「百搭」，用得太濫，結果意義含糊；有些句法基本上與中文結構不合，用了使讀者難受。雖然有些字眼和句法已漸漸得勢，從紙上侵犯到了口頭，有的口頭，紙上都有，得勢也有軒輊，看來要成為中文的一部分，我仍然要指它出來。我現在說的那些不恭維的話，二十年後可能要加以修正（不過現在和二十年後情形是不同的，現在是現在，二十年後又當別論）。還有，也許我認為是不好的習氣，卻是他人認為美妙的地方，可能引起極大的辯論；我只能說，我的話只代表我個人的意見，還有討論餘地，大家不妨討論。

　　本書論翻譯，講的全著重譯文要像中國人寫的中文這一點。為

了提起讀者注意，這一章裡有和「中國的中文」一章重複的地方。這種地方並不太多，但也足見我多重視那些毛病了。

這個時代是變化極大的時代，中文也在變化。但是我們說話總得像話，就好像寫字，一橫總要像一橫，一豎總要像一豎一樣。本章裡舉的許多常見的譯法，幾乎不大像話，所以需要改正。

〜用名詞代動詞〜

譯文裡有一個大毛病，就是把一句話套在一個用名詞構成的句子裡。「人們進行了一項歷時一週的觀察，對這個新單位已獲得初步的認識。如果再經過一項和外國同樣單位的發展情況的比較，相信可以獲致較佳的認識。」像這樣一句，我們不覺得有點不大像中國話嗎？「觀察了一週」是一句話，我們不說，卻一定要套在一個用名詞構成的圈子裡「進行了一項歷時一週的觀察」。unit 不譯成「機構」而譯成「單位」，也叫人不解。「已經略知梗概」不說，卻一定要說「獲致了初步的認識」。這種外國語式的譯法還有一個理由，就是省事，但這不成理由，因為這樣譯出來，不像中文。「經過一項比較」也很生硬。

「較佳的認識」也不是中國話。這樣極簡單的中文我們似乎也寫不出了，如果給一個沒有讀過外文或翻譯的人寫，他會寫成「大家把這個新機構研究了一個星期，已經略知梗概，如果再拿它和外國同樣的機構比較一下，相信還要多明白一些」。也許這種譯文有人認為不夠「雅」，我希望我們對於「雅」的標準有共同的認識。同樣的結構有：

做這次旅行（come along this trip）

作了一次私下談話（held a private interview）

作了五年的奮鬥（為什麼不說「奮鬥了五年」？）

進行了為期三日的研究（這個「為期」是可怕的）

做些什麼商談（「談些什麼」）

得到更大的安全（「更安全些」）

進入睡眠狀態（這一句原文並不一定是 entered into a dormant
state 而是 fell asleep，這種譯文是譯者譯慣了英文的句法養成的
習氣。我知道有些譯家認為「睡著了」太「粗俗」，見不得
人。）

從事種種預防措施（「採取種種預防步驟」要好些，雖然也是用
名詞套出來的。）

從事一次航行（「航行」就夠了）

甚至還有像「走私案中最驚人的一點，是財政部長的牽涉在內」
這樣的句子，是什麼話呢？

His generosity cost him a million dollars 這一句譯成了「他為了這
項慷慨行為而花了一百萬元」。就犯了用名詞的毛病。（嚴格說來，
他花錢並不是為了「這項慷慨行為」，而是他「生性慷慨」。）這一
句可以簡單地譯成「就因為生性慷慨，他才用掉了一百萬塊錢」。

有時我們會碰到「他履行他作的承諾」那樣的譯文，原文大約
是 He kept his promise。

要是說日常的話，我們就說「他說的話作得數」。用文言是
「彼重然諾」。

以手槍和不怕死給無法無天的鎮市帶來公道（憑手槍和無畏精
神在無法無天的鎮市上維持公道。）

提出答覆（答覆）

實行自殺（自殺）

對他所做的表示（按這句話有點莫名其妙，不知如何改正，可惜原文已忘，否則可以重譯。）

作了一次私下談話（私下和他談了一次）

作一個九十度的轉彎（make a 90-degree turn，轉了個九十度的彎）

作了五年奮鬥（奮鬥了五年）

作重大改革（大加改革）

對她進行勸告（勸她）

在老鼠身上進行試驗（這一句大有問題，何不說拿老鼠做試驗？）

假定了一個理論（這一句也有問題。姑且說有個理論）

發生損壞（損壞）

人民無法獲得較佳的生活（人民生活無法改善）

　　上面提到，現在有許多字和詞變成麻將裡的百搭，只要扯得上就用。就如「接受」，本來是「收受，承認」的意思，如「你的好意我接受」，「這些條件我不能接受」。但也有很多人用在下面的句子裡：

接受中國最好的治療

使他接受人工呼吸

接受手術（submit to operation）

　　這三句和我們向來的說法不同。我們說「請國內最有名的醫生替他看病」（如果覺得「看病」太不「雅」，可改「治療」）；「替他行人工呼吸」；「動了手術」。

　　「接受」是個可怕的字。「我即將開始接受一種更為重要的教育了」。為什麼不能說「我就要受更重要的教育了」？按這一句原

文裡未必有 accept 那個字，這句英文可能是 I was to have even more important instruction。

「這種價格一般消費者都能接受」已經是「欽定」（authorized）的譯文了。這句原文裡的 accepted 也的確沒有別的字可換，但這不是中文。（還有，這種的「種」也不對，見另一條。）我想我們的說法是「這樣的價格一般消費者還不覺得很貴」。

I received a medical examination 這句裡的 received 也不一定用「接受」。說「我檢查了身體」不很明白嗎？

居然還有「接受龐大支出」這句譯文！我猜原文可能是 resigned to the expenses。如果「接受津貼」倒還有些理由，至於支出，雖然心裡不願意，也只能「授」給別人，總沒有「受」的份兒。如果原文是 resigned，就的確有點麻煩，不過也不能用「接受」來解決問題。這一短句，就譯成「雖然要花許多錢，也沒有法子了」吧。

用「進行」代「做」，無奈有時並不「進行」。要有「向前做」的意思才可用「進行」。如果有人問：「這件事做得嗎？」答他「你去進行好了」是不錯的。「這個計劃在進行中」也可以。如果說「進行訓練人員工作」也就不必，因為說「訓練人員」不也可以嗎？「進行一項計劃」不很對，因為在這句裡我們總是說「推行計劃」。

to provide basis 的一般譯文是「提供基礎」，不過「基礎」實在無法「提」而「供」給。如果是 It provides a basis for future development 就可以譯為「（『此舉』等等）替未來的發展打下了基礎」。

～「一種」「一個」「一項」～

這一節裡所講的主要點是一位前輩指示給我的。

　　「一種」是可怕的。我已經說過，英文裡許多場合中一個名詞前面，少不得加冠詞，非 the 即 a。但中文用不著這個撈什子冠詞。有人用「一種」用油了，忘記一句開頭已用過一次，還嫌不夠，再來一次。例如「一種他們稱為吸血鬼的一種飛機」！*

　　其實，「一次」「一種」都不用，也不妨事：「他們稱為吸血鬼的飛機」。

　　白話文裡這個「種」字也有濫用的弊病。有時「一種」並非一「種」，而是一「個」。如 a barrier 不是一「種」障礙，而是「一個」；a gutter 不是「一種」溝渠，而是「一條」。手頭的報上有一篇醫學譯文裡面有一句「……這一種醫學上的爭論，雖然我們未曾目擊……」英文原文不知是什麼。但這句裡的「一種」，明明是「這次」。下一句「因為這樣才可以使醫生獲得機會，發掘一種新的見解？」原文也不知道，但這句裡的「一種」明明是「一個」。夠了，不必再舉例了。

　　「一個」是譯文裡的蒼蠅，許多隻一齊飛來騷擾讀者。又如某篇譯文裡有「人的每一個動作，每一種思想，每一項情緒……」**一句，這句裡的「種」就有問題。一個人有幾種思想呢？「積極的」，「消極的」，「進步的」，「落伍的」，「上進的」，「頹廢的」，「少年的」，「老年的」……那一種，誰也說不出。這裡原文

---

　　* 語言學家趙元任《語言問題》第一頁第三行四行「……我覺得是一件很愉快、很榮幸，使我很興奮的一件事情」其下第二段第一、二行，兩用「一門」指一門。可見中文受英文影響的程度。

　　** 譯者用了三個不同的量詞，個、種、項，可稱煞費苦心，但如果再多一樣，就要黔驢技窮了。

指的不是一「種」，而是單獨的一「個」念頭。也許就是「一念」，這篇譯文這一頁六行之中有七個「一個」，三個「一種」，下一頁也有八個「一個」。用得著這麼多？「一個時間」，「作為一個……」，「一個……事實」，怪不得「他是一個年紀很大，家裡很有錢，妻妾多得數也數不清的一個老人」也會譯出來。

有時「一個」在英文原句裡並不是 a 而是 the，這就大錯特錯了。He is the man who killed the murderer 絕不可譯成「他是一個殺死那兇手的人」。用多了「一個」的人手一滑就會又「一個」一下。這一句很簡單，不用說大家都知道該譯為「他就是那個……」。還有，the greatest problem of his life 也不是「他一生一個最重大的問題」。這個「一個」不能用。

很多人把複數的名詞，也譯成了「一個」或「一種」。new methods 譯成了「一種新方法」，more difficult ways 譯成了「一個更艱難的途徑」不但不好，而且錯了。

「一項」和「一種」一樣，有時用得並不對，和「一個」同樣濫用。

我試看《紅樓夢》第三十一回裡也有許多「一個」，但絕沒有現今譯文裡那麼多，而且用的地方卻有計數的需要，如「把四個戒指放下，說道襲人姐姐一個，鴛鴦姐姐一個，金釧兒姐姐一個，平兒姐姐一個……」就如開頭二十行，一個「一個」也沒有，若依照現在譯文的習慣，可加「一個」、「一種」等等很多。

> 話說襲人見了自己吐的（一口）鮮血在地，也就冷了半截。想著往日常聽人言，（一個）少年吐血，年月不保，縱然命長，終是（一個）廢人了。想起此言（這一項言論），不覺將素日想著後來（的一種）爭榮誇耀之（一番）心，盡皆灰了，眼中不覺的滴下淚來。寶玉見他哭了，也不覺（有一種）心酸起來，因問道：

「你心裡覺得怎麼樣？」襲人勉強笑道：「好好的覺怎麼呢。」寶玉的意思即刻便叫人燙（一種）黃酒，要（一種）山羊血、黎峒丸來，襲人拉住他的手笑道：「你這一鬧不打緊，鬧起多少人來，倒抱怨我輕狂。分明人不知道，倒鬧得人知道了，你也不好，我也不好。正經你明日打發（一個）小子，問問王太醫去，弄（一）點子藥吃吃就好了，人不知道不覺的，可不好？」寶玉聽了有理，也只得罷了。向案上斟了（一杯）茶來，給襲人漱了口，襲人知寶玉心內也不安穩的；待要不叫他伏侍，他又必不依；二則定要驚動別人，不如由他去罷。因此倚在（一張）榻上，由寶玉去伏侍。一交五更，寶玉顧不得梳洗，忙穿衣出來，將王濟仁叫來，親自確問。王濟仁問其原故，不過是（一種）傷損，便說了（一種）丸藥名字，怎麼服，怎麼敷。寶玉記了，回園來依方調治，不在話下。這日正是端陽佳節，蒲艾簪門，虎符繫背。午間，王夫人治了（一桌）酒席，請薛家母女等賞午，寶玉見寶釵淡淡的，也不和他說話，自知是昨日的原故。王夫人見寶玉沒精打彩，也只當是昨日金釧兒之事，他沒好意思的，越發不理他。林黛玉見寶玉懶懶的，只當是他因為得罪了寶釵的緣故，心中（有一種）不自在，形容也就懶懶的。鳳姐昨日晚間王夫人就告訴了他寶玉金釧的事，知道王夫人不自在，自己如何敢說笑，也就隨著王夫人的氣色行事，更覺淡淡的。迎春姐妹，見眾人無意思，也都無意思了。因此大家坐了一坐，就散了。林黛玉（有一種）天性，喜散不喜聚，他想得也有一個道理。

末一個「一個」是原文裡第一次用的，這已經是第二十行了。注意，這一段中文裡本來照譯文的方法來寫，還不只這幾個「一個」，「一種」，因為原文裡許多句子沒有用名詞。所以「一個」，「一種」，「一番」也加不進去。就如「縱然命長」寫成「縱然活了一個很長的壽命」就有「一個」了。「寶玉見寶釵淡淡的」一句，如用名詞可以寫成「寶玉見寶釵有一種淡淡的神態」就「一種」起

來了。又如「寶玉……將王濟仁叫來，親自確問」，可以寫成「……親自作了一番確切的詢問」，這幾句譯成英文，少不得用許多 a，如 a long life, with a nonchalant look, made an exacting enquiry 等等。

讀者如果把上面舉的例和曹雪芹的原文一比較，就知道孰優孰劣了。我常看許多經驗豐富的譯者，用很多「一個」，「一種」，可見這一點還沒有充分引起大家的注意，所以一再提出。（關於這段《紅樓夢》，我還照目前翻譯的習慣，另外重寫在後面。）

《紅樓夢》如果照譯文的風格翻譯，平空要添兩萬個「一個」、「一種」或「一項」。

～最常用的字～

現在我們一切的活動似乎不是「得到」，就是「作成」；不是「給與（予）」，就是「取得」；不是「從事」，就是「進行」；不是「證明」，就是「顯示」；不是「提供」，就是「接受」；不是「試圖」，就是「堅持」。英文裡 make, get, take, give, show, prove, provide, accept, attempt, insist，等字本有 heavyduty words 的稱謂，但中文裡「提供」，「堅持」等字卻絕非三句話離不了的詞語。一定拿來大用特用，勢必把譯文弄得烏煙瘴氣，把中文糟蹋了。

「基於」也很受歡迎，這是由 based on 譯來的，但它早已不在乎有沒有 based on 了。就如 profiting from earlier mistakes 這個短語裡就沒有 based on，但又何妨譯成「基於過去的錯誤」？我們的習慣似乎是說「鑑於……」。同樣「基於保密的原因」似乎也不如就說「為了保密」。這個「基於」還是洋文，可能不久就完全通用了。

～「前者」「後者」～

英文的簡略法給我們學來了不少，最重大的一法是運用代名詞。關於 they 和 it，我特別有一章詳談，這裡只談 the former, the latter。

現在我們寫白話文也有許多「前者」，「後者」。不錯，一路往上找，總一前一後有兩件事或兩個動物，或兩件東西可以攀扯得上。不過，等我們找到，有時不免一楞。自然而然會問，「就是這個嗎？」譬如 He (a pig) looked at the cow, and the cow looked at him 這一句，中文譯成：「豬瞧那頭牛，後者也瞧牠」是完全「合法」的。不過我們找到這個「後者」發現原來是頭牛以後，就覺得有點不舒服，要作嘔（也許有人無所謂），為什麼，也說不出。原來我們有我們的說法，也許不太經濟，其實是更經濟。我們的說法是「豬瞧牛，牛也瞧豬」。

又如「上下兩條路……後者」裡的「後者」無論如何不像話。我們的語言只許說「下一條」。

現在且聽英國人怎樣說法：寫 The Complete Plain Words 的 Sir Ernest Gowers 說：

Do not hesitate to repeat words, rather than use *former* or *latter* to avoid doing so. The reader probably has to look back to see which is which, and so you annoy him and waste his time.

這段話說得再好也沒有了，也可以算是替中國人說的。

中國寫文章的，幹翻譯的人喜歡用「前者」，「後者」，聽了他的話不知道作何感想。

～「譯文體」～

譯文勢力不可小覷，不但便於翻譯，而且打進創作。不過凡是愛護中文的人，不免看不順眼。我現在把《紅樓夢》三十一回的開頭用譯文的體裁略加修改，看看效果如何：

在看到她吐在地上的一口鮮血後，襲人就有了一種半截都冷了的感覺，當她想起往日常聽人家說，一個年輕人如果吐血，他的年月就不保了，以及縱然活了一個較長的生命，她也終是一個廢人的時候，她不覺就全灰了她的後來爭榮誇耀的一種雄心了。在此同時，她的眼中也不覺地滴下了淚來。當寶玉見她哭了的時候，他也不覺有一種心酸。因之他問：「你心裡覺得怎麼樣？」她勉強地笑著答：「我好好地，覺得怎麼呢？」寶玉的意思，他即刻便企圖叫人去燙一種黃酒，要一種山羊血嶧峒丸來。她拉住他的手笑：「你這一鬧不打緊，鬧起了多少人來，人們倒要堅持我是屬於一種輕狂的人；我的病分明人們不知道，給你一鬧，倒鬧得他們知道了，你還是明天打發一個小子，問問那位王太醫去，向他弄一點藥給我吃吃，我將痊好。人們不知道，不覺得，可不好？」寶玉接受她的話，也只得罷了。然後他向案上斟了一杯茶來，給她漱了口，她知道他內心也有一種不安，她如果不讓他提供一番伏侍，他又必然不依，和必然驚動別人，她不如由他去吧。因之，她倚在她的榻上，由他提供他的伏侍。當一交五更的時候，顧不得他的梳洗，寶玉就急忙地穿了他的衣服出來，將王濟仁叫來，他親自作了一番確切的詢問。當他問她的病的原故的時候，那太醫知道這不過是一種傷損。他便說了一種丸藥名字，教了他如何服吃和敷搽，寶玉記住它們，他回園來依著那方子進行了一項調治。這項事暫時停止去提。這天正是端陽佳節，每一個人家用蒲艾簪在他們門上，把虎符繫在他們背上。在中午的時候，王夫人擺了一桌酒席，請了薛家母女等從事賞午。寶玉發現，寶釵有一種淡淡的神態，和她的不和他說話，他知道這是為

了他昨天得罪了她的緣故。王夫人看見寶玉的沒精打彩，也只當
他是為了昨日金釧兒的事情的原故，他也沒好意思的，所以她也
越發不理他。林黛玉看見寶玉一副懶懶的樣子，只當他是因為得
罪了寶釵的原故，所以她心裡也不自在，也就顯示出一種懶懶的
情況。鳳姐昨天晚上就由王夫人告訴了她寶玉金釧的事，當她知
道王夫人心裡不自在的時候，她如何敢說和笑，也就作了一項決
定，隨著王夫人的氣色行事，更露出一種淡淡的神態。迎春姐
妹，在看見著眾人都覺得沒意思中，她們也覺得沒有意思了。因
之，她們坐了一會兒，就散了。

　　由上文可見，平空加許多「一個」，「一種」，「一番」，
「他」，「她」，「他的」，「她的」，「當……的時候」「這」，「在
……」等等字眼，對於文義毫無好處，還有多用名詞來代替動詞、
形容詞，「淡淡的」改成「有一種淡淡的神態」，也一點好處也沒
有。讀者一定會說，「寫小說的人並不是全像你說的這樣」。這句
話不錯，不過這樣翻譯的人很多。而且有些作家，也免不了用翻譯
體（他們的翻譯）來創作。

　　如果曹雪芹的中文還算過得去（事實上大家看《紅樓夢》都
懂，都喜歡），我們為什麼不能用他寫的中文翻譯外文呢？省去英
文裡的 a, the, my, his, her, I, we, he, she 等等字眼，譯文的意思仍然
毫不糊塗，反而更明白曉暢，他人絕不能拿「不忠實」來指摘譯
者。中國文字絕不在這方面落伍，也不會因為不肯用英文裡的冠詞
和代名詞而貧乏。譯者如果在這方面多思想，態度就會改變了，譯
文也更好讀了。

～「數以……計」～

中文裡「數以……計」的口氣，有些表驚詫的意味，如說死傷

人數之多，用「數以萬計」，但如把 dozens of... 譯成「數以打計」，就有點不可解了，除非那種情況下，那數目一向不會上「打」的。其實多數的情形都可以用「許多」。還有 hundreds of..., thousands of..., （或 hundreds and thousands of）millions of... 等，也一定就譯成「數以百計」，「以千計」，「數以百萬計」等。這種譯法並不錯，但看情形有時也可譯成「無數」。譯文裡如果左一個「數以……計」，右一個「數以……計」，也會使讀者心煩的。

～「存　在」～

「存在」當外動詞用是新有的玩意。我們只說「這種現象存在一天，一天不得太平」，不說「社會上存在著頹廢風氣」。其實exist在英文裡也並不作外動詞用，但到了中文裡卻比英文更英文化了。為什麼不用很好的「有」字呢？

「有」這個字是很好的中文，不知為了什麼原故，現在的譯家、作家不喜歡它──或者嫌它「俚俗」，所以用很多「體面」的字眼來代替。（詳見「中文字詞」。）

～「試　圖」～

「試圖」（to try, to attempt）是十足外國話，唯一的好處是「百搭」。I tried to convince him 譯成「我試圖說服他」似乎是天經地義的譯文。我們的說法其實是「我勸過他，叫他聽我的話」。Please try to come over to our side 譯成「請試圖到我們這邊來」比譯成「請你想法子到我們這邊來」省力，to try 可以譯為「用心」，「想法子」，

「動腦筋」,「打打主意看」,……看上下文而異,卻絕不是「試圖」,這個字,我在「英文字」一章裡已經提到,可參閱。

～「帶　來」～

bring 這個字給我們帶來很多的「帶來」。Good news brought cheers to his eyes,「好消息給他的眼睛帶來歡樂」。His books bring him $5,000 a year,「他的書帶給他每年五千元」……都不是好譯文。就譯成「他聽到好消息,喜上眉梢」,「他的書每年有五千塊錢進款」,似乎也無妨。但最可怕的是沒有 bring 卻有「帶來」,Reading supplies him with endless entertainment。「讀書給他帶來無窮樂趣」是可以讀得到的譯文。這一句並不壞,不過爽爽快快譯成「他讀書,其樂無窮」也可以的。英文裡關係要交代清楚,中文卻是散的,上面已有圖解,不用多說,這不過又是一個例子罷了。

～可怕的「性」～

「性」是個極可怕的字。「積極性」、「消極性」、「高尚性」等,全不是中國話。中國人不很喜歡用「性」字,英國的 -ty, -ity, -ness 倒是無往而不宜的。

The simplicity and inexpensiveness of these mechanical tools... 大多數的人都譯成了「那些機械工具的簡便性與廉價性……」這是讀不下去的中文。

「承認問題的重要性和迫切性」也不像話。這句原文 to

acknowledge the importance and the urgency of the problem，可譯成
「承認問題嚴重，也很迫切」就可以了。（比較起來，「連貫性」，
「長期性」等略微好些。）這種用法是由英文的 -ty (-ity, -ety), -ness
這些字尾構成的名詞譯來的。事實上，英國人喜歡用這種名詞的，
早已被 Fowler 弟兄罵過（見 *The King's English*, p. 15），如 The
general poverty of explanation as to the direction of particular phrases
seemed to point in the same direction 這一句，用名詞如 poverty 多而
不當，儘管是 *Cambridge University Reporter* 上的，他們也不客氣地
批評，認為這樣嚕囌一大陣，意思無非是 was often so badly
explained，我們要曉得 Cambridge University 的人並不是不會寫英
文，不過走入魔道，才那樣造作，自以為高人一等的。今日有些譯
文之不佳，是因為譯者要打起某種調子，才把明白曉暢的話說成不
像話的外國話的。大量用「性」。是諸弊之一。

～「取」～

按動詞後用「取」，在詩詞中有動作進行之意，等於 -ing（但不
用於白話文，白話文裡用「著」字）如岑參詩：「看取髮成絲」，
白居易詩「聽取新翻楊柳枝」。武則天《如意娘》詩：「不信比來
長下淚，開箱驗取石榴裙」，例子舉不勝舉。又可作「得」字解，
王維《老將行》：「少年十五二十時，步行奪取胡馬騎」（樂府詩
集作「奪得」），元稹《六年春遣懷》詩：「小於潘岳頭先白，學取
莊周淚莫多！」等。（詳見張相《詩詞曲語辭彙釋》。）

現在好些詞用「取」字來配合，如「求取」，未必合宜。中文
裡「求取」的文言是「謀」，白話是「想要得到」。還有「聽取」這

個詞，似乎也可以通融。但嚴格說來，只有詩詞可用。現在的人不讀舊詩詞，所以不知道詩文語彙的分別。事實上，有些辭連詩詞的都有別，不能混用。

～累贅的詞～

有一種不合文法的「他們」，常在譯文中出現，如「這些加州的議員，他們都不贊成這個政策」說話的時候多講一個「他們」倒也無人理會，寫在紙上，就嫌多餘了。又如 the other important difference between my two friends... 很容易譯成「我的那兩個朋友，他們之間的其他重大不同之處……」。這個「他們」是蛇足，應該刪掉。（還有「之間」也可憎，為什麼不說：「我們那兩個朋友的其他重大不同處……」？）用「其」代替「他的」，「他們的」，同樣不好，因為「其」就是文言的「他的」，「他們的」，也是換湯不換藥，除非是文言文。

類似的例子如：「這個牧場主人，他每天天不亮就起來了。」「醫生性子急而又忙碌不堪，他把病人得罪了。」

有一種情形可以接用代名詞：「這個牧場主人是個勤勞的人，他……」但即使可以用，不用也不要緊，也許反而更乾淨些。

～「讓我們」～

Let's... 譯為「讓我們……」，是抱死「一字一譯」原則出毛病的一例，其實不一定常常是「讓我們」。譬如說 Let's go 不一定譯「讓我們走」；自然一些，該譯為「我們走吧」。Let nobody think he is a coward 不一定譯成「別讓任何人以為他是儒夫。」我想我們的

話是說「別當他是孱頭」。（如果覺得「孱頭」不好懂，就用「懦
夫」也可以。或者改為「誰也別當他懦弱」。）

～劣譯的影響～

現在有些人說話作文已受拙劣譯文的影響，如 once again 譯為
「再一次」（這實在不是中文，白話是「又……一次」，文一些用
「再度」。「再來一次」又當別論），我就聽時髦人講過這詞，當然
很多人翻譯時一定用這個詞。如果有人把 "Once again he wept" 譯成
「他又哭起來了」反而有人認為不對，要把它改成「他再一次哭
了。」才舒服。

～劣譯的功用～

今天我們說的壞翻譯，單就某一意義來講，可能是好翻譯。第
一、這種翻譯省事，雖然看起來不容易懂，卻在訓練我們，因為日
子久了，大家就都懂了；第二、這種翻譯經濟，尤其是音譯短的專
門名詞比意譯省字。講究合乎中文習慣，不知要絞多少腦汁，而且
此路有時不通，不免妥協完事，削足適履，或者，就是累贅不堪。

我說這話，並沒有譏諷的意思，不過為了讀者，我們不能不譯
得好懂一點。魯迅的散文極好，翻譯卻行不通，前車已經可鑑了。

～附加原文～

譯得好不必附加原文。如英文有一句雙關語，你譯得天衣無

縫，不必把原文寫出，去讓讀者佩服你譯得好，或者跟你學英文。要抵抗這個誘惑。

但是學術名詞，經你初譯，譯得恰當與否，你也沒有把握，那麼為讀者的利益設想，還是附原文的好。這樣給他一個請教專家，或查參考書的機會。

重要人物，偏僻地名，都可以附加原文。

外國文（指法文，德文，拉丁文等）不必附。用不著向不懂英文的讀者表示你懂希臘文、拉丁文、德文、法文……

不要隨便附原文。

～不　譯～

碰到生疏的縮寫字或新名詞，索性用原文，不去翻譯，是不對的。

為什麼不對？你翻譯，就得譯出來。你看不懂，讀者更不懂。

～辨別英文好壞～

翻譯者一定要能辨別英文的種種壞習氣和毛病。

有時我們看到一句不容易懂的英文，容易被它嚇倒，尤其是讀到外國朋友的信，會有這種情形。這可能是我們的英文蹩腳，但也很可能是他的英文蹩腳。《聖經》和莎士比亞的名句大多是容易懂的。許多說英語的人（不用說是德國人、法國人、菲律賓人，連英美人在內）寫的英文未必佳；有些新聞記者，大作家故弄玄虛，犯了文章上的大忌，寫出似通非通的英文來；遇到這種情形，譯者就

要做一番分析工夫，把亂絲理清楚，譯成可以理解的中文。關於這點可看 *The King's English*，不過，這本書實在難讀。Sir Ernest Gowers 的 *The Complete Plain Words* 寫得淺顯，而且出版的期間較近，似乎更切實用。

有許多英文的毛病，像 C. Brontë, Dickens, Macauley 犯的，我們根本沒有資格犯，但毛病總是毛病，不能因犯者是有地位的就不當它是毛病。

～「證明」「顯示」～

英文裡常用事物做主語，而接 show, illustrate, indicate, provide, prove 等字。翻譯者為了便利，不管三七二十一就照譯，如 This proves that he is wrong 就譯成「這證明了他錯了」；我們的說法是「（由此）可見他錯了」。His failure in duty shows he is not qualified for the job，就譯成「他的失敗顯示了他沒有資格做這件事」；我們的說法是「照他失職看來，他⋯⋯」It illustrates that we are well prepared，譯成「這表明了我們準備充分」；我們的說法是「可見我們準備得很充分」。

「顯示」的勢力日見其大，連創作裡也很多，我看已經「取得合法地位」了。這沒有什麼好不好，也許我們在進步。但就文章的精純講，我們暫時還不能多用。

～「中間」「在⋯⋯上」～

between 是個討厭的英文字，我們的譯文有時不像話，它要負責任。There is no secret between you and me，「你我中間沒有秘密」是

不通的，應該是「你我之間」，這且不談。壞就壞在沒有 between 的英文，也譯出「中間」、「之中」來。如 people of his generation...「在他那一代的人之中……」為什麼不說「他那一代的人……」？

還有 most of us 為什麼要譯成「我們中間多數人」？其實這一短語就是「多數人」，或「大部分的人」。（當然也不要譯成「我們大部分」。）

和 between 有些像，in 也是可惡的。In all things 引誘我們把它譯成「在一切事情上」。這也不錯，不過我們的說法要簡單明白些，「凡事」就可以了。「在……下」用起來有時也要當心，因為不用也可以把話說清的；如「在這種情形之下」，其實有時候「這種情形」就可以了。

～「因 之」～

表因果關係，今人多有用「因之」的，我在白話文裡見到的不多。文法學家楊樹達用過，當然是可靠的，高名凱的《漢語語法論》裡講因果關係，只舉出「因此」、「因為」，沒有「因之」。口語裡有「因此」，見於《月下》劇本，和《駱駝祥子》。我所懂得的文言結構裡用「因之」的情形是這樣的，「國因之而亡，事因之而敗」，更早一些的白話，拿《紅樓夢》來說，總用「因此」，見第二十九回：「這會子鬧起來都不管了，因此將二人連罵帶說，教訓了一頓。」第三十回：「話說林黛玉……因此日夜悶悶，如有所失。」

關於這一點，我的見解只是「我」的見解，而且「見解」只是「見解」。「因之」也許太文一些，不宜用在白話文裡。

在許多用「因之」的地方，改用「所以」是很妥當的。

～「足　夠」～

enough 是個有點可惡的字——不是這個字可惡，是譯得不很好可惡。我怕見「足夠的」一詞：

He has enough money to support his family 不要譯成「他有足夠的錢養家活口」。說「他的錢夠養家了」。在許多用 enough 的場合下，現在國語是說「充足」或「充分」。There is enough food for everybody 可以譯成「大家的食物都充足」（或「夠吃」）。

～「通　過」～

在「英文字」一章裡，我已經很當一回事地談到 through 這個字。但還沒有談完。像 Students are chosen by examination in technical schools... 裡面何嘗有 through，但也可以譯成「學生由工業學校通過考試制度選拔……」（這一句可以譯成「學生由工業學校考試選拔」。）

還有 by，也有人譯成「藉著」「通過」。by eloquence 的譯文是「藉著口才」，這和 through negotiations 譯成「通過交涉」一樣，都不是中文。遇到這種英文，要不必拘泥字面才行；就說某人口才好，把事辦通了，交涉之後，局勢已經鬆弛，諸如此類。中英文的大分別，一個要表明因果，一個把事情說出，讓讀者自己想通它的關係。

～其　他～

我曾在一部國語片子裡聽到少男對少女說：「讓我有這個光榮送你回去，」當時周身根根寒毛直豎。也許拜翻譯之賜，不久我們

會常說的。

love-making 譯成「做愛」或「造愛」也是很省力的，不過很生，不大像話，中國還沒有這個樸質的說法，這個行動的詞《聊齋誌異》裡多的是。總之不叫「造愛」。

bride client 叫「新娘當事人」嗎？這種名詞當形容詞，中文裡極不習慣，我們說「當事人」不提他是什麼人，要等機會才透露。中國說法是「當事人是新娘」。（如果下文還有別的話，只有另外想辦法，譬如說這位新娘如何如何。）

把 have a commitment 譯成「作出承擔」意思可以說是對的，但這不是中文。這個短句的意思其實就是「負起了責任（要做一件事等等）」。別人叫你捐募，你一口答應，你就 have a commitment；許多學術團體請你演講，你都說「好的」，你也就have quite a lot of commitments，這能叫做「作出承擔」嗎？

「達成目的」有些不對，「目的」只可以用「達到」，但現在「達成」似乎勢力日大，要把「達到」排擠掉才稱心。「成」只能用於「事」，而事又不能「達」，所以「達成」根本不是個好詞。「達成協議」是常見的短語，大約是由 to come to an agreement 譯來的，其實就是「訂了約」，「商議好了」。

「發生損失」的「發生」是不通的。「受到損失」，「有了損失」，都可以。近來用「發」字拼出來的雙字詞很吃香，如「發展」、「發出」等。這兩個詞並不壞，毛病在用得太濫，有時用的地方不對。

「鬥爭發展到波蘭」是不通的，這都怪「發展」用起來太輕易方便了。我們只能說「鬥爭蔓延到波蘭」。

advice to young men 譯成「向年輕人發出的忠告」，是不大妥的。「發出通告」，「發出通知」都可以。至於「忠告」，就不能「發出」了。我們可以說「給年輕的人忠告」，或「奉勸年輕的

人」。這個「發出」似乎越來越好用了。（這個「忠告」大有問題，此地百分之九十五以上是「提出意見」。「年輕人」也是個生詞，我們要就說「青年」，要就說「年輕的人」。）

nothing really calamitous had happened 叫人把它譯成「並沒有蒙受實際的災禍」。這一句譯文中的「蒙受」和「實際」都不像中文。為什麼不能爽爽快快地說「並沒有碰到真正的禍事」呢？

把 insist that 一定譯成「堅持」是死譯。insist 在這樣的結構裡是「認定」。還有「堅持要你」也不像話，該說「硬要你」。

「在一次試驗中，一位生物學者發見……」是不錯的，但是次序要調一調。照我們的習慣，這句話是這樣說的：「有一位生物學者做試驗，發見……」（這個「見」字讀如「現」，現在的人不知道，所以喜歡用發現。）

There is a great temptation to tell a lie when we are wrong 這一句引誘我們譯成「當我們錯的時候，有一個重大的誘惑力促使我們說謊。」這像中國話嗎？我們有沒有辦法說得更像話一點？如果說「我們錯了就忍不住扯謊」可不可以？

I forced myself to read「我迫使自己讀書」。這個「迫使」不是中國話。我們說「我逼（著）自己讀書」。

「他不肯來，我逼著他來」，是中國話。「……我迫使他來」就是外國話了。現在「迫使」很得勢，大有趕走「逼著」的可能。

The horrible smell makes this house nearly uninhabitable 會引誘人譯成「這可怕的味道使這所房屋接近不可居住的程度」。這是譯多了 to the extent that...才會這樣譯的。（這一句可以譯成「那股味道難聞極了，差不多叫人沒法住在這所屋裡」。）

Far more information is still needed 譯成「需要遠較現在者為多的知識」，不大通，也嫌太累贅。我們似乎說「知識還差得遠」就

夠了。

you started a question 不是「你開始問了一個問題」，而是「你提出了一個問題」。

「克服」似乎也成了「特別常用」字。to overcome these cold facts，引著人譯成「克服這些冷酷的事實」。「克服」怎樣能和「事實」連用？我想原文的意思是「克服這些實際上難應付的困難。」

中 國 的 中 文 *

　　大前提：我們要不要把英文譯得像中文？

　　一般人都喜歡譯文像中文，因為這樣一來看起來就省力了。但譯者也有一種理論說：翻譯就是翻譯，和創作不同。要看得省力，去看原著好了。聖經學者還有一種理論，當年聖保祿的希臘文並不是人人看得慣，但過了若干世紀，大家學著看也慢慢看慣了。英國十九世紀大詩人兼批評家阿恩爾德（Matthew Arnold）在牛津大學主持詩學講座，曾批評 Francis W. Newman 所譯的荷馬，有四篇演講，極為著名，第四講裡提到 Newman 重拼的希臘人名，奇特之處給人不自然的感覺。贊成 Newman 的批評家說，他們當代的人對於這一點應該完全寬容，希望這樣一改，下一代的人就覺得它很自然了。主張譯文不必完全像中文的一派也認為有些字和詞，表現法現在也許很眼生，很不好懂，但過些時就不眼生了，不難懂了。文字是在進化的，他們的說法，已有事實證明，我們為什麼不吸收新字詞，新表現法呢？

　　不過翻譯的人像廚子，該把腥臊污穢的魚肉蔬菜洗乾淨，弄出可口的食物來給人吃。歐化的中文最叫人不能下嚥，雖然天天吃不

　　＊ 現在有許多文章，雖然是用中國字寫的，而其實不是中文，所　　以我杜撰了「中國的中文」這個名詞。

乾淨，難下嚥的菜，吃多了也不覺得了，並不是不會有的情形。廚子總不能說：「你吃不慣嗎？菜總是這樣做的，你吃多了就慣了。」他的職務和責任是把生的原料洗乾淨，調好味，煮得恰到火候。

因此我是主張翻譯要像中文的人。不過我不得不承認，我之所謂中文，已經不是我祖父的，甚至不是我父親一輩的中文。我寫不出海禁未開以前的中文。我有時改青年的文章，發見我說它不像中文，結果我自己的中文也不是純粹的中文。我改今天的中文用的是二三十年前的中文。所以別人很可以批評我不徹底，不合理，過於守舊。因為到了二三十年後，今天的中文極可能就是標準的中文，今天二十歲上下的人到了那時改當時二三十歲的人寫那時的中文，用的可能是今天我認為不像中文的中文。

不過我仍然覺得，我們對中文如果還有絲毫愛護，愛惜，二三十年前的中文到底比現在的中文好些。我們已經費了二三十年功夫把它「磨得發亮」，看得順眼，就該好好保存它。因為有時守舊固然阻礙進步，急進也未必對中文有益。

許多不高明的字句和表現法雖然有人提倡，終不免淘汰，可以保留下來的是比較通順的，精妙的。我們現在一般人都能看漢唐的文章，不能不歸功於中國文字的穩定；拿英文來說八百年前的書只有專門學過古代英語的人才能讀得懂。而英文自從近一兩百年來字典學發達，字典普遍應用以來，拼法、文法，已經大致奠定，不會亂改到那裡去，而且英美的文法、拼法、字義，也大致相同。語文本為互相理解，紀錄人類智慧經驗的工具；現在機器零件都講求標準尺寸，以便全世界應用，何況一國的語言。進化是要進化的，但本來用不著的新花樣，只會使大家糊塗，不能使大家明白彼此的用意，何必添它出來呢？

還有一點。文字好像交通警察的手勢，每一個手勢代表一個意

思，大家一定要弄清楚，如果警察的手勢是叫一個駕駛人停車，他卻直衝過去，一定闖大禍。駕車人不能說「我認為你那個手勢是叫我開過去的嘛」。同樣，一個手勢不能既叫駕車人停車，又叫駕車人前進，所以記號的作用分明是很要緊的。我認識一人，他用了一個字說是某某意思，我告訴他別人不會那樣解釋，他說「去他的，我那能管別人怎樣解釋呀！」他這話是不對的。

事實上，文字並不十分完善，儘管有人做許多訓詁的工作，大家也贊成用字要謹慎，字義仍有紛歧。我們講道德，說仁義，大家的行為未必因此良好；若是贊成殺人放火，姦盜邪淫，不知道社會要變成什麼樣子。如果說我們可以照英文翻譯，不管像不像中文，將來中文不知道要寫成什麼樣子。

本章講的，其實和「中國文法」、「修詞」、「毛病」各章所講的，大致一樣，所以這一章要和那幾章一同看。

現在我找些譯文出來和大家商量商量。

~「to me」等等~

說英語的人常常喜歡用 "To me...", "To a man of his personality" 這種結構。他們用用倒很自然，但我們中國人可不是這樣說話的，也許將來就要這樣說了。

To an honorable man, this was intolerable 譯成中文，是「對一個光榮的人來說，這是不能容忍的。」照我看起來這一句可以譯成「這實在是有人格的人受不了的。」（譯成「就……來說」要好些，因為誰也沒有「對」誰說什麼。）

「對英國說來，過去的中國是一個很好的顧客」其實就是「過

去的中國是英國的好顧客」，最多也只能譯成「在英國人眼中，過去的中國是他們的好顧客」。

To the prize-fighters he was "Iron Fist Joe", that rugged negro 不必用「對職業拳手來說……」的句型，就說「在職業拳手眼中，他……」就行了。

I am happy with that explanation 這一句現代的譯法是「就（對）我而言，那個解釋已經可以使我心滿意足了。」這一句原文裡並沒有 to me，這個「就我而言」是譯多 to me, for me 而來的。這一句有些外國腔，我主張把它改成「我覺得這個解釋已經很不錯了。」

To him, this means luck 譯為「這（件事等）對他來說，等於幸運」是很不通的。這件「事」並沒有「對他說」。To him 該譯成「這（件事等）照他看來……」甚至直接譯為「他覺得這是運氣」，也沒有什麼不可。to the musician 也沒有「對」musician 怎麼樣，不過是 musician 看來而已。

「他的生活對於我就是一個榜樣」這句譯文照我們普通人說話的習慣，該改為「他的生活就是我的榜樣」。

For me his principal genius lies in his capacity to make prose poetry 不一定要譯成「就我而言，他的主要天才在於將散文變成詩」。「照我看來，他……」要好些。

to me, for me 在英文裡是處處一樣，it 和 them 也是如此，但要譯成中文，卻有千變萬化──這是翻譯要注意的。

～更多、更好……～

「越來越多的人（more and more people）在本鎮找到工作」是

一句外國式的中文。我們的說法是「在本鎮找到工作的人,越來越多了」。這種式子的英文很多;照英文式子翻譯的人同樣的多。

They couldn't do it better 譯為「他們不能幹得再好了」不很好,該譯為「他們幹得再好也沒有了」。(不要寫成「最好也沒有了」。)

More guests came than I could count 譯為「客人來的比我所能計算的還多」是英文式的說法;我們的說法是「客人來得很多,我數都數不清」。

Not much better 如果譯成「不比……更好多少」,就略嫌生硬,可以改為「比……好不了多少」。

One of the best 譯為「最好的……之一」也不錯,但我們有好些極相近的說法,可以借來一用,這就是「數一數二的……」「頂兒尖兒的……」,「屈指可數的」,「少有的」,「罕見的」。

把 He spent more money than he cared to 譯成「他花了多於他願意花的錢」的人也許不很多(我想大家一定會譯成「他花多了錢,心有不甘」)。不過,在長一些的句子裡,用那種結構的人卻不少。我姑且舉一個句子為例:

The major cause of his poverty was that he spent more money than he cared to earn.
他貧窮的主要原因是他支出多於他願意賺的。

這一句譯得很準確,但很彆扭,該改譯才行。

He began to observe the patients more closely 一句中的 more 可以不譯。譯為「很」就行了。

more 當然是「更多」,但在譯文裡未必常常是「更多」。to raise more money 不一定要譯成「籌募更多的錢」,該譯為「多籌點錢」。

More people would be injured 不要譯成「更多的人會受傷」，說「受傷的人就更多了」。

不要把 He has more opportunity to win 譯成「他有更多機會贏」。這句英文就等於「他更可以贏」。

～現成的中文～

若干年前，我遇到一句英文（可惜當時沒有寫下，現在虛構也沒有意義），講南美的土（地）改（革）（land reform 很容易譯為「土地改良」），英文有兩三行說明改革的目標，照譯出來，也有兩三行中文，意思明白，毫無生硬之處，也不像外國文。但後來一想，這不就是「耕者有其田」嗎？由此可見，翻譯的人除了中英文之外，還要熟悉本國的政治、經濟、歷史、地理等等，才能勝任。「耕者有其田」是任何中國的知識分子都該知道，大多數中國人看得明白的，若是用兩三行的字來細譯，就未免可笑了。像這一類的情形多得很。因此我覺得，翻譯的高明有許許多多等級，有的翻譯已經不錯，但經另一人改動一下，就更好了。找出中國原來有的字眼詞語，是找不完的。

small savings 當然是「微小的積蓄」，但我們只說「些微積蓄」，或更近口語一些說，「有一點點積蓄」。

at the slightest touch 這句英文短語引誘我們把它譯成「只受到最輕微的碰撞」，可是我們說慣的是「只要輕輕碰一下」。

He gazed around furtively 譯成「他鬼鬼祟祟地四處張望」不如「他鬼鬼祟祟地東張西望」。

good parents 譯成「好父母」是不大對的。我們一向都說「天下

無不是之父母」，現在當然不能再說這句話了，不過我們還不能說「好父母」。「賢明的父母」或者好些。如果 parents 和 children 並列，這個「父母」可以改為「家長」，以對「子女」，這也是遷就用中國現成詞語的例子。

有許多不順眼的譯文，本來都極通順，但一經修改，那不順眼的地方就沒有了。如「英國和德國的軍人」可以改成「英德兩國軍人」；「一場談話」可以改成「一席話」；「這個冬天過得快」（the winter flew by）可以改成「這一年冬天過得快」；「如下數點」（as follows）可改為「下列數點」；「四至五次」（four or five times）可改為「四五次」；「丈夫和妻子」（husband and wife）可改為「夫妻」。（「父親和兒子」等可以類推）。「他是正大的，他又是光明的」為什麼要拆開來說呢？這不就是「正大光明」麼？還有「白和粉紅色」在中文沒法簡稱，只有改為「白色、粉紅色」。

millions of dollars are wasted annually 譯成「造成金錢的每年損失，數目甚鉅」，不算錯。但不如「每年損失的金錢不計其數」。或者文一些的「年耗金錢不貲」，都好些。

～最高級（Superlative Degree）～

英文裡有一種語氣很強的話，如 the loudest rattling I have ever heard，the most capable man I have ever seen，He bought the two largest rings he could find 遇到這種句子，譯者往往要傷腦筋，普通的譯法是「這是歷來我聽到的最響的嘎啦嘎啦聲」，「我歷來看到的最能幹的人」，「他買了他所能發現的最大戒指」。

這三句讀起來怪彆扭，不大像話，也許不大像中國話。我想，

我如果遇到這種情形，自己會怎麼說？像我這樣一個學過國語的南方人大約是這樣說的：「這樣高的嘎啦嘎啦聲，我還是第一次聽到呢」或「……我從來都沒有聽到過」，「這樣能幹的人，我還是第一次（或「我從來都沒有」）見到過」，「他在市面上找到兩隻最大的戒指，買了下來。」諸如此類。

「是我所見到的……的」在中文裡就是「這樣……的……我生平還是第一次見到」。

順便說一句，「歷來」這個詞現在用在上面這種句子裡很普遍，不過用在這裡是不對的。「歷來」的意思是「從來」，只能用在名詞前面（attributive）如「歷來文人學士」，「歷來變革」等等。不能作為敘述的（predicative）副詞。

「我生平教過的最用功的學生」就是「我生平學生中最用功的一個」。

This is one of the most common problems we are faced with 不要譯成「這是我們所遇到的最常見的問題」；說「這是我們最常碰到的問題」。同樣，This is the longest voyage yet for him 一句，也不要譯成「這是他所曾做過的最遠的航行」，乾脆說「這是他最遠的航行」就行了。

～名詞的應用～

中文名詞的應用遠不及英文的廣而自然，（雖然英文用名詞太多，修詞學家也以為詬病，前面已經提到。）就如下面這一句：All his efforts were dedicated to the downfall of the enemy and his regaining of power in the party. 照英文的句法可譯成：「他全部的努力在求敵

人的瓦解及自己在黨內的重握權力。」這樣譯也不錯，但念起來不順口，也不像中文。可以譯成：

「他全部的努力在使敵人瓦解，他自己重新在黨內掌權」。

又如 "He, who preached universal brotherhood, would have liked this idea." 譯成「提倡天下一家的他一定會喜歡這個主意」就不太好。該改為「他是提倡天下一家的人，一定……」。

...concerned about his domination of the... 裡面的 domination 雖然是名詞，而且為 he 所有，中文裡不一定要表現出來。譯文「……對於他在……方面之佔優勢感到不安」裡的「之」字可以省去，省掉了反而更像中文。（「佔優勢」後面可以加「這一點」。）

Later I added 譯成「後來我又做了補充說……」也不錯，不過用名詞的習慣是英文裡的，所以這一句倒可以照原文的次序和詞類翻譯為：「後來我又補充道」。

像「不能證明此種理由的正確」的譯文，就會影響寫中文的人。這句話我們懂，不過有些「外國味兒」，不很像中文。我們的說法是：這（個說法，解釋等）靠不住（或「不可靠」）。

（參閱「中文語法」一章裡「名詞短語」。）

~代名詞~

They are good questions, because they call for cautious answers 是平淡無奇的一句英文。但也很容易譯得不像中文。（they 這個字是翻譯海中的鯊魚，譯者碰到了它就危險了，所以本書裡專門有一章討論它。）就像「它們是不容易立刻答覆的問題，因為它們需要做出謹慎的回答」，真再忠於原文也沒有了，也不錯；就是讀者不知道那

兩個「它們」是誰。如果是朗誦出來的，心中更想不起那批「人」是誰。「不容易立刻答覆的問題……做出……的回答」不像中國話。如果有這樣一個意思要表達，而表達的人又沒有看到英文，中國人會這樣說：「這些問題不容易立刻答覆，要謹慎回答才行。」

（詳細參閱「代名詞」一章。）

～形容詞一大堆～

我覺得，英文的名詞好似一個大力士，肩上可以扛很多形容詞、副詞，甚至短語。例如這一句譯文：「曾經研究過古代的動物的不同的生活環境的某奧國動物學家說……」且不去管那四個「的」叫人透不過氣來，用這麼多字來形容一個人而沒有說出這人怎麼樣，中國的讀者已經不耐煩了。而英文呢，An Austrian zoologist, who has studied different environments of living of ancient animals, said ……讀來卻輕鬆平常。遇到這種句子，要想少給讀者一些負擔，最好把它切斷。上面這一句我們不妨譯成「奧國有一位動物學家，是個研究過古代動物不同的生活環境的人，他說……」這種句子並沒有對不住原文的地方。He plays upon the restlessness and frustration of the younger generation, boys with long hair like country girls, and girls reluctant to go home before midnight, both without faith in anything 這句容易譯「他利用男孩子留著長頭髮像鄉下姑娘，女孩子在半夜以前不願意回家，男女都對任何事毫無信心的年輕一代的不安定和受挫，來進行煽惑」這一類的中文句子太長，使人透不過氣，也可能看一遍看不懂。要懂就要請譯者把它切斷：

「他利用年輕一代不安定和受挫的心情來煽惑，這一代的男孩

子頭髮長得像鄉下姑娘，女孩子在半夜以前不願意回家，他們對任
何事都沒有信心。」

～切成幾段～

英文譯成中文常常要把英文切成幾段。He mobilized his army
for a bloody civil war 譯成「他把自己的軍隊為血腥的內戰而動員起
來」並不壞，但句子稍微嫌長，而「為……而」的結構在這句裡因
為當中和後面的字太多，不很好。（試比較「為自由而戰」就很
好）。如果改成「他把自己的軍隊動員起來，打血腥的內戰」，讀者
就可以透一口氣。

同樣，一句像「遇到一個自稱是貴族管家的兒子的青年」的譯
文，也嫌太長，根據「可斷則斷」的原則，要把它「切一刀」改成
「遇到一個青年，自稱是貴族管家的兒子」。

By rare courage, perseverance, shrewdness, thorough investigation
and planning, he was at last able to succeed 這一句可以譯成：「由於
他的非常勇敢、堅毅、徹底調查、苦幹和計劃，他終於能成了
功。」但這一串的名詞堆砌起來，叫人吃不消，原來照我們說話的
習慣，我們喜歡把這句話切斷，從容不迫地來講。我們說，「他為
人非常勇敢堅毅，查究事情徹底，肯苦幹，有計劃，憑這些特點，
終於能夠成功」。

～句型的改換～

I cannot recall his ever refusing to help a friend 「我記不得他曾拒

絕過幫助一位朋友。」這句裡的否定字眼在中文裡是不和「記得」一起用，是和「拒絕」一起用的。所以如果要像中文，這一句可以譯成「照我所知道的，朋友要他幫忙，他從來沒回絕過」，下一句複雜一些，更要做一番清理的功夫：

I cannot recall his ever uttering a word that was purely matter-of-fact, and not deeply drawn from his innermost.

譯成「我記不得他曾說過一句純粹乏味的話，而不是從他心坎中發出來的。」這是外國話，雖然用的是中國字。我提出一個譯法是：「照我所曉得的，他從沒有說過一句完全乏味的話；每一句話總是從心坎裡掏出的。」

～多大歲數～

美國人說 He is a 45-year-old convict named John 是很自然的，但譯成「他是四十五歲的名叫約翰的罪犯」就有些不對勁了。我們在一個人名的前面從不用年齡來形容。像這一句還好想法，把它譯成「他是罪犯，四十五歲，名叫約翰。」但如果英文句很長，上面還有許多事情說，你就很難把這個「四十五歲」插進去了。這是一個難以解決的問題，有時為了要表明一個人的歲數，要找好久，才能在很遠的一個適當的地方把它放進去。

～其 他～

The university authority could find no scholar to teach this subject

in the language he speaks 譯成「大學當局找不到一個能用他所說的語言教這科的教授」也可以，就是太累贅。為什麼不說「大學當局找不到一位說他那種語言的教授，來教這一科」？

But you can take the word of John that... 引誘我們譯成「但是你可以相信約翰的話，他說……」這不是中文，我們的話是這樣說的。「可是約翰說……這話你可以相信。」

No one had promised any man that life is easy here 引誘我們把它譯成「沒有一個人答應過任何人，這裡生活容易。」可是我們的說法應該是「誰也沒有說這裡的日子好過。」照原文的句法譯，有時經濟，但像這一句，用的字就太多了。

If the revolution fails, no mater what I do it won't make things better 使我們譯為「如果革命失敗，不管我做什麼，都不能使情況改好」。這一句有些不好懂，也有些不像中國話。假定這個人是革命黨人，那麼這句話的意思是「如果革命失敗，不管我怎樣補救，也改不好情況。」

Thus began the massacre 譯為「這就開始了那場屠殺」是不合中文習慣的。我們的說法是「那場屠殺就這樣開始了」。

在 That was what happened to me「我那天的遭遇是如此」這句裡「遭遇」是一個略嫌生硬的名詞。我喜歡譯成「我那天碰到的情形就是這樣」如果說一個人運氣不錯，「他的遭遇好」就比較合適。

有時譯者必須看上下文的情形來決定用什麼中文譯。就如 to resist effectively 這一句，照字面譯是「抵抗得有效」，也是這個意思。但這句話不很好懂，不很自然。我們如果表達這樣一個意思，會說，「抵抗得住」。

There is no reason why he should come 也不必譯成「他沒有理由來。」就說「他用不著來」就行了。

　　in about ten weeks 譯為「在約有十個星期內」稍嫌生硬，要改成「十個星期左右」。（但如果說「他大約十個星期後就回來了」卻沒有毛病。）

　　The hospital has witnessed many such things 裡的 witnessed 騙我們譯成「見過」。「醫院已經見過很多類似的事情。」不過中文裡只有人才能「見」。這裡該用那個很合用，但是有人瞧不起的「有」。

　　「發生」是個「高雅」的字。「使到約翰發生一點很小的麻煩」的意思，其實就是「給約翰一點小麻煩」。這兩句用的字，也是最後一句的少。

　　His record shows how this could happen 譯為「他的紀錄表示這種事能發生的」不好懂。我們的說法是「從他已往的紀錄看來，是會做這種事的」。

　　in the foreseeable future 這個短語，現在大都譯為「可以預見的將來」，這是一句外國話。不錯，中國沒有這個想法，所以沒有這個說法。細細一想。我們也有表達這個意思的方法，如「快了」，「不多久……就」「總有一天會」，「將來一定會」，「遲早總會」等等，如 This country will be independent in the foreseeable future 這一句譯為「這個國家不多久（或「遲早」）就會獨立的」，也不算離原文太遠。這種地方是犧牲一點無關緊要的準確，使文字合乎中文的例子。不過如果有人主張用「可以預見的將來」，我也不反對。

　　還有些零碎的句子，譯得並不錯，可是需要修改，列在下面。

「先生們，」我們習慣上是說「諸位先生」。

「金錢不斷流入」money flowed in 中國的說法是「金錢源源而
　　來」。

「自幼失去聽覺」deaf since childhood 譯得對，不過我們是說

「自幼失聰」。

「投擲出去一塊石頭」應該改為「丟了一塊石頭出去」。

「我的太太有一本帳簿在上面我給她記了上個月的帳」，這一句
　　應該改為「我太太有一本帳簿，上面有我給她記的上個月
　　的帳」。

「何時及如何冒險」（when and how to take risks）要改為「冒險
　　的時機和方法」。

「不脫離和社會的接觸」應該改為「不斷和社會接觸」。

「這件事需要不斷的推動和有良好的記憶力」這一句很僵硬，要
　　改為「這件事需要不斷的推動，而且做的人記憶力要好」。

「每一行動」each action 當然一點不錯，也似乎像中文，但還有
　　一個更合乎習慣的說法，「一舉一動」。

「沒有受到干擾而去」也可以懂，但中國話的說法是「沒有人為
　　難就去了」。interference 不一定譯「干擾」。

later that day 引誘我們譯成「那天稍遲時候」，不過我們的說法
　　是「那天過了些時」。

building was nearing completion 不一定譯為「建築正接近完
　　成」。我們是說「快要落成」。

句 型

　　英國的 A. S. Hornby 有一本專講英文 sentence patterns（句型）的書，名叫 *A Guide to Patterns and Usage in English* (Oxford)，他還主編了一本英文字典 *Advanced Learner's Dictionary of Current English*，詳列每一個 verb 的用法，對於像我們這樣的外國學生大有幫助。我現在要說的是中文的句型，如「他比起他們這班人來好多了」，「他比他們這班人都好」，就是不同的句型，往往有人弄錯。第一句裡「好多了」的前面不可用「都」字而第二句裡就可以，可惜現在還沒有一本可以參考的書。

　　從前中國人作文的方法是把古文讀通，不斷作文，由老師細改加批，漸漸就通順了。他們用不著學句型，一肚子是句型。現在有些人，中文根柢本來已淺，再給翻譯一攪，更亂寫起來。我把常見的一些錯的句型錄在下面：——

　　這樣的生氣，以致……（這是英文句型。）

　　非等他……我就不……（應該是「我絕不」）。「就」只可用於
　　　「一等他……我就……」。

　　最使人生氣不過。（有了「最」就不該再有「不過」）

　　最叫人生氣也沒有了。（「最」該改為「再」，滬語「最」、「再」
　　　同音，這一點上海那邊的人最容易弄錯。）

　　最好不過。（「再」，不是「最」）

每來一次,可以得到十塊錢。(「可以」的前面要加「都」字。)

不論身心兩方面,都表現出非常的耐力。(「兩」字該改為「那一」,否則畫去「不論」。)

餓困和攻擊敵國的京都達三年之久。(這個「和」很不好,這一句不好改,只有把結構改變,寫成「使敵國的京城遭受饑餓、圍困、攻擊達三年之久」。)因為中文忌用「動詞+動詞+受詞」這一型。同樣,「發起及控制民族運動」是不通的。應該寫成「發起民族運動,並加以控制」(加以=把它)。這個毛病太容易犯,要特別小心。

學生能夠,也應該努力研究。(這一句的句型是「助動詞+助動詞+動詞」,在中文裡很不自然。中文的說法是「學生應該努力研究,這是辦得到的」。)

高得難以置信的程度(下面不可加「的程度」)

高到難以置信(應加「的程度」)。(按「難以置信」是一句不可多用的譯文。)

靠(取巧)以(處世),以(新奇)來(號召)。(前一句的「以」要改為「來」,後一句的「來」要改為「為」。「靠……來」「以……為」是合中文習慣的。)

來自鄉間的青年(按這不是中國句型,我們說「鄉下青年」。)

one man said 譯成「一個人說」,還不夠。要加「有」字在前面。現在這個「有」字也成了問題。「有一天」,要不要「有」?文言文是「一日」,沒有問題。白話文是要「有」字的。還有,「有天」,似乎也不普遍,一般人都寫「有一天」。

「一家」、「有家」、「有一家」這三種都有人用,好像「有一家」好些。

「幾年前」、「幾天前」都可以,「幾月前」就不可。雖然「數月前」和「數年前」、「數日前」是一樣好的中文,提到月,白話是說「幾個月前」。

「兩片小肌肉」是不合中文習慣的。我們說「兩小片肌肉」。

碰到句型有問題,不妨先念一念,看看順不順嘴。千萬不要跟英國人學,只把英文字換成中文字。

改 編

　　我在寫「中國的中文」、「修詞」、「毛病」等各章的時候，忽然發見譯者還要做點改編的工作。

　　許多譯文不能算好，並不是譯者沒有盡力，或中文欠通，而是因為他太忠實。原來有時候，譯者要大刀闊斧，犧牲一點忠實（譯詩的時候，尤其不免如此）；又有時候甚至於把前後次序大為顛倒。別人不該責備他大膽、失實；還有一點「將在外君命有所不受」的神氣。譯者可以說，「我們不是要叫讀者看得懂、看得舒服嗎？照原文就辦不到了。只要原作者的意思沒有走樣，我這樣改動是有道理的。」下面是一些「改編」的例子。

～題　目～

　　文章的題目最需要改編。一種文字有一種文字的俏皮簡潔，在題目一方面特別見得出文字的工夫。題目往往非常短，或語涉雙關，或借用典故，很難直譯。遇到這種情形，譯者要在譯文的文字裡找適當的題目，完全不去理會原文。

　　我譯的 *The Wise Man from the West* （Vincent Cronin 著）照原文該譯為「從西方來的智者」。（按這是字面的譯文，Wise man 見於

希臘七賢〔The Wise Men of Greece〕和朝拜耶穌的三王〔The Wise Men of the East〕。這樣一個題目在中文裡太不生動。當年利瑪竇（這本書是利瑪竇的傳記）在中國，朝野知名的人稱他為「西泰子」，這個 from the West 正和這個「西」相合。與其忠於原文，不如忠於讀者，所以用了這個譯名。

這本書裡面連「楔子」、「尾聲」在內，共十六章，除第一章外，每章都用四個子譯標題，可算整齊。「尾聲」一章原文是 The End of the Mission 譯成「聖教演進」，已經經過「改編」了。按原文當然只能譯為「傳教的結局」，但讀完這一章就覺得「聖教演進」要更切合些，也更像題目一些。

還有一本 *Yankee from Olympus*，是美國法學家 Oliver Wendell Homes 的傳記，若照原文書名該譯成「從奧林勃斯神山上降下的美國北佬」。這那裡像書名？所以譯成「天生英哲」是過得去的。另有美國黑人教育家 Booker T. Washington 有一本自傳 *Up from Slavery*，中文譯成《力爭上游》也比照字面「從奴隸身分爬上去」的譯文像一本書。

～起 頭～

英文裡有一種起頭，沒頭沒腦，譬如英國散文大家 Max Beerbohm 有一篇「A Clergyman」名作，開頭的一句是：

Fragmentary, pale, momentary; almost nothing; glimpsed and gone; as it were, a faint human hand thrust up, never to reappear, from beneath the rolling water of Time, he forever haunts my memory and solicits my weak imagination.

這一句可以說怎樣譯也沒有辦法譯得能使中國人懂。我們的習慣是先把原由說清楚一點。遇到這種地方，不是把後面的一部分資料移到前面，就是加註。

有時一個故事講的一個人，他們會突然說那人的鼻子怎樣，眼睛怎樣，叫人莫名其妙。譯到這種開頭，也不妨略微變通一下，好使讀者懂得。

～人名出現先後～

英文裡同時寫一個人的心情、狀態、習慣、動作等等，往往那個人名、那人的身分或代名詞後出現，如 Afraid that the car was going to knock him down, John (or "the tailor" or "he") dived off the road，我們照英文字的次序譯，往往會說「擔心那輛車會撞倒他，約翰（或「那裁縫」或「他」）就一跳跳出路邊。」這雖然也好懂，卻不是中文。我們的習慣是把那個人名先寫出來，再說他怎樣了。如「約翰（或「那裁縫」或「他」）擔心……就……」。

～叫人名字～

說話時常常叫人名字，不是中國人的習慣，雖然我們偶爾也叫。就如英美人一開口常常是 Harry, John, Jim 地叫一句。我們譯到這種稱呼，看情形，可省則省。試看《紅樓夢》，只有在懇求、取笑、憐惜、警告、責罵的時候才叫名字或哥哥、姐姐、妹妹的。第十九回賈寶玉和林黛玉對話，的確叫了好多聲。寶玉一進去，叫了

聲「好妹妹，纔吃了飯又睡覺！」略有些責備，也還是疼惜。以後寶玉呵手在黛玉膈肢窩內兩脅上下亂搔，黛玉才叫「寶玉，你再鬧我就惱了！」接著她挖苦寶玉，寶玉又要懲她，她懇求才喊，「好哥哥」。後來黛玉被寶玉挖苦，便去撐他，他央求她才叫她「好妹妹」。可是第二十八回裡兩人在山坡上對談，說了半天，一句哥哥妹妹也沒有叫。（裡面用的「妹妹」、「姑娘」，是代名詞「你」的客氣字眼，不是稱呼。）若是英國的 Paul 和 Daisy 在一起說了那麼久的話，即使絲毫不動情感也會叫許多聲 Paul、Daisy 的。所以遇到英文裡有許多稱呼，可以斟量省略。

報紙上提到美國人名的後面，尤其是文章裡提到許多軍人，往往註明他是何州何郡人，如 John Brown of New York, N.Y.，這是寫給美國人自己看的文章裡常有的，因為同名同姓的太多，我們中國人不關心 John Brown 是那州那郡的人，也可不譯。我們只要知道他是美國人就夠了。

～字　句～

字句方面，隨時有小規模的編輯，這一點在別的幾章如「中國的中文」等裡面也講到了。為了喚起讀者的注意，我在這一章再提出幾點來。

英國人常常喜歡用 Tell me... 開頭，問別人一句話。譯成「告訴我……」也沒有不可以，不過我們的習慣是說「我請問你……」（至少也要說「請問」，「請問你」，「請你告訴我」，不過這樣說究竟不大合我們的習慣。）

同樣，No one answered 一句，譯成「沒有人回答」也不錯，不

過我們似乎是說「誰也沒有回答」。

I wasn't born yesterday 譯成「我不是昨天出世的」我們也懂，但照原文的用意看來，這句話我們是說「我不是三歲的小孩子」。這種地方講什麼直譯、意譯？直譯根本不準確，也可以說是不通。中國各地的方言可能有很不同的說法，我們家鄉鎮江，就說「我又不是毛牙兒」，但絕不說「昨天出世」。

I know what I am doing 譯成中文就是「我有把握」或「我有數」，不是「我知道我做著什麼」。

I can't help disliking him 不要譯成「我不能避免不喜歡他」，這真是外國話，怪不得中國人聽了不懂。我們可以說「想喜歡他也不行」，「沒有法子喜歡他」，「我想喜歡他，可是辦不到」。

上面這些，只是淺顯的例子，複雜的長句在改編方面不知要費幾許心血，才能把中國人不能輕易理解的外國話，改編成與原意符合的國語。但這些例子雖然淺顯，道理已經包含在裡面了。

～西洋譬喻～

英文要寫得生動，忌用泛指的抽象形容詞和名詞，而要用具體的字眼。這個具體的字眼往往是英美的人極熟習、極有印象的。譬如說形容一個人力氣大，會打架，他們可以拿重量級拳王祖路易來打比喻。這個祖路易我們大多數的人都知道，譯者還可以照譯，當然也不能換成張飛或張三丰，因為讀者會懷疑，怎麼那個外國人會知道這兩個人的。不過有些人物卻是一般中國人不知名的。如果說一個人有聖安當院長那樣的堅毅，讀者極不容易了解，勢必加註。我們最好能用一個中國歷史上的人如蘇武來代替聖安當，但這也不

是很好的辦法。也許犧牲原文用具體的人物來形容的優點，改用抽象的字眼，如「堅貞不屈」等等。譯者遇到這種人物，要看譯的是那一種文章。正式的文件如宣言、文告、學術論文等，可以加註就加註，通俗刊物可改寫就改寫，不能加註又不能改寫就用抽象形容詞。

　　編輯的職務是把文章安排好，讓讀者讀得很舒服，讀起來省力。譯者的職務也是如此，難怪譯者要做和編者一樣的工作。不過我們要注意，這件工作做得好固然極好，做得不好卻是罪過。千萬不要把自己不很懂的東西，胡猜一陣，硬把它說得似乎有道理，不是絕對明白的英文，絕不能亂「編輯」。

利用成語與遷就習慣

有時為了有現成的中文可用，或符合中文的語言習慣起見，譯者只要不歪曲原文意義，翻譯可以自由一些。

failure 譯為「失敗」也不錯，但有時候就是「一事無成」。

self-made 當然是「自助成功的」，「獨自做成的」，但如果說一個事業有成就的人是 self-made，用上面的這兩個解釋都不很好。「白手起家的」、「白手成名」、「白手成功」都可以。

success 一般皆譯為「成功」。其實有很多中國字可以譯。This gift was a great success 不能譯成「這個禮物是一大成功」。這是外國話，真正的意思中國人不懂。這句話的意思是「這次禮送得人家開心」。

The situation is beyond remedy 當然可以譯為「情勢已經無法補救」。這一譯文不算壞，但譯者如果仔細一想，就發見中國人有個現成的說法「大勢已去」。

說一個人 resourceful 當然可以說他「多機智，有策略」，但是我們的說法是「會出主意」，「有辦法」，「會動腦筋」，上海人還有一句，「有噱頭」。因為白話詞一般字典不收，所以這些最恰當的詞不大有人用。

witnesses 是「證人們」，不錯。不過中國人不這樣說。中國話叫「一干人證」。

mark 用在 Mr. John Brown's visit marked the 30th anniversary of

the university 這一句裡，不一定是字典裡所說的「成為……之特色」；可以說「約翰布朗先生這次來參觀大學，使大學的三十週年紀念生色不少」。

tall lily 不可以譯為「高的百合」。中國的說法是「長莖百合」。同樣 a tall and beautiful woman 不可以譯為「身材頎長的美麗的婦人」。我們對於身材高而漂亮的女子有一句現成的說法：「亭亭玉立」，所以這一句可以譯為「亭亭玉立的婦人」。

fish and crustacea 可以譯為「魚及甲殼類」，但這可不是中文，現成的有「鱗介」這個詞。

birds and animals 譯成「鳥和獸類」誰也不能說錯，不過「禽獸」更現成。

almost certainly 譯為「差不多一定」也可以，但有更合中國語文習慣的「諒必」。如 He will almost certainly come 就可以譯成「他諒必會來的。」

Thanks to him, the fire was put down 裡的 thanks to him，可以譯成「感謝他」，但很少聽見中國人這樣講的，我們說「多虧了他……」

My son makes me proud of him 譯成「我的兒子使我因他而驕傲」真是外國話。我們是說「我兒子真替我爭氣。」如果說 His country is proud of him，也可以譯成「他替國家爭光。」

thin properties 譯為「薄產」是很湊巧、很恰當的。不過如果不是 properties 而是 shares, thin 就不能譯為「薄」了。我們可以說「所值無幾的股票」。

You don't know how much she means to me 幾乎叫我們一看到就非譯為「你不知道她對我的意義多麼重大」不可。譯得並沒有錯，不過這是一句外國話。我想了很久，覺得我們的說法是：「……我多麼少不了她」。

They become lasting friends 譯成「他們成了永久的朋友」是很平穩的譯文。不過我們有一句現成話或許還不嫌太文：「他們成了金石之交」。

這種例子不勝枚舉，我們翻譯不要照字面死譯，弄得滿紙都是外國話。細細問問自己：「這句話是中國話嗎？」如果不是，再想一想中國人有了這個意思，怎樣說法？即使那句話還像中國話，是不是還有更合乎中國話的說法？

但千萬小心，用成語千萬不可以隨便，當心驢頭不對馬嘴，或張冠李戴。

標 點 符 號

　　市上有的是講標點符號的書，本章並不是要來代替那些書的。關於新式標點，有許多要點在翻譯的時候應該注意的我才提出來討論，此外管不了許多，也就不去管它了。

～逗　點～

　　約二十年前我有很久沒有寫中文，一直在念英文，寫一點點英文，來港後把舊作整理，出了一本散文集，友人宋悌芬兄看了說：「你的句子太長。」這句話一點不錯。我發見我的逗點用得太少，由此悟到中英文標點最大不同點之一就是英文的逗點用得比中文少，因此把英文譯成中文，不得不略加一些逗點。

　　就如下面這一句英文：

At the beginning of September final arrangement were complete.

—— *The Wise Man from the West*

Vincent Cronin

一個逗點也沒有。可是中譯就有一個：

標點符號

九月初，最後一步的安排已經完成。

《西泰子來華記》

下面一句英文裡也是一個逗點也沒有，中譯就用了兩個：

Ricci stood ready to undertake the work for which all his past life
he had been preparing.

利瑪竇用了過去全部光陰，準備著要做的工作，現在隨時可以
動手了。

所以中譯多用個逗點是應該的，如果太少，就叫人氣接不上來。
（文言文根本不用標點，所謂句讀用得也極少，但文言的句子對仗
工整，容易念斷，字比較少，所以又當別論。）

但用逗點太多，也是一個毛病。這種文章讀起來叫人不舒服，
好像聽口吃或打呃的人說話，說幾個字停一停。如上面的第一句譯
文可以標點成這個樣子：

九月初，最後一步安排的工作，已經完成。

儘管讀者讀到「安排的工作」會略頓一下，可是用了逗點就嫌零
碎，就嫌短促了。（關於這一點見仁見智，我不能說別人都該贊成。）

逗點之所以成為問題，是因為用與不用都沒有什麼大不可以。
（白話文的「的」字也有同樣情形。）一個人逗點和「的」字的用
法影響他個人的文體極大。我們不能動大作家的標點符號，一改動
就等於毀滅他的文章。到底該怎樣用逗點，只有作家自己明白；我
所能說的是：中文譯文的逗點比英文多，但不可太多。

中文有一個半逗點「、」，非常之好，比英文更進一步、更細
一點。照英文法修詞大家 Fowler 弟兄說，逗點、支點、冒點、句點，

翻 譯 研 究

無非是指說話停頓的久暫，並沒有別的道理。逗點停得最短，句點最長，其餘依次序略長略短。（當然一個段落完畢，停得更長。）這句話說得精妙，似乎還沒有人介紹到中國來。現在我們知道：

「。」頓得最長，假定是全休止符 ▬

「：」頓得短些，假定是1/2休止符 ▬

「；」頓得又短些，假定是1/4休止符 ♪

「，」頓得更短，假定是1/8休止符 ♪

那麼再有一個更短的

「、」假定是 1/16 休止符 ♪

不是更好嗎？這個符號可以用在下面的句子裡：

一、數許多類似的東西的時候，如：

人物、山水、花卉、翎毛……

他是個貪婪、小氣、自私的人。

二、文法上未斷，但句子太長，不得不略頓的時候，如：

把禮物送給一個他平日痛恨、但又非敷衍不可的人，他心裡實在痛苦極了。

（文法上「痛恨」下接「的人」，所以沒有斷。）

有一句中文可以有四個不同的標點法：

他的意思是：叫你不要去。

他的意思是，叫你不要去。

他的意思，是叫你不要去。

他的意思是叫你不要去。

這四個方法似乎沒有什麼好不好，因為都可以用。我覺得第一個表示那個人重視這件事，叫你不要去。第二第三差不多，看一個人說話的習慣喜歡在那一個字後面頓一下。第四個不用逗點的辦法可以表示說話的人一氣說出，似乎比較性急、口直心快，也表示他說得慢，所以不用頓。不用逗點也可以取巧，反正沒有錯，誰也不能批評。（英國律師有一個不傳給人的秘密，就是做文章不用逗點，這樣打起官司來，不致於被對方捉牢。）

～疑問句～

許多句子照文法講不是問句，如

我問他為什麼不來。

但現今有些譯者把它標點成「我問他為什麼不來？」這是不通的。如果一定不放心，非用疑問號不可，只有這樣蛇足一下：

我問他：「（你）為什麼不來？」

～驚嘆句～

許多驚嘆句句末並不一定有「啊」、「呀」，反之許多句末有「呀」、「啊」的也不一定是驚嘆句。所以不要有驚嘆號一定用「啊」、「呀」，反之沒有「啊」、「呀」就不用驚嘆號。現今有的譯者喜歡暢用驚嘆號，這種譯文讀來如同聽人大呼大喊。翻譯雖難，若說用不用驚嘆號這一點，卻並不難，幾乎是可以照原文「抄」

的，因為如果用英文大叫，用中文、用法文、用德文、用俄文，也都大叫。民族性也許各國不同，說話的表情也許各國互異，但呼喊或平心靜氣的說法大致差不多。如英人叫討厭的人出去，大叫 get out！中國人說「滾你的蛋！」「你給我滾！」或者更不客氣一點、更下流一點「滾你媽的臭蛋！」這時也絕不會低聲下氣的。

～破折號、括弧～

有一種情況，是很不容易標點的。「當地居民的死敵——毒蛇，咬了他」這一句可以有七個不同的標點法：

一、當地居民的死敵毒蛇咬了他。

二、當地居民的死敵、毒蛇，咬了他。

三、當地居民的死敵——毒蛇，咬了他。

四、當地居民的死敵——毒蛇——咬了他。

五、當地居民的死敵：毒蛇，咬了他。

六、當地居民的死敵（毒蛇）咬了他。

七、當地居民的死敵（毒蛇），咬了他。

和上面舉的「他的意思是叫你不要去」一樣，很難說出那一個好不好來，也許本來沒有什麼好不好。我覺得第一句不大明白；第二句第三句不大自然；第四句有點外國樣子；第五句太鄭重其事；第六句比較好；第七句的那個逗點實在用不著。

也許這一句是不該這麼譯的。我們說話的習慣是一句話沒說完不喜歡在一個字後加註。如果譯成「他給毒蛇咬了，這是當地居民的死敵」就好了。

標點如果停頓，那麼括弧也可以表示停頓。如

　　當地居民的死敵（毒蛇）咬了他。

「敵」字後有一頓，「蛇」字後也有一頓。所以像這一句，括弧裡、括弧前後都不該有逗點。

　　但括弧前的短句可以點斷，像

　　他連日喝酒（這本是他多年的嗜好），所以今早宿醒未醒。

這一逗點該點在括弧外面如上。

　　如果全句插在文章裡，與上下文沒有文法上的關係，那麼句點該點在括弧裡。如：

　　他連日喝酒，所以今早宿醒未醒。（按他平時只喝花雕，昨晚喝的是大麴。）所以他父親來的時候，他還沒有起床。

　　破折號在英文裡往往用到，中文卻不大能容它。遇到英文裡有破折號，如果文字方面能解決這個問題，就在文字上解決，不得已再用。（這個符號無論那種文字裡也不能濫用。）就如這句英文：She is now in a higher command over him than ever —— not as a wife, but as a tyrant. 這一句譯成中文可以不用破折號：「她現在管他比從前更兇了，不是妻子管丈夫，而是暴君管臣民。」

～虛　點～

　　表示一句未完，英文用三個點，"…"，中文要用六個點，「……」。原因是英文三個點可以佔七八個字母位置，而中文三個點只

佔一個字位,又和支點容易混淆。

<h2 style="text-align:center">～引　號～</h2>

引號有許多麻煩,是作文的問題,本書只能討論譯文遇到的問題。

本來譯文可以照英文標點就行,原文的句號、逗點等等放在引號裡,我們也放在引號裡,放在引號外我們也放在引號外。(詳細的用法英國的可以參閱 Fowler 弟兄的 *The King's English*,美國的可以參閱 George Summy 的 *American Punctuation*。)不過英美有主要的不同之點,不可不知。下面兩句 a 是英國式,b 是美國式:

a. We hear that 'whom the gods love die young',...

b. We hear that "whom the gods love die young,"...

a. It is enough for us to reflect that 'such shortlived wits do wither as they grow'.

b. It is enough for us to reflect that "such shortlived wits do wither as they grow."

用單引號 ' ' 或雙引號 " " 聽各人喜歡,但要全體一致。單引號再有引號,一定是雙的;反之,雙引號裡再用引號,也一定是單的。不用說,一篇文章裡的引號用法要前後一致。

末了一點在譯者或校對的人看起來也許沒有多大關係,所以懶得去注意,但是在英美作家看起來,關係大得很。不管怎樣,前後總要一致,不要讓人看起來時而照英國式,時而照美國式。

英 詩 中 譯

這本書如果不談英詩中譯，似乎就不完全；我其實不想談，就和我不想談中文英譯一樣。為什麼不想談呢？第一、詩不可譯，我看了許多詩的譯文，不是拋開原詩，另外創作，便是一無所有。第二、譯詩好比天馬行空，毫無軌跡可尋，是不可以教的。但文章裡有時會引一兩句詩，一節詩，所以關於譯詩的情形，不得不談一點。

德國語言學家 Baron Wilhelm von Humboldt 說得好："All translation seems to be simply an attempt to solve an insoluble problem." 這句話用來說詩的翻譯，千真萬確。詩有韻、律、體裁、意象（images）、情感等等，沒有詩人的敏感就體會不到，再要把體會得到的這些優美之點，用另外一種不同的文字表達出來，簡直是作弄譯者。這就等於說，「這裡有一根蘆管，你從裡面爬過去」。

不過，雖然如此，歷史上仍有詩的譯文，而且有些譯得極好。德國的 August Wilhelm von Schlegel 譯的 Shakespeare 據說極為高明。不過以 Homer 的譯文來說，英國曾有兩位第一流的大詩人William Cowper 和 Alexander Pope 翻譯過，但據大詩人兼批評家Matthew Arnold 說，這兩人的翻譯都不很理想。Cowper 採用 Milton苦心經營的手法，完全沒有傳達出 Homer 的 "flowing rapidity"（平舖直敘）；Pope 的翻譯，諸多作態，完全沒有傳達出 Homer 的

plain naturalness（自然）；其餘的譯者更不必提了，譯 Homer 之難
有如此。*

　　Arnold 演講的主旨是：譯出來的詩應該像原詩感動作者當時的
人那樣，感動我們。他是主張犧牲準確而保全詩意的。我看詩的譯
文和散文不同，有些譯文簡直沒有顧到原文的字句、名物、動作等
等，那種自由，譯散文絕沒有。既然如此，就沒有法則可教，只有
比較、批評的分兒了。

　　詩該用韻文譯、還是用散文譯？Arnold 認為散文譯出來的詩仍
然可以富有詩意。但也有許多大批評家如 Thomas Carlyle 認為，詩
如果沒有節奏，就不成其為詩。不過只有善寫詩的人才能譯詩，這
一點是絕對不錯的。Sir John Denham 在 Second Book of *Aeneid*（羅
馬詩人 Virgil 的史詩，共有十二卷）的序文裡說：「譯詩不是把文
字譯成另一種文字，而是把詩譯成詩，而詩又是非常淡的一種文
字，「倒進」另一種文字的時候，會全部蒸發光的。如果不加進新
的酒，賸下的就只有糟粕了。」

　　不用說譯外國詩，中國的舊詩、詞，譯成白話詩，又像什麼？
「翻譯就是毀滅」，這話一點也不錯。倘使譯者本人是詩人，精於詩
律（好的白話詩一樣有詩律，不是亂寫的），又有詩才，他可以根

----

　　* Arnold《論荷馬的翻譯》(*On Translating Homer. Lectures I. II. III.
　　　and Last Words*)是 1862 年在牛津大學的演講，共有四篇，本來
　　　是三講，因為文中批評一位 Newman 教授的新譯荷馬，引起筆
　　　戰，所以又補了一篇，算是答覆。現在凡是談譯詩，尤其是譯
　　　荷馬，一定要提到這四篇演講。我們即使不懂希臘文，也該把
　　　這些講詞讀一讀。這四篇都收在 *Essays by Matthew Arnold*,
　　　Oxford University Press.

據原詩用意,或者可以用本國文創出另一首詩來。不懂詩律、沒有詩骨而譯詩,等於不懂英文。詩是另一種語言,也許是更原始的語言,所以懂一種文字未必就能懂那種文字的詩。詩人的語言是沒有經人用過的,他創造語言。雪萊說得對,Poets are the unacknowledged legislators of the world(見他所寫的 *A Defence of Poetry*)。譯詩的人也得是個創造語言的人,有「立法」權威的人。

所以譯詩是折磨,為了一個字的音不和諧要換一個,為了一個意象不明白要換一個,譯者不知要絞多少腦汁。林以亮兄編選「美國詩選」,序文裡說到譯者甘苦,值得一讀。他和別的譯者不得不撇開近代的幾位名詩人如 T. S. Eliot, Ezra Pound, E. E. Cummings 的作品不譯,也可見譯詩的情況了。

譯英文詩就得懂英文詩;懂英文詩也不很容易。不是買一本英文詩選,再選讀幾首詩讀讀就行的。第一,英文詩不容易懂,尤其是近代詩。據英國詩人又兼學者 Edmund Blunden 君說,有些現代詩連他老先生也不懂。比較早一些的詩,從莎士比亞到十九世紀末期的都可以讀懂,但也要費氣力。莎士比亞的詩和劇本因為做注釋的人多,只要買到善本,肯花功夫去讀那些注釋,總可以弄懂。有一種學生用的本子,甚至逐句用散文來解說,連最不會讀詩的也該懂得。英國詩人之中,有比較晦澀的,如 John Donn (1572-1631), William Blake (1757-1827) 等。T. S. Eliot (1888-1965) 是出名難懂的,從他開始就有很多很難懂的了。Oxford University Press 出版的 *The Golden Treasury* 有 C. B. Wheeler 注釋本,把典故及隱含的意思詳細注出,極便於初學,可惜已經絕版。他曾注出 Milton 那首 "Hymn, On the Morning of Christ's Nativity" 裡 "And speckled vanity" 一語,原來用 Speckled 這個字形容 vanity,而不用 dark,是因為「自負」雖然是罪過,也有些可貴之處。這種深意,不是粗心的初學的人所能了解的。

近人 Cleanth Brooks 和 Robert Penn Warren 一同編著的 *Understanding Poetry* 分析詩的韻律等等，極為詳細，精微的地方，倘若不是他們說出，也絕不是初學的人所能體會的。這兩本書功用不同，都是初學的人不能不用心讀的。

單就音樂的美來說，這就要了解譯者的命。英文詩裡不但押尾韻，還有「頭韻」，有些像中國的雙聲（如 pruder proctors），還有所謂 feminine rhyme，就是最後音節沒有重音的韻，如 fashion, passion, haziness, laziness, Tennyson 在 "The Princess" 那首詩裡有講瀑布的：

> The splendour falls on castle walls,
>> And snowy summits old in story:
> The long light shakes across the lakes,
>> And the wild cataract leaps in glory.
> Blow, bugle, blow, set the wild echoes flying,
> Blow, bugle; answer, echoes, dying, dying, dying.
>> O hark, O hear！how thin and clear,
>>> And thinner, clearer, farther going!
>> O sweet and far from cliff and sear
>>> The horns of Elfland faintly blowing!
> Blow, let us hear the purple glens replying：
> Blow, bugle：answer, echoes, dying, dying, dying.
>> O love, they die in yon rich sky,
>>> They faint on hill or field or river.
>> Our echoes roll from soul to soul,
>>> And grow for ever and for ever.
> Blow, bugle, blow, set the wild echoes flying,

And answer, echoes, answer, dying, dying, dying.

　　我曾聽過英國名伶 Sir John Gielgud 讀過這首詩，恐怕 Tennyson 復生，也讀不到那麼動人。不過無論如何，詩總是 Tennyson 作的，據我的體會，許多個 l 和 f 的音使人有聽到流水的感覺。b、剛音的 g，k、p 和短元音使人有聽到水碰在石頭上的感覺。末句三個 dying 讀的時候一句比一句輕，一句比一句慢，以狀回聲的消逝。這首詩如果譯成中文，主要費精神的是聲音方面的安排，字義還在其次。如果譯出了意思而沒有表達出原詩音調的動人，就等於沒有譯。為了給讀者一個比較，我把 Strodtimann 譯的這節詩的德文譯文抄在下面，以見其工。譯者把音節、押韻格式，甚至陰陽韻（masculine and feminine rhyming）都全盤表現出來了：

> Es fällt der Strahl auf Berg und Thal
> 　Und schneeige Gipfel, reich an Sagen:
> Viel' Lichter when auf blauen Seen
> 　Bergab die Wasserstürze jagen.
> Blas, Hufthorn, blas, in Wiederhall erschallend,
> Blas, Horm; antwortet Echos, hallend, hallend, hallend.

　　Tennyson 還有一首詩是寫溪澗的 "The Brook"，全詩讀來有潺潺流水聲，內容是由聲音來決定的。譯者如果沒有找到相同的，能表達流水聲音的字，大可不譯。現在把這首詩錄出，我相信任何人讀了，一定能夠發現它音樂的價值。

> I come from haunts of coot and hern,
> 　I make a sudden sally

And sparkle out among the fern,

 To bicker down a valley.

By thirty hills I hurry down,

 Or slip between the ridges,

By twenty thorps, a little town,

 And half a hundred bridges.

Till last by Philip's farm I flow

 To join the brimming river,

For men may come and men may go,

 But I go on for ever.

I chatter over stony ways,

 In little sharps and trebles,

I bubble into eddying bays,

 I babble on the pebbles.

With many a curve my banks I fret

 By many a field and fallow,

And many a fairy foreland set

 With willow-weed and mallow.

I chatter, chatter, as I flow

 To join the brimming river,

For men may come and men may go,

 But I go on for ever.

I wind about, and in and out,
  With here a blossom sailing
And here and there a lusty trout,
  And here and there a grayling.

And here and there a foamy flake
  Upon me, as I travel
With many a silvery waterbreak
  Above the golden gravel.

And draw them all a along, and flow
  To join the brimming river,
For men may come and men may go,
  But I go on for ever.

I steal by lawns and grassy plots,
  I slide by hazel covers;
I move the sweet forget-me-nots
  That grow for happy lovers.

I slip, I slide, I gloom, I glance,
  Among my skimming swallows;
I make the netted sunbeam dance
  Against my sandy shallows.

A murmur under moon and stars
  In brambly wildernesses;
I linger by my shingly bars;

I loiter round my cresses.

And out again I curve and flow
To join the brimming river,
For men may come and men may go,
But I go on for ever.

英千里先生寫過一篇《漫談翻譯》，是極有見解的好文章（原載臺灣《文學雜誌》六卷三、四期）。其中講到 Thomas Campbell 的一首 Hohenlinden，指出其中的音韻節奏，有的「令人想到鄉野黃昏時之寂靜」，有的「暗示這黃昏的寂靜已被遠遠雜聲打破」，有的表示「野砲隆隆而帶山谷之回音」等等，他認為這些都無法譯出。

愛倫坡的「大鴉」（"The Raven"），據余光中的譯註，說是音律極嚴，不容易譯。他說，「全詩通押 nevermore 一韻，譯文中實在無法遵守，只能每段換韻。」又說這首詩「頭韻」用得極多……可能的地方，譯者也照譯了過來，例如 stopped, stayed 譯成止步或駐足……」可見用心。

用舊詩體還是新詩體來譯，也是一個問題。當然我們應該用白話來譯，但如果有舊詩的根柢，而又能表達原詩的情意、音樂之美，大可用舊詩。也許有些詩用舊詩體可以譯好，有些詩用新詩體譯好。這全看原詩是什麼詩，譯者本人新詩或舊詩的修養深淺而定。

詩不但文字美、聲音美，連形式也美。中文有四言、五言、七言等等，英文每行長短，一般都有規定，如 pentameters（五音步的詩行）。但譯成中文，長短就難以控制了。雖然如此，好幾個節（verse）組成的一首詩，如果原詩各行長短有一定的格式，譯文也要顧到。就像 John Keats 的 "Ode to a Nightingale" 全詩共八節，每節

十行，每行五音步，獨獨第八行只有三音步。譯者至少要把第八行譯得短些，其餘九行不可太長或太短。至於五音步的詩該譯多長，這個問題很難肯定地答覆。大約在十一個到十四個中國字之間吧。

英文詩的節奏等於中國詩的平仄，譯詩的人要懂得英文輕重或長短音（如 trochee, dactyl, spondee 等等），又懂得中文的平仄，才能譯出可以朗誦的詩來。又英文的押韻和中文的不同，可以隔行押不同的韻，提起這種「韻譜」大都用英文字母代表一個個不同的韻，如 abab 就是說第一、第三兩行押一樣的韻，第二、第四兩行押一樣的韻，兩個韻不同。如剛才提到的 Keats 的那首詩，押韻法是 ababcdecde。中文是否照用這個押法值得研究。當然照押是很好的，不過如果用古體就可以一節一個韻那樣押下去。現代新詩作者正可以試驗西洋詩的押韻法，來增加中國詩的作法。

當今譯詩最大的問題是新詩還在摸索時期，形式未立，詞彙難找。也許會寫舊詩的人，用舊詩體裁譯起來會更容易些，但舊詩已到了不能再寫的階段。譯詩的人怎麼辦？上面說了，會寫舊詩的人，不妨用舊詩體來譯，他如果會寫新詩，當然可以用新詩體來譯。問題在譯出來的要像詩。像傅東華譯的三卷 Milton 的 *Paradise Lost*，那真是蓄意殺害 Milton，為了警告譯者不可學他，現在錄開頭的幾句如下：

在天的繆司，敢煩歌詠，
詠人間第一遭兒違帝命，
都只為偷嘗禁果招笑眚，
伊甸園中住不成，
致落得人間有死難逃遁，
受盡了諸般不幸，

其他

　　還有零零碎碎無類可歸的幾點，寫在下面。

　　有些專門名詞，術語，拉丁文或別的外國文在譯文裡附原文是很好的辦法，這樣可以讓讀者去查原文的意思。不過要注意，除非是固有名詞，不可以用大寫字母開頭。如 ergonomics 不能寫成 Ergonomics, onomatology 不可寫成 Onomatology。

　　許多字我們以為是中文，不知道是譯文不能用的。就如「洋服」、「西服」，我們認為它是「洋」、「西」，英美的人卻不能。我們的「西服」，正是他們的「本國服裝」。「番薯」在英國人眼中，一點也不「番」。所以這些詞在譯文裡不能隨便用，遇到「西服」只能說「衣服」，至於「番薯」我們可以用「馬鈴薯」。這些名詞和「胡琴」、「羌笛」一樣，一個是「北番的琴」，一個是「西戎的笛」，而這兩個種族的人提到自己的樂器，總不能也用這種鄙夷的口氣稱自己的種族吧。

　　另一方面，凡是英國人稱 our country 我們正不妨譯為「英國」，因為讀者不是時時記得那篇文章的作者是英國人，他的「我國」就是「英國」。

　　長的名詞在英文裡用縮寫，中文裡也要用縮稱。怎樣縮法，譯者照中文的例子斟酌。英文裡的 UNESCO （United Nations Education, Scientific and Cultural Organization 我們可以用「文教會」）

全文是「聯合國教育科學文化組織」)。又如聯合國的善後救濟總署 United Nations Relief and Rehabilitation Administration 簡稱為 UNRRA。英文儘管用許多 UNRRA，譯文不能用，附原文時也不必列出。中文有中文的簡稱法，這個機構大家都知道簡稱「聯總」。遇到新的機構，不管英文怎樣縮法，中文要想出一個合乎中文習慣的簡稱。譬如說，International Telecommunication Union，譯名是「國際電信聯盟」，簡稱 I.T.U.，中文簡稱可以譯為「國際電聯」或「電聯」。正如「蘇維埃社會主義共和國聯邦」的縮寫是 U.S.S.R.，我們已習慣地叫它做「蘇聯」一樣。

原文人名附在譯名之後有一個小問題：

約翰・布朗醫生 （Dr. John Brown）

約翰・布朗 （John Brown） 醫生

約翰・布朗 （Dr. John Brown） 醫生

這三種那一種寫法好呢？當然是第三種，除非那種身分是不容易明白的，如：

約翰・布朗蒙席 （Mgr. John Brown）。按 Monsignor「蒙席」是天主教的一種尊稱，教廷因為神職人員對教會有特別貢獻，封給他們的。天主教譯為「蒙席」的，大約是音譯，照字面的意思是 My lord 也很難譯為「我主」（因為天主教徒稱耶穌為吾主）。又有譯為「教卿」的，這是由 Papal Chamberlain 轉來的，但 Monsignor 不只教卿一種。為了有這樣多的麻煩，譯者不妨把原文附上，讓一部分讀者去查個明白。

But, he said, we could not do it 不可譯成：「但是」，他說，「我們不能做這件事」。這個「但是」是和「我們不能做這件事」在一起的，該放在「他說」的後面。Nevertheless, reported A——，we had already started 也是一樣的。

　　翻譯有許多時候需要頭腦。文字是不完備的，而且不能把一件事所有的細節寫出來。所以譯者常常需要設身處地去推想，然後下筆。社會情況、民族背景、個人身世、時代風氣全要譯者考慮。最簡單莫如英文裡的 last April，這句話如果在十月說的，就不是「去年四月」而是「今年四月」了。又如英國人的星期由星期日開始，而我們是從星期一開始算起的。所以 starting next week 和我們的「下星期開始」要差一天。現在一般譯者把 2 a.m.譯成「凌晨二時」。不知道「凌晨」的意思是「黎明前」，就是說天快亮了。試想半夜兩點，離天亮有多遠？a.m.的意思是午前，但絕非凌晨。現在我們好像忽然變成全不認識中國字了。即使 4 a.m.也不能譯成「凌晨四時」。事實上，你到朋友家去玩，大家談得高興，也許已經到了兩點，這時，你想起時候不早，會說，「半夜三更，還不走」。這時，在中國人心裡是「夜」，不是「晨」。我們的「晨」是雞啼的時候，東方現出魚肚白的時候。照字面譯，當然可以說「午前」。不過，我們心目中的「午前」是吃飯前，也許可以推到八九點那麼前。但絕非半夜一兩點鐘。

　　所以遇到 2 a.m. 我以為不妨譯為「半夜二時」。

　　這就碰到一個麻煩的問題，如果一件事發生在夜晚一點，英文裡假定是 on the 5th at 1 a.m. 是算五號呢？還是四號？我們說起來是「四號夜裡一點鐘」。

翻 譯 評 改

　　以上談了許多原則，舉過許多例句，但沒有把整篇的文字提出來討論。現在我找幾段譯文來，一面批評，一面修改，從這裡面看看翻譯的情形，並且把上面所說的原則應用到實際的方面。

　　第一是建文書局出版，董秋斯先生譯的 *David Copperfield* 裡面的一段，我們且拿來研究、批評一下。我選這段文章，並非因為譯文不好，而是隨手揀的。這樣的譯文很難得，要求它十全十美，當然可以修改得很好。不過一部大書如果這樣細譯，不知要花多少年月。我自己動手譯書，細評起來，也有很多缺點。讀者看了我的批改，千萬不要以為我比董先生高明。我批評別人，心裡仍然尊敬別人，佩服別人。找錯容易，自己動手翻譯難。我要提倡的是自己要會找自己的錯。

　　我要聲明一句，這本書的譯文不算壞。譯事辛苦，尤其是趕譯，往往忙得人頭昏腦脹。第三者冷靜地坐在那裡批評當然容易看出毛病來。不過譯者也可以做批評自己的人，把自己的譯文改好。

　　我單揀這本書第五章的一部分，並沒有特別的理由。原文先錄在這裡。

　　另外還有些新聞。

"I AM SENT AWAY FROM HOME"

We might have gone about half a mile, and my pocket-handkerchief was quite wet through, when the carrier stopped short.

Looking out to ascertain for what, I saw, to my amazement, Peggotty burst from a hedge and climb into the cart. She took me in both her arms, and squeezed me to her stays until the pressure on my nose was extremely painful, though I never thought of that till afterwards, when I found it very tender. Not a single word did Peggotty speak. Releasing one of her arms, she put it down in her pocket to the elbow, and brought out some paper bags of cakes, which she crammed into my pockets, and a purse, which she put into my hand; but not one word did she say. After another and a final squeeze with both arms, she got down from the cart and ran away, and my belief is, and has always been, without a solitary button on her gown. I picked up one of several that were rolling about, and treasured it as a keepsake for a long time.

The carrier looked at me, as if to inquire if she were coming back. I shook my head, and said I thought not. "Then, come up!" said the carrier to the lazy horse, who came up accordingly.

Having by this time cried as much as I possibly could, I began to think it was of no use crying any more, especially as neither Roderick Random, nor that captain in the Royal British Navy, had ever cried, that I could remember, in trying situations. The carrier seeing me in this resolution, proposed that my pocket-handkerchief should be spread upon the horse's back to dry. I thanked him, and assented; and particularly

small it looked under those circumstances.

I had now leisure to examine the purse. It was a stiff leather purse, with a snap, and had three bright shillings in it, which Peggotty had evidently polished up with whitening for my greater delight. But its most precious contents were two half-crowns folded together in a bit of paper, on which was written, in my mother's hand, "For Davy. With my love." I was so overcome by this that I asked the carrier to be so good as reach me my pocket-handkerchief again. But he said he thought I had better do without it; and I thought I really had, so I wiped my eyes on my sleeve, and stopped myself.

For good, too; though, in consequence of my previous emotions, I was still occasionally seized with a stormy sob. After we had jogged on for some little time, I asked the carrier if he was going all the way?

"All the way where?" inquired the carrier.

"There," I said.

"Where's there?" inquired the carrier.

"Near London," I said.

"Why, that horse," said the carrier, jerking the rein to point him out, "Would be deader than pork afore he got over half the ground."

"Are you only going to Yarmouth, then?" I asked.

"That's about it," said the carrier, "And there I shall take you to the stage-cutch, and the stage-cutch that'll take you to——wherever it is."

As this was a great deal for the carrier (whose name was Mr. Barkis) to say —— he being, as I observed in a former chapter, of a phlegmatic temperament, and not at all conversational —— I offered him a cake as a mark of attention, which he ate at one gulp, exactly like

an elephant, and which made no more impression on his big face than it
would have done on an elephant's.

"Did *she* make 'em, now?" said Mr. Barkis, always leaning forward,
in his slouching way, on the footboard of the cart, with an arm on each
knee.

"Peggotty, do you mean, sir?"

"Ah!" said Mr. Barkis. "Her."

"Yes; she makes all our pastry and does all our cooking."

"Do she though?" said Mr. Barkis.

He made up his mouth as if to whistle, but he didn't whistle. He sat
looking at the horse's ears, as if he saw something new there; and sat so
for a considerable time. By-and-by he said, ——

"No sweethearts, I b'lieve?"

"Sweetmeats did you say. Mr. Barkis?" For I thought he wanted
something else to eat, and had pointedly alluded to that description of
refreshment.

"Hearts," said Mr. Barkis, "Sweethearts; no person walks with
her?"

"With Peggotty"

"Ah!" he said "Her."

"Oh no. She never had a sweetheart."

"Didn't she though?" said Mr. Barkis.

Again he made up his mouth to whistle, and again he didn't whistle,
but sat looking at the horse's ears.

"So she makes," said Mr. Barkis, after a long interval of reflection,
"all the apple parsties, and does all the cooking, do she?"

I replied that such was the fact.

"Well, I'll tell you what," said Mr. Barkis. "P'raps you might be writin' to her?"

"I shall certainly write to her" I rejoined.

"Ah!" he said, slowly turning his eyes towards me. "Well! If you was writin' to her, P'raps you'd recollect to say that Barkis was willin'; would you?"

"That Barkis is willing," I repeated innocently. "Is that all the message?"

"Ye——es," he said, considering. "Ye——es; Barkis is willin'."

But you will be at Blunderstone again to-morrow, Mr. Barkis," I said, faltering a little at the idea of my being far away from it then, "and could give your own message so much better."

As he repudiated this suggestion, however, with a jerk of his head, and once more confirmed his previous request by saying, with profound gravity, "Barkis is willin'. That's the message," I readily undertook its transmission.（While I was waiting for the coach in the hotel at Yarmouth that very afternoon, I procured a sheet of paper and an inkstand and wrote a note to Peggotty, which ran thus："My dear Peggotty. I have come here safe. Barkis is willing. My love to mamma. Yours affectionately. P. S. —— He says he particularly wants you to know——Barkis is willing."）

When I had taken this commission on myself prospectively, Mr. Barkis relapsed into perfect silence; and I, feeling quite worn out by all that had happened lately, lay down on a sack in the cart and fell asleep. I slept soundly until we got to Yarmouth, which was so entirely new and strange to me in the inn-yard to which we drove, that I at once abandoned a latent hope I had of meeting with some of Mr. Peggotty's family there, perhaps even with little Em'ly herself.

原譯文如下：

我被從家中打發開

　　我們走了大約有半哩路，我的小手巾完全濕透了，這時腳夫突然停下來。

　　我向外張望，想明白停車的緣故，使我大為驚奇，我看見辟果提從一道圍籬中突然出現，爬進車來。她把我抱起來，摟向她的胸圍，把我的鼻子壓得非常疼，不過我在當時完全不曾想到疼，直到後來我才覺得我的鼻子很不舒服。辟果提並不說一句話。她鬆開一隻臂，伸進肘下的衣袋中，掏出幾紙袋的點心，塞進我的衣袋，又把一個錢包放在我的手中，但她不說一句話。又用雙臂作了最後一擠之後，她下了車，跑走了；我現在相信，也從來相信，她的長衫上沒有一只鈕扣了。我從四處轉動的幾個中揀起了一個，把它作為長久紀念寶藏起來。

　　腳夫瞪著眼看我，彷彿探問她是否回來。我搖頭，並且說我想不會了。「那末前進吧，」腳夫對那匹懶馬說道；馬就遵命前進了。

　　這時我已經哭到不能再哭，我開始想，再哭也沒有用了，況且洛德里克・蘭頓和大英皇家海軍中的那個艦長，我記得，在困難情形下都不曾哭過。腳夫見我有了這決心，於是提議把我的小手巾鋪在馬背上，使它乾。我謝過他，也同意了；在那種情形下，那條小手巾顯得格外小了。

　　我現在有空閒來看那個錢包了。那是一個硬皮錢包，有一個彈簧，裡邊有三個光亮的先令，顯然為了使我更加喜歡的緣故，辟果提用漂白粉打磨過。但其中最貴重的內容是用一片紙包在一起的兩隻半克郎，紙上我母親親筆寫著，「給衛兒。附致我的愛心。」我被這個感動到求那腳夫拿回我的小手巾；但他說，他想我最好不用它；我也想真地最好不用；於是我用袖子揩乾我的眼，自動停止了。

　　再也不哭了；不過，由於我先前的感情，我有時依然陷入劇烈的嗚咽中。我們捱過不多的時候以後，我問腳夫他是否走全路。

　　「全路到哪裡？」腳夫問道。

　　「那裡，」我說道。

　　「那裡是哪裡？」腳夫問道。

　　「挨近倫敦吧？」我說道。

　　「呵，那匹馬，」腳夫抖著韁繩指著那匹馬說道，「在它走到半途以前，就要變得比豬肉更沒有活氣了。」

　　「那末說，你只到雅茅斯嗎？」我問道。

　　「大致不錯，」腳夫說道。「在那裡我把你送到長途腳車上。長途腳車再把你送到──不拘什麼地方。」

　　這些話在腳夫（他的名字是巴吉斯先生）說來是很多了──如我在前一章所說，他是一個黏液質的人，一點也不喜歡談話──我給他一塊點心，作為酬勞的表示，他一口便喫下去了，完全像一頭象，那一塊點心在他那大臉上，比在一頭象的臉上，引不起更多的表情。

　　「這是她作的嗎？」巴吉斯先生說道，他總是無精打采地在車踏板上向前俯著，每一隻膝蓋上放有一隻臂。

　　「辟果提，你是說，老兄？」

　　「啊！」巴吉斯先生說道。「她。」

　　「是的。我們的點心都是她作的，我們的飯也都是她作的呢。」

「真的？」巴吉斯先生說道。

他撅起嘴來，彷彿要吹嘯，但他並未吹嘯。他坐在那裡，看馬的耳朵，彷彿他看見那裡有一點新奇的東西；像那樣坐了不少時候，慢慢地，他說道：

「沒有情人吧，我相信？」

「你說杏仁糖，巴吉斯先生？」因為我想他要喫一點別的，於是明白指出那一類點心。

「情，」巴吉斯先生說道。「情人；沒有人同她相好吧！」

「同辟果提？」

「啊！」他說道。「她。」

「噯，沒有。她從來不曾有過情人。」

「真的！」

他又撅起嘴來要吹嘯，他又不曾吹，不過坐在那裡，看他的馬耳朵。

「那末她作，」巴吉斯先生想了好半天以後說道，「各種蘋果糕，煮各種飯菜，是吧？」

我回答說，事實是那樣。

「喂。我要告訴你，」巴吉斯先生說道。「或許你可以寫信給她吧？」

「我當然要寫信給她啦，」我回答道。

「啊！」他慢慢地把眼睛轉向我說道。「喂！假如你寫信給她，或許你記得說，巴吉斯願意；可以嗎？」

「巴吉斯願意，」我天真地重複道。「就是這一句話嗎？」

「是——的，」他酌量著說道，「是——的。巴吉斯願意。」

「不過你明天又要到布蘭德斯通了，巴吉斯先生，」想到那時我已經離那裡很遠了，我恍恍惚惚地說道，「你大可以當面去講呵。」

因他一面搖頭反對那意見,一面又一度鄭重其事地說著「巴吉斯願意,就是這一句,」來確定先前的請求,我就答應替他傳達。(就在那一下午,當我在雅茅斯旅店等車時,我要了一張紙和一瓶墨水,寫了一封短信給辟果提,內容如下:「我的親愛的辟果提。我已平安抵此。巴吉斯願意。向媽媽致上我的愛心。你的親愛的。再者,他說,他特別要你知道——巴吉斯願意。」)

當我既經先期負起這一項委託,巴吉斯先生又陷入了完全的沉默中了;近來一切遭遇使我覺得十分疲乏,我躺在車裡一條袋子上睡去了。我一直沉睡到我們達到雅茅斯的時候;我們的車子趕進一家旅店的院子,我覺得那地方是那末新奇和生疏,我立即放棄了與辟果提先生家的一些人在那裡相遇的潛藏的希望,或許連與小愛彌麗相遇的希望也放棄了。

我把譯文全抄出來,用意是讓讀者對於譯文有一個印象。我現在問你,你覺得譯得怎麼樣?是好,還是不好?那些地方好,那些地方不好?批評得越具體、越詳盡越好。

然後我請你自己動手翻譯,看看你譯出來的又怎樣?你有沒有譯錯?有沒有把他的錯改正?你自己以為比他譯得如何?

現在我逐句把他的譯文批評、修改如下:

原　　文	原　　譯	改　　譯	批　　評
I Am Sent Away from Home	我被從家中打發開	趕出家門	「被」字不好，「被從」兩字連用尤其不像中國話。如果說「我被後父從家中打發出門」就可以，但這太長，不像題目。「趕出家門」也可以知道是誰了。
We might have gone about half a mile, and my pocket-handkerchief was quite wet through, when the carrier stopped short.	我們走了大約有半哩路，我的小手巾完全濕透了，這時腳夫突然停下來。	我們大約走了半哩路，我的小手帕全濕透了，突然趕車的停了車。	這一句沒有什麼不妥，不過「大約」兩個字可以放在「走了」的前面，這樣可以省去「有」字。
Looking out to ascertain for what, I saw, to my amazement, Peggotty burst from a hedge and climb into the cart.	我向外張望，想明白停車的緣故，使我大為驚奇，我看見辟果提從一道圍籬中突然出現，爬進車來。	我向外張望，想弄清楚是怎麼一回事，正看見裴格悌突然從籬笆那邊走出，爬上了馬車，真叫我大為驚異。	「使我大為驚奇」和上下文不接。人名用「果提」兩個字不大好。照字音該改為「裴格悌」。
She took me in both her arms, and squeezed me to her stays until the pressure on my nose was extremely painful,	她把我抱起來，摟向她的胸圍，把我的鼻子壓得非常疼，	她摟起我來，使勁地把我的臉往她的緊身褡上靠。用力很	「摟向她的胸圍」雖然也過得去，卻不大像中國話。而且「壓」字也不對。由上往下使勁才叫「壓」。stays 最好譯

 翻 譯 研 究

原　　文	原　　譯	改　譯	批　　評
though I never thought of that till afterwards, when I found it very tender.	不過我在當時完全不曾想到疼，直到後來我才覺得我的鼻子很不舒服。	猛，等我鼻子痛得厲害了她才放鬆。不過我當時完全沒有想到痛，後來發現鼻子一碰就痛，才想到這件事。	為「緊身褡」，因為這是女子用來緊身的，不止胸部一處。tender 不是「很不舒服」，是「一碰就感覺疼痛」。這個字 S.O.D. 的解釋是： 　painful when touched W.N.W.D. 的解釋是： 　acutely sensitive especially to pain W.T.N.I.D. 的解釋是： 　sensitive to the touch 　（a～scar） 都可供參考。遇到這種很淺顯的字，特別要小心。 這一句譯文太長，可分為三句。
Not a single word did Peggotty speak.	辟果提並不說一句話。	裴格悌連一句話也沒有說。	原譯語氣似乎不及原文強。原文用 Not 開端，接著又用 single 這個字，是著力的說法。照原譯的口氣，好像許多人都發言，她也該發言，但她卻不說一句話。這裡的上下文並沒有這個意思。語氣輕重是文章裡重要的部分，不可不注意。語氣沒有譯出，文章也沒有譯好。

原　文	原　譯	改　譯	批　評
Releasing one of her arms, she put it down in her pocket to the elbow, and brought out some paper bags of cakes, which she rammed into my pockets, and a purse, which she put into my hand; but not one word did she say.	她鬆開一隻臂，伸進肘下的衣袋中掏出幾紙袋的點心，塞進我的衣袋，又把一個錢包放在我的手中，但她不說一句話。	她鬆開一隻膀子，伸到口袋裡，肘都進去了，掏出幾紙袋餅，塞進我的口袋，又把一個錢包放在我手裡，但她一句話也沒有說。	這句話譯錯，不是臂伸進肘下的衣袋中。還有白話文裡我們說「口袋」，不說「衣袋」。再還有「進」字用了，就可以不用「裡」（下文譯者就用了「塞進我的衣袋」）。「但她不說一句話」，也還是不很合適，如果要更接近原文一些，該改為「但她一句話也沒有說」。
After another and a final squeeze with both arms, she got down from the cart and ran away, and my belief is, and has always been, without a solitary button on her gown.	又用雙臂作了最後一擠之後，她下了車，跑走了；我現在相信，也從來相信，她的長衫上沒有一只鈕扣了。	最後她又緊緊摟了我一下，才下車、奔跑而去；我相信她長衫上連一粒鈕扣也沒有了，從那時起就一直相信是這樣的，好幾粒在地上滾。	「又用雙臂作了最後一擠」這種譯法我已經提過，英文用名詞很方便，很好，而中文如此則不宜。我們從來不這樣說話，因此這就成了外國話。這句也譯得不對。原文的意思是緊緊摟了他一兩下，squeeze 不是「擠」。上面不是說摟得很緊，把他的鼻子都弄痛了嗎？「我現在相信，也從來相信……」這一句原文就是這樣，但作者有一句沒有寫出，就是裴格悌長袍上的鈕扣一定扯掉了，所以滾在地上的有許多粒，看下文 several that

233

原　　文	原　譯	改　譯	批　　評
			were rolling about 就明白了。這一句還沒有完。
I picked up one of several that were rolling about, and treasured it as a keepsake for a long time.	我從四處轉動的幾個中撿起了一個，把它作為長久紀念寶藏起來。	我撿了一粒，好多年都當紀念品珍藏著。	「四處轉動」不對，鈕扣只能一路滾，不能「四處轉動」。「從四處轉動的幾個中撿起了一個，」也和上文不接。「寶藏」當動詞用在這裡不大好。「起來」是一時的動作，不能放在「長久紀念」的後面。
The carrier looked at me, as if to inquire if she were coming back.	腳夫瞪著眼看我，彷彿探問她是否回來。	趕車的瞪著眼望我，彷彿探問她是否回來。	「看」、「望」二字有分別，看比較隨便，望有所期待。
I shook my head, and said I thought not.	我搖頭，並且說我想不會了。	我搖搖頭說，我想不會了。	「搖頭」念起來太急促，用「搖搖頭」比較舒徐。
"Then, come up!" said the carrier to the lazy horse, who came up accordingly.	「那末前進吧，」腳夫對那匹懶馬說道；馬就遵命前進了。	「那麼，吁！」趕車的對懶馬一喊，馬就走了。	這句裡有一點極其值得注意。英文裡有許多極平常的字，誰都認識，誰都認為全懂，但卻另有別的意思。come up 就是個極平常的字，誰都認識，但照 S.O.D. a call to a horse，解釋，意思是正是這一句裡用

原　　文	原　　譯	改　　譯	批　　評
			得上的。普通小一些字典未必有這個解釋。（就如美國人說的 get off a joke 很容易叫我們認為是「不再說笑話」，但照 W.T.N.I.D.的解釋卻是 give expression to: UTTER 意思是「說」。）照這句意思找中文，就有一個「叮」字，這個字照「國語辭典」的解釋是「斥驢馬使走之聲」（見５６７頁）。我們在內地也聽到過的。所以「那麼前進吧，」是不恰當的，也不像口語。 　　原文這一句用的是呼喊號，譯文沒有理由不用。因此「對懶馬說道」也不對，明明是「喊」。 　　「馬就遵命……」也不對。譯者譯的是 accordingly 這個字，不過譯得不好。這個詞把馬擬人化了，在詩裡還可以，在這種小說裡可不行。英文裡並沒有這個意思，不過是說馬給他這一叫，就走了。

翻 譯 研 究

原　　文	原　譯	改　譯	批　　評
Having by this time cried as much as I possibly could, I began to think it was of no use crying any more, especially as neither Roerick Random, nor that captain in the Royal British Navy, had ever cried, that I could remember, in trying situations.	這時我已經哭到不能再哭，我開始想，再哭也沒有用了，況且洛德里克‧蘭頓和大英皇家海軍中的那個艦長，我記得，在困難情形下都不曾哭過。	這時我已經哭得不能再哭了，心裡就想，再哭也沒有用，特別是因為羅德銳‧蘭頓和英國皇家海軍艦長，遇到困難的情形都從來沒有哭過，這是我記得的。	「哭到」似乎不是國語。「開始」是應該當心的字眼，不要見到begin就「開始」。　「況且洛德里克……」這句裡的「我記得」該放在句末，改成「這是我記得的」才像中文。英文句裡插一句 I could remember that 很自然；我們的習慣卻不同。
The carrier seeing me in this resolution, proposed that my pocket-handkerchief should be spread upon the horse's back to dry.	腳夫見我有了這決心，於是提議把我的小手巾鋪在馬背上，使它乾。	趕車的見我有了這樣的決心，就提議把我的小手帕鋪在馬背上，讓它晾乾。	「使」含有用動作或出別種力去促成某某結果的意思，「使他難堪」「使他悔過」。「讓」含有聽其自然。這裡應該用「讓」。
I thanked him, and assented; and particularly small it looked under those circumstances.	我謝過他，也同意了；在那種情形下，那條小手巾顯得格外小了。	我謝了他，也贊成。這一來，小手帕就顯得格外小了。	「同意」現在很得勢，這裡用用還不壞。但是更自然的說法還是「贊成」。
I had now leisure to examine the purse.	我現在有空閒來看那個錢包了。	（同原譯）	

236

原　文	原　譯	改　譯	批　評
It was a stiff leather purse, with a snap, and had three bright shillings in it, which Peggotty had evidently polished up with whitening for my greater delight.	那是一個硬皮錢包，有一個彈簧，裡邊有三個光亮的先令，顯然為了使我更加喜歡的緣故，辟果提用漂白粉打磨過。	是個硬皮錢包，裝了可以一撥就開的釦子，裡面有三個光亮的先令。裴格悌為了使我更加喜歡，明明用漂白粉把先令擦了的。	「一個彈簧」的「一個」並沒有重要性，這也不是彈簧。「辟果提」是下半句的主詞，照中國的語法應該放在前面。「為了……的緣故」也可以省為「為了……。」原譯那「三個先令」和「打磨」也隔得太遠。「打磨」當作「擦」。
But its most precious contents were two half-crowns folded together in a bit of paper, on which was written, in my mother's hand, "For Davy. With my love."	但其中最貴重的內容是用一片紙包在一起的兩隻半克郎，紙上我母親筆寫著，「給衛兒。附致我的愛心。」	但裡面最貴重的東西卻是用一張紙包在一起的兩枚半克郎硬幣，紙上我母親親筆寫著：「給小衛。媽問你好。」	「但其中最貴重的內容」是外國話。我們不能硬把 contents 譯成「內容」。硬幣不能用「隻」來計數。　　「愛心」這兩個字不對。「with my love」本來極難譯，因為我們沒有這種寫法。文言裡或者還有可以借用的句子，如「臨楮寄愛。」「致愛心」是中國文言和白話都不用的。
I was so overcome by this that I asked the carrier to be so good as reach me my pocket-handkerchief again. But he said he thought I had better do	我被這個感動到求那腳夫拿回我的小手巾；但他說，他想我最好不用	這個短簡使我感動得受不住，所以請趕車的幫個忙，再把小手帕拿給	「這個」很不明白。中文不是英文，「這個」不能代替「這個短簡」。「感動到求那腳夫……」是英文句型，不是中文（參看「中國的中文」

原　　文	原　　譯	改　　譯	批　　評
without it; and I thought I really had, so I wiped my eyes on my sleeve, and stopped myself.	它；我也想真地最好不用；於是我用袖子揩乾我的眼，自動停止了。	我。但是他說，他以為我最好不要用。我也想真地最好不用；於是我用袖子揩乾眼睛，自動地不哭了。	一章）。「最好不要用它」的「它」不用也不要緊。 　譯者把這幾句併成一句，用支點隔開，實在看不出有什麼理由。 　「自動停止」和上文不接，上文只有「眼」，「眼」怎麼「停止」呢？（作者心裡和讀者心裡當然知道原著者的意思是指「哭」，不過這一句的文字和文法並沒有指出是哭。）
For good, too; though, in consequence of my previous emotions, I was still occasionally seized with a stormy sob.	再也不哭了；不過，由於我先前的感情，我有時依然陷入劇烈的嗚咽中。	再也不哭了。不過，我先前太傷心了，心裡還有餘悲，所以偶爾仍舊止不住劇烈抽噎地飲泣。	「由於我先前的感情……」這句譯文不很好懂，也不像中文。「由於我先前的感情」意思不完全，「陷入劇烈的嗚咽中」不通，因為「嗚咽」是「陷」不進去的。
After we had jogged on for some time, I asked the carrier if he was going all the way?	我們捱過了不多的時候以後，我問腳夫他是否走全路。	我們辛辛苦苦往前走了不多久，我就問趕車的，他是否走完全程。	「挨過了不多的時候……」不是中國人的說法。「走全路」也不好懂，就好像我們也從不說「走半路」一般。

238

原　　文	原　　譯	改　　譯	批　　評
"All the way where?" inquired the carrier.	「全路到哪裡？」腳夫問道。	「全程到那裡？」趕車的問。	按「那裡」的「那」仍以不用「哪」為宜。見「國語辭典」（頁864）
"There," I said.	「那裡，」我說道。	「到那裡啊，」我應道。	按這一句是隨聲答應。
"Where's there?" inquired the carrier.	「那裡是哪裡？」腳夫問道。	「那裡是那裡？」趕車的問。	
"Near London," I said.	「挨近倫敦吧？」我說道。	「倫敦附近呀，」我說。	這個「挨」字似乎只可以用於動作的迫近，如「便挨向鳳姐身上」（見《紅樓夢》）。譯文改成了問句，加了「吧」字，難道 Copperfield 也不清楚嗎？
"Why, that horse," said the carrier, jerking the rein to point him out, "would be deader than pork afore he got over half the ground."	「呵，那匹馬，」腳夫抖著韁繩指著那匹馬說道，「在它走到半途以前，就要變得比豬肉更沒有活氣了。」	「虧你說的呢，」趕車的抖一抖韁繩，指著那匹馬說，「這匹馬呀，走不到一半路就要比豬肉還死了好多了。」	「呵」字讀如「河」，是表驚訝的，這裡似乎不該用這個字。 　「在它走到半途以前，就要變得比豬肉更沒有活氣了。」這句話不很像中國話，尤其不像一個講話沒有文法、沒有讀過書的人物的口氣。這種地方是多數譯者容易忽略的地方，我們不要忘記，說這

原　文	原　譯	改　譯	批　評
			句話的是個趕車的。他不是現代的中國中學生，譯者要設身處地想一想，這種人遇到這種情形，他會怎樣說，說什麼。 「抖著」也不對，因為腳夫不會把韁繩抖個不停。那個-ing不是動作在進行中，而是現在分詞（Present Participle）的字尾。譯者切不可一見 -ing 就「著」起來。「那匹馬」和「走不到……」不能分開。
"Are you only going to Yarmouth, then?" I asked.	「那末說，你只到雅茅斯嗎？」我問道。	「那麼，你只到雅茅斯嗎？」我問。	
"That's about it," said the carrier. "And there I shall take you to the stage-cutch, and the stage-cutch that'll take you to...wherever it is."	「大致不錯，」腳夫說道。「在那裡我把你送到長途腳車上。長途腳車再把你送到──不拘什麼地方。」	「差不離，」趕車的說。「到了那裡，我把你送到共共馬車上。馬車再把你送到──車到那裡就送到那裡。」	「大致不錯，」稍微嫌文雅一些。北方人也許會說「差不離」。「在那裡」是英文說法。Stagecoach（原文作Stagecutch 是趕車的那種人的口音，所以譯成「共共」代「公共」）。為什麼譯成「長途腳車」我不懂，我想「公共馬車」並沒有什麼不可以

原　　　文	原　　譯	改　　譯	批　　　評
As this was a great deal for the carrier （whose name was Mr. Barkis） to say...he being, as I observed in a former chapter, of a phlegmatic temperament, and not at all conversational...I offered him a cake as a mark of attention, which he ate at one gulp, exactly like an elephant, and which made no more impression on his big face than it would have done on an elephant's.	這些話在腳夫（他的名字是巴吉斯先生）說來是很多了——如我在前一章所說，他是一個黏液質的人，一點也不喜歡談話——我給他一塊點心，作為酬勞的表示，他一口便喫下去了，完全像一頭象，那一塊點心在他那大臉上，比在一頭象的臉上，引不起更多表情。	趕車的名叫巴基斯，是個冷靜的人，一點也不喜歡說話，我在以前有一回已經說了。他講了這番話，已經算多的了，既然如此，為了表示慇懃，我就給了他一個餅。他一口就吞吃下去了，完全像一隻象，他那張大臉也和象臉一樣，毫無表情。	用。「不拘什麼地方」，也不像趕車的那種人的口氣。 這一句譯得很難念。句型不合中國話的習慣，生硬、嚕囌。 　「他的名字是巴基斯先生」插在文句中不合中文的習慣。 　「這些話在腳夫說來是很多了」也不大好解。 　那一個破折號可以想法不用。 　「黏液質」是硬譯，中國讀者不懂這個詞，其實該譯為「冷靜的」。遇到這種地方，不能硬譯。人的「黏液」在中國人的心目中只會想到痰和鼻涕等。 　「如我在前一章所說」這個「如」字有些外國腔，不用也可以。 　中國小說裡，如果提到趕車的，絕不會稱他為「先生」。不把「先生」譯出來算不得不忠實。這是譯者要斟酌情形的地方，屬於改編的範圍。當然譯出來不能

 翻 譯 研 究

原　　文	原　譯	改　譯	批　　評
			算錯。值得注意的是中國小說裡不但趕車的，連上流人士，提起了也不用先生。《紅樓夢》裡如賈璉、甄士隱、薛蟠等等，一律用姓名不加先生。又現在英文的電訊裡雖然有Ｍr.（Wilson, Heath 等）中文譯文裡一律不譯出來。 　　a mark of attention 不能譯為「酬勞的表示」。attention 表示的是好感、敬意、關切等等。這裡可以說是「表示慇懃」。 　　gulped down 譯為「喫下去了」還不夠。應該是「吞吃下去」。 　　「那塊點心在他那大臉上，比在一頭象的臉上，引不起更多的表情」是不很好的譯文。不好的原因是用了英文的句型，沒有消化。這是翻譯最犯忌的。中國人看了這句，渾身不舒服。也許無論中文怎樣歐化，也沒有人寫這種句子。 　　「點心在臉上引不起表情」也不很通。

242

原　　文	原　　譯	改　　譯	批　　評
"Did she make 'em, now?" said Mr. Barkis, always leaning forward, in his slouching way, on the footboard of the cart, with an arm on each knee.	「這是她作的嗎？」巴吉斯先生說道，他總是無精打采地在車踏板上向前俯著，每一隻膝蓋上放有一隻臂。	「呐，這些餅可的確是她做的？」巴基斯問，他說話時總是無精打采地在車踏板上向前傾著，一隻膝蓋上擱著一隻膀子。	這一句要全部重譯。 這一句裡的 now 譯者漏譯。這個字是有意思的，意思是「我倒要問你」。 　「這是她作的嗎？」「這」字可以用，不過不如用「這些餅」明白。或者用「餅」一個字也好。我想關鍵在餅已經吃下肚了。「做」、「作」二字有分別，我已經在前面指出（參閱「中國的中文」一章。）這裡該用「做」 　「他總是無精打采地在車踏板上向前俯著，每一隻膝蓋上放有一隻臂。」這句不很完全，因為中文裡該補出「他說話時（總是……）」才行。「每一隻膝蓋上放有一隻臂」是外國說法。「放有」也有毛病，為什麼不用「放著」呢？若是譯新聞，用這種「有」倒無所謂「（藏）有（大批煙土）」、「（壁上貼）有（標語）」……小說裡卻不能用。

原　　文	原　譯	改　譯	批　　評
"Peggotty, do you mean, sir?"	「辟果提，你是說，老兄？」	「您是說，裴格悌嗎，叔叔？」	這句原譯的次序和原文一樣，卻不很好懂，不自然。只有懂英文的人才明瞭這句的文義。原文很巧妙地把 Copper-field 不知道趕車的指誰，匆匆發問的情形描繪了出來。中文遇到這種情形，說法不同。 　　sir 這個字譯成「老兄」也不很恰當。因為說話的是小孩子。他既然是「少爺」，不會稱趕車的做「老兄」的，客氣點稱他一聲「叔叔」也可以。 　　翻譯對話全要估量說話的、和對手的身分，彼此的關係，不然即使意思譯對，也不像話，等於沒有譯出來。
"Ah!" said Mr. Barkis. "Her."	「啊！」巴吉斯先生說道。「她。」	「嗯，」巴基斯說。「對。」	巴基斯雖然不多說一個字，「她」在中文裡還是不行的。我們的習慣是複述人名，或者說「對」。
"Yes; she makes all our pastry and does all our cooking."	「是的。我們的點心都是她作的，我們的飯也	「可不是嗎，我們的點心都是她做的，我們都	點心和飯都不能用「作」，該用「做」，飯也可以用「燒」或「煮」。

原　　文	原　譯	改　譯	批　　評
	是她作的呢。」	的飯也是她燒的。」	「是的」和 Yes 不一定一樣。Yes; she makes all our pastry……這一句從問答的情形推測起來，Yes 不能譯為「是的」。Copperfield 這時不是答話，是自己想起了什麼，補了出來。
"Do she though?" said Mr. Barkis.	「真的？」巴吉斯先生說道。	「真的？」巴吉斯說道。	
He made up his mouth as if to whistle, but he didn't whistle.	他撅起嘴來，彷彿要吹嘯，但他並未吹嘯。	他嘴脣擺出彷彿要吹口哨的姿勢，但並沒有吹。	「吹嘯」不像是口語，口語是「吹哨子」。「並未吹嘯」也不是口語。這個「未」字是文言，口語是「沒有」。
He sat looking at the horse's ears, as if he saw something new there; and sat so for a considerable time. By-and-by he said,——	他坐在那裡，看馬的耳朵，彷彿他看見那裡有一點新奇的東西；像那樣坐了不少時候，慢慢地，他說道：	坐在那裡，看馬耳朵，彷彿馬耳朵裡有什麼新鮮東西似的；像這樣坐了很久。一會兒，才說：	「那裡」不很好解。中文裡代名詞的用途不如英文廣泛，參閱「代名詞」一章。上文譯者已經犯了這個毛病。 　By-and-by 不是「慢慢地」，該譯為「一會兒」，「不多久」。
"No sweethearts, I b'lieve?"	「沒有情人	「我相信總	原譯不很像中國話。我們總以為有了標點符號

翻 譯 研 究

原　　文	原　譯	改　譯	批　　評
	吧，我相信？」	沒有戀人吧？」	不合中文習慣的句子讀者也可以懂，這樣想就錯了。這一句和「辟果提，你是說，老兄？」的情形一樣，照英文字的次序翻譯。讀者覺得這種句子彆扭，聽起來不容易懂。這種地方，譯者最要注意。
"Sweetmeats did you say. Mr. Barkis?" For I thought he wanted something else to eat, and had pointedly alluded to that descrip-tion of refreshment.	「你說杏仁糖，巴吉斯先生？」因為我想他要喫一點別的，於是明白指出那一類點心。	「叔叔，您說蓮仁嗎？」因為我以為他要喫點別的，所以明白提到這樣點心。	譯者用「杏仁糖」來諧「情人」的音，用意是值得別人效法的。不過糖不是點心，所以改為「蓮仁」。「……我想他要喫一點別的……」這個「想」字應該改為「以為」。
"Hearts," said Mr. Barkis. "Sweethearts; no person walks with her?"	「情，」巴吉斯先生說道。「情人；沒有人同她相好吧！」	「是人呀，」巴基斯說。「戀人；沒有人跟她相好吧？」	Hearts 譯成「情」不很好，可改為「人」，以表示不是「點心」。 　「沒有人同她相好吧！」原文是問號，譯文改為呼喊號似乎不必。
"With Peggotty?"	「同辟果提？」	「跟裴格悌？」	
"Ah!" he said. "Her."	「啊！」他說道。「她。」	「啊！」他說道。「對」。	「她」這個字不大好。可照上面的例改為「對」。

246

原　　文	原　譯	改　譯	批　　評
"Oh no. She never had a sweetheart."	「噯，沒有。她從來不曾有過情人。」	「噢，沒有。她從來沒有過戀人。」	「不曾」雖然中國有許多地方的方言裡用，如江蘇泰縣話，但國語裡至少不用。不過如果不是在對話裡，還可以過得去。現代國語的說法是「她從來沒有有過戀人」。我們要特別注意對話裡的字眼。
"Didn't she though?" Said Mr. Barkis.	「真的！」	「真的？」巴基斯說道。	譯者沒有譯出下面的 Said Mr. Barkis，原句是問號，也改成了呼喊號，我都不知道為什麼。
Again he made up his mouth to whistle, and again he didn't whistle, but sat looking at the horse's ears.	他又攦起嘴來要吹嘯，他又不曾吹，不過坐在那裡，看他的馬耳朵。	他嘴脣又擺出要吹口哨的樣子，又沒有吹，卻坐在那裡看馬耳朵。	這一句要改的理由上面已經說了。　「不過」用在這裡不很妥當。
"So she makes," said Mr. Barkis, after a long interval of reflection, "all the apple parsties, and does all the cooking, do she?"	「那末她作，」巴吉斯先生想了好半天以後說道，「各種蘋果糕，煮各種飯菜，是吧？」	「那麼」巴基斯想了好半天說，「所有的蘋果餅、所有的飯菜，都是她做的嗎？是不是？」	這句原譯照原文那樣斷句，實在不適宜。兩個 all 不是指「各種」，是指「所有」、「全部」。單從常識來說，蘋果糕和飯菜的「種類」也沒有多少──Peggotty 會做的恐怕只有一種吧，英國的一種。

原　文	原　譯	改　譯	批　評
			pastries（即原文的 parsties）是 pie（餅），不是 cake（糕）。
I replied that such was the fact.	我回答說，事實是那樣。	我回答說，實情是這樣。	「事實是那樣」帶點外國語風。
"Well, I'll tell you what," said Mr. Barkis. "P'raps you might be writin' to her?"	「喂，我要告訴你，」巴吉斯先生說道。「或許你可以寫信給她吧？」	「來，我有個主意，」巴基斯說。「你或者要寫信給她吧？」	這一句譯得不很對。原文 I'll tell you what 的意思是「我的主張或提議是這個」。這種地方最要小心，英文不是只看字面就能翻譯的。這裡 Barkis 有事要 Copperfield 去做，所以是請求他或命令他。譯成了「我要告訴你」沒有表達出這個意思，只要看它和下文不接氣就可以知道了。可譯成改過的樣子。 　　下面「或許你可以寫信給她吧？」的「可以」譯錯了。這個 might 不是「可以」，其實就和「或許」是一樣的。就是說「你或許要寫信……」這和下文原譯「我當然要……」相吻合，否則就要答「我當然可以……」。

原　文	原　譯	改　譯	批　評
"I shall certainly write to her," I rejoined.	「我當然要寫信給她啦，」我回答道。	「我當然要寫信給她啦，」我回道。	
"Ah!" he said, slowly turning his eyes towards me.	「啊！」他慢慢地把眼睛轉向我說道。	「嗯！」他慢慢地轉過眼睛來，對著我說。	
"Well, you was writin' to her, P'raps you'd recollect to say that Barkis is willin'; would you?"	「喂！假如你寫信給她，或許你記得說，巴吉斯願意；可以嗎？」	「喂，假如你寫信給她，或許你會記得說，巴基斯願意，你記得嗎？」	Well 譯成了「喂」，用呼喊號也不對，原文是逗點。這裡用不著呼喊。　would you 不是「可以嗎？」是 would you recollect「你會記得嗎？」（上面的 you'd 是 you would。）
"That Barkis is willing," I repeated innocently.	「巴吉斯願意，」我天真地重複道。	「巴基斯願意，」我天真地重說了一句。	
"Is that all the message?"	「就是這一句話嗎？」	「您的口信就是這一句話嗎？」	Is that all your message? 譯成「就是一句話嗎？」不夠準確。
"Ye-es," he said, considering. "Ye-es; Barkis is willin'."	「是—的，」他酌量著說道，「是	「是——的，」他斟酌著說。「是——	

原　　文	原　譯	改　譯	批　　評
	——的。巴吉斯願意。」	的，巴基斯願意。」	
"But you will be at Blunderstone again to-morrow, Mr. Brkis," I said, faltering a little at the idea of my being far away from it then, "and could give your own message so much better."	「不過你明天又要到布蘭德斯通了，巴吉斯先生，」想到那時我已經離那裡很遠了，我恍恍惚惚地說道，「你大可以當面去講呵。」	「不過巴基斯叔叔，您明天又要到勃倫斯東了，」我想到了那時我已經離開那裡很遠了，就略微遲疑了一下說，「您大可當面去講啊。」	中國人平時說話，不先講一句半句，再叫那人名字，總是先稱呼那人，再說話。譬如，中國人會說，「王先生，請你明天來。」不說「請你，王先生，明天來」。或「請你明天來，王先生。」英國人都會說，Come here tomorrow, John.（當然還有 Come here tomorrow, John, won't you?或 John, you come here tomorrow.等等說法。）遇到左邊這種英文最好把稱呼放在話前面。在緊急或激動的情形之下，當然我們也會說「快來，老王！」或「明天你可不能不來呀，老王！」 　「想到那時我已經離那裡很遠了，我恍恍惚惚地說道」譯得不很對。Copperfield 覺得替 Barkis 帶信此舉不智，但因拒絕這人的請求似乎不客氣，所以 faltering a little，意思是遲疑。

原　文	原　譯	改　譯	批　評
			「恍恍惚惚」是神志不清，原文裡沒有這個意思。所以可以改譯成「略微遲疑了一下說」。
As he repudiated this suggestion, however, with a jerk of his head, and once more confirmed his previous request by saying, with profound gravity, "Barkis is willin'. That's the message," I readily undertook its transmission.	因他一面搖頭反對那意見，一面又一度鄭重其事地說著「巴吉斯願意，就是這一句，」來確定先前的請求，我就答應替他傳達。	不過他一面搖頭反對我這個辦法，一面又非常鄭重其事地說，「巴基斯願意，就是這一句，」用這句話來肯定他先前的確是託我的，這樣一來，我就毫不猶疑地答應替他傳遞了。	原譯這一句用了英文句型來譯中文。「來確定先前的請求」不大像中文，而且那句話太長，用來做主詞很彆扭。這樣長的句子，叫人透不過氣來。Dickens 的小說裡長句還不算多，若是在散文裡，長句子很長，也很多，差不多時時刻刻要把它切斷才行。 　　「鄭重其事地說著」這個「著」字不該用的。saying 的 -ing 並不表示動作不停，只是 participle 的語尾，上面已經指出過了。 　　readily 這個副詞漏譯。
(While I was waiting for the coach in the hotel at Yarmouth that very afternoon, I procured a sheet of paper and an inkstand and wrote a note to Peggotty, which	（就在那一下午，當我在雅茅斯旅店等車時，我要了一張紙和一瓶墨水，寫了一	（就在那天下午，我在雅茅斯旅店等車的時候，要了紙和墨水瓶架，寫了一封	「那一下午」是不合中文習慣的，我們很容易犯這個毛病。中國人的習慣是說「那天下午」。諸如 last October 不該譯為「上一個十月」，如果這話是在一月

翻 譯 研 究

原　　文	原　譯	改　譯	批　　評
ran thus:... "My dear Peggotty. I have come here safe. Barkis is willing.	封短信給辟果提，內容如下：「我親愛的辟果提。我已平安抵此。巴吉斯願意。」	信給裴格悌，上寫道：「我親愛的裴格悌。我已平安抵此。巴基斯願意。」	說的，該譯為「去年十月」，如果在十二月說的，應該譯為「今年十月」。One October morning 不該譯為「一個十月的早晨」，該譯為「十月裡有一天早上」，諸如此類。 　我一再說過，翻譯不能照字面，要問原意是什麼，中國人表達那個意思用什麼方法。 　「我親愛的辟果提」是可以的，這個 dear 如果在商業信裡，就只能譯「逕啟者」。若是兩位銀行家通信就要用「××兄大鑑」了。
My love to mama. Yours affectionately.	向媽媽致上我的愛心。你的親愛的。	替我給姆媽請安。你的寶貝。	這一句和上面那個「愛心」一樣，不像中文。Yours affectionately 是很難譯的。可能不譯，就只寫個名字。
P.S.—He says he par-ticularly want you to know...*Barkis is willing* .")	再者，他說，他特別要你知道——巴吉斯願意。」)	再者，他說，他特別要你知道——巴基斯願意。」)	

原　文	原　譯	改　譯	批　　評
When I had taken this commission on myself prospectively, Mr. Barkis relapsed into perfect silence; and I, feeling quite worn out by all that had happened lately, lay down on a sack in the cart and fell asleep.	當我既經先期負起這一項委託，巴吉斯先生又陷入了完全的沉默中了；近來一切遭遇使我覺得十分疲乏，我躺在車裡一條袋子上睡去了。	我既然答應下來替巴基斯轉達這個信息，他就又一言不發了；所有這幾天出的事都把我累壞了，我躺在車裡一隻袋子上就睡著了。	「當我先期……」云云，是外國話。「陷入了完全的沉默中」本來也不大像中國話，不過現在文學家都這樣寫了，就算是中國話吧。 when 譯為「當」也不很好。一般譯者碰到 when 就「當……時」，是一個毛病。但單單用「當」也不是解決的辦法。不用這種句型也可以。英文要表明兩者之間的關係，所以用 when 來連接，中文根本不在乎。 「近來一切遭遇……」云云，也有兩個小問題。 中文「近來」所指的時期較長，幾個月，幾個星期都可能。Copperfield 的遭遇發生在「這幾天，」不能用近來。 「一條袋子」的「條」不對。中國的數量詞是有一定的。
I slept soundly until we got to Yarmouth,	我一直沉睡到我們達到雅茅斯的時候；	我睡得很熟，一直等我們到了雅茅斯才醒。	「達到雅茅斯的時候」不大像中國話。

翻 譯 研 究

原　　文	原　　譯	改　譯	批　　　評
which was so entirely new and strange to me in the inn-yard to which we drove, that I at once abandoned a latent hope I had had of meeting with some of Mr. Peggotty's family there, perhaps even with little Em'ly her-self.	我們的車子趕進一家旅店的院子，我覺得那地方是那末新奇和生疏，我立即放棄了與辟果提先生家的一些人在那裡相遇的潛藏的希望，或許連與小愛彌麗相遇的希望也放棄了。	我們的車子駛進一家旅店的院子，我本來心裡還希望和裴格悌大叔家裡的一些人在那裡會一會面，現在發見這個地方完全新奇陌生，立刻打消了這個念頭，也許連小愛姆麗在這裡也是如此。	「我覺得那地方是那末新奇和生疏……」云云，這種不合中國語風的句子是一般譯者最容易寫出來的。「那末新奇和生疏」是英文。在中文裡不必說明因果，而因果自然明白，這是譯者時時刻刻要記在心裡的。你說「是他如此地粗魯對我，以致我氣得話都說不出了」，因果的關係真表達得再明顯也沒有了。但我們說「他對我太粗魯，把我可氣得話都說不出了，」意思也同樣表達出來。這兩句的分別只是一句是英文，一句是中文；英文彆扭，不像人說的話，中文自然，讀來暢快。 　　「車子趕進一家旅店的院子」不大好，車不可以自己「趕」，車卻是「駛」的。 「潛藏的希望」並不錯，但總不很好懂，因為我們不大這樣表達自己的意思。 　　「潛藏的希望」和「與小愛彌麗相遇的希

原　　文	原　譯	改　譯	批　　評
			望」兩個「希望」太近，應該想法避免。

　　為了便於一氣閱讀，我把改譯的文章全部抄下來，讓讀者讀一讀。

趕出家門

　　我們大約走了半哩路，我的小手帕全濕透了，突然趕車的停了車。

　　我向外張望，想弄清楚是怎麼一回事，正看見裴格悌突然從蘿笆那邊走出，爬上了馬車，真叫我大為驚異。她摟起我來，使勁地把我的臉往她的緊身裕上靠。用力很猛，等我鼻子痛得厲害了她才放鬆。不過我當時完全沒有想到痛，後來發見鼻子一碰就痛，才想到這件事。裴格悌連一句話也沒有說。她鬆開一隻膀子，伸到口袋裡，肘都進去了，掏出幾紙袋餅，塞進我的口袋，又把一個錢包放在我手裡，但她一句話也沒有說。最後她又緊緊摟了我一下，才下車、奔跑而去；我相信她長衫上連一粒鈕扣也沒有了，從那時起就一直相信是這樣的，好幾粒在地上滾。我撿了一粒，好多年都當紀念品珍藏著。

　　趕車的瞪著眼望我，彷彿探問她是否回來。我搖搖頭說，我想不會了。「那麼，吁！」趕車的對懶馬一喊，馬就走了。

　　這時我已經哭得不能再哭了，心裡就想，再哭也沒有用，特別是因為羅德銳‧蘭頓和英國皇家海軍艦長，遇到困難的情形都從來沒有哭過，這是我記得的。趕車的見我有了這樣的決心，就提議把我的小手帕

鋪在馬背上,讓它晾乾。我謝了他,也贊成。這一來,小手帕就顯得格外小了。

我現在有空閒來看那個錢包了。是個硬皮錢包,裝了可以一撳就開的鈕子,裡面有三個光亮的先令。裴格悌為了使我更加喜歡,明明用漂白粉把先令擦了的。但裡面最貴重的東西卻是用一張紙包在一起的兩枚半克郎硬幣,紙上我母親親筆寫著:「給小衛。媽問你好。」這個短簡使我感動得受不住,所以請趕車的幫個忙,再把小手帕拿給我。但是他說,他以為我最好不要用。我也想真地最好不用;於是我用袖子揩乾眼睛,自動地不哭了。

再也不哭了。不過,我先前太傷心了,心裡還有餘悲,所以偶爾仍舊止不住劇烈抽噎地飲泣。我們辛辛苦苦往前走了不多久,我就問趕車的,他是否走完全程。

「全程到那裡?」趕車的問。

「到那裡啊,」我應道。

「那裡是那裡?」趕車的問。

「倫敦附近呀,」我說。

「虧你說的呢,」趕車的抖一抖韁繩,指著那匹馬說,「這匹馬呀,走不到一半路就要比豬肉還死了好多了。」

「那麼,你只到雅茅斯嗎?」我問。

「差不離,」趕車的說。「到了那裡,我把你送到共共馬車上。共共馬車再把你送到—— 車到那裡就送到那裡。」

趕車的名叫巴基斯,是個冷靜的人,一點也不喜歡說話,我在以前有一回已經說了。他講了這番話,已經算多的了,既然如此,為了表示慇懃,我就給了他一個餅,他一口就吞吃下去了,完全像一隻象,他那張大臉也和象臉一樣,毫無表情。

「吶,這些餅可的確是她做的?」巴基斯問,他說話時總是無精打

采地在車踏板上向前傾著，一隻膝蓋上擱著一隻膀子。

「您是說，裴格悌嗎，叔叔？」

「嗯，」巴基斯說。「對。」

「可不是嗎，我們的點心都是她做的，我們的飯也是她燒的。」

「真的？」巴基斯說道。

他嘴脣擺出彷彿要吹口哨的姿勢，但並沒有吹。坐在那裡，看馬耳朵，彷彿馬耳朵裡有什麼新鮮東西似的；像這樣坐了很久。一會兒，才說：

「我相信總沒有戀人吧？」

「叔叔，您說蓮仁嗎？」因為我以為他要喫點別的，所以明白提到這樣點心。

「是人呀，」巴基斯說。「戀人；沒有人跟她相好吧？」

「跟裴格悌？」

「嗯！」他說道。「跟她。」

「噢，沒有。她從來沒有過戀人。」

「真的？」巴基斯說。

他嘴脣又擺出要吹口哨的樣子，又沒有吹，卻坐在那裡看馬耳朵。

「那麼，」巴基斯想了好半天說，「所有的蘋果餅、所有的飯菜，都是她做的嗎？是不是？」

我回答說，實情是這樣。

「來，我有個主意，」巴基斯說。「你或者要寫信給她吧？」

「我當然要寫信給她啦，」我回道。

「嗯！」他慢慢地轉過眼睛來，對著我說。「喂，假如你寫信給她，或許你會記得說，巴基斯願意，你記得嗎？」

「巴基斯願意，」我天真地重說了一句。「您的口信就是這一句話嗎？」

「是——的，」他斟酌著說。「是——的。巴基斯願意。」

「不過巴基斯叔叔，您明天又要到勃倫斯東了，」我想到了那時我已經離開那裡很遠了，就略微遲疑了一下說，「您大可當面去講啊。」

不過他一面搖頭反對我這個辦法，一面又非常鄭重其事地說，「巴基斯願意，就是這一句」，用這句話來肯定他先前的確是託我的，這樣一來，我就毫不猶疑地答應替他傳遞了。（就在那天下午，我在雅芽斯旅店等車的時候，要了紙和墨水瓶架，寫了一封信給裴格悌，上寫道：「我親愛的裴格悌。我已平安抵此。巴基斯願意。替我給姆媽請安。你的寶貝。再者，他說，他特別要你知道——巴基斯願意。」）

我既然答應下來替巴基斯轉達這個信息，他就又一言不發了；所有這幾天出的事都把我累壞，我躺在車裡一隻袋子上就睡著了。我睡得很熟，一直等我們到了雅芽斯才醒。我們的車子駛進一家旅店的院子，我本來心裡還希望和裴格悌大叔家裡的一些人在那裡會一會面，現在發見這個地方完全新奇陌生，立刻打消了這個念頭，也許連小愛姆麗在這裡也是如此。

原　　　文	原　　譯	改　　譯	批　　評
Peking has blocked the use of Russian and other European volunteers in North Vietnam by refusing to allow Chinese volunteers to fight beside Russians, high East European diplomatic sources disclosed today.	東歐外交人士本日透露中共阻止北越起用蘇聯及東歐志願兵，並不准中共志願兵與蘇聯人並肩作戰。	東歐高級外交人士本日透露，中共以不允中國志願軍與蘇聯志願軍並肩作戰為由，阻止北越借重蘇聯及東歐其他國家之志願軍。	按原有 high （Eastern European）這個字沒有譯出，這還是小事。主要的錯誤在於沒有分清事情的來龍去脈，只照英文的次序往下譯。這一句 by refusing... 是手段，電訊中說中共用「不准（共產）中國志願軍與蘇聯人並肩作戰」為手段，使北越無法利用蘇聯及東歐志願軍。但從譯文看來，這個本來是一件事的因果，倒變成了平行的兩件事情：一是中共阻止北越起用蘇聯及東歐志願兵；二是不准中共志願軍與蘇聯人並肩作戰。這種錯誤是不看完全句就翻的結果。 　　「起用」這個詞是不對的，按「復用已告退或革職之人員」（見「國語辭典」）叫起用。蘇聯及東歐志願兵並未在北越告退，或被北越革職，所以談不到起用。
Hanoi had made it clear	該方人士稱	該外交人士	這一句沒有譯錯，但實

原　文	原　譯	改　譯	批　評
it could not afford to accept Russian volunteers without agreeing to admit the Chinese at the same time, the sources said.	：河內已明白宣示，不容接納蘇聯志願兵，而同時不同意接納中共軍。	稱：河內已明白表示北越不便接納蘇軍而不同時接納中共軍，因此舉及後果堪虞。	在不好懂。 　這一句的意思也就是：中共既然這樣主張，他們也就不能接納蘇軍了。 　上下文兩個 volunteers，一譯「志願兵」，一譯「志願軍」，有欠統一。 　「該方」這個詞不常見，雖然「甲方」、「乙方」是可以的。
Russia and the East European countries have pledged to send volunteers to North Vietnam, whenever Hanoi asked for them. It now appears impossible for the Hanoi regime to request volunteers without getting into serious trouble with its backers. The indications were that Hanoi would not call for such help, at least, not for the time being.	蘇聯及東歐國家願派志願兵至北越，但河內現已無可能請求派志願兵，而不與中共發生嚴重事故。是故河內未便請求派兵援助，最低限度暫時為然。	蘇聯與東歐各國已提保證，一俟河內提出請求，即派兵前往。但北越如請求蘇聯等國派遣志願兵，勢必開罪中共，而引起嚴重後果。故至少目前不致提出此請。	這兩句雖然可懂，但譯得極拙劣。也嫌太鬆懈。pledged 不只是「願」，是「保證」。whenever Hanoi asked for them. 也沒有譯出。would not call for such help. 也不是「不便請求派兵援助」，而是「不會……」，因為怕得罪中共。 　「無可能請求……」中文沒有這個句型。「無可能請求……而不與……」的結構也不是中文。翻譯不能跟英文走。
Leaders of West Germany's tow major political	西德兩大政黨——社會	西德社會黨與基督民主	這一句裡的 Leaders 未譯出，當然也可以，不

原　　文	原　　譯	改　　譯	批　　評
parties...the Social and the Christian Democrats... decided today to form a new Government to replace Chancellor Ludwig Erhard's regime.	黨與基督民主黨——今天已決定合組一個新政府，以接替卸任總理艾哈德之政權。	黨兩大政黨領袖今天已決定組織新政府，以接替艾哈德總理所遺政權。	過可以譯出來。原譯者因為用了破折號，所以無法再加「領袖」兩個字。　　這一句最可以說明article "a" 該省略才對。這句的「一個」，（還有下句的），絕對要省，試問這樣的政府還有兩個麼？
Herr Jurt Georg Kie-singer, the Christian Democratic candidate for Chancellor, told reporters he hopes that a new Government could be formed next week.	基督民主黨總理人選基升加對記者說：他希望可於下週組成一個新政府。	基督民主黨總理候選人基升格對記者說：他希望下週新政府可以組成。	「人選」這個詞不對。　　新政府不是他一人組成，原文用的被動語態。
The deal is subject to the approval of the representatives of the two parties in the Bundestag.	此事須俟眾議院該兩黨議員之批准。	按此事須俟眾議院兩黨議員通過。	approve 用「批准」似不合，因為這種任命不會是兩黨議員用批示的方法核准的。
Pravda yesterday urged Communist Parties not to fear China and to take action to avert a split in the world Communist community.	蘇共真理報於週三促請其他共黨不可畏懼中共及應採取行動，以避免	昨日（……日）真理報勸告各國共產黨勿畏中共，並應採取行動以阻	這一句譯得不錯，但有幾個毛病。urge 不能譯為「促請」。一個人害怕，不是旁人「促請」就能不怕的；但可以理喻，勸告，叫他不要怕

原　　文	原　譯	改　譯	批　　評
	世界共黨社會之分裂。	全球共黨分裂。	。還有兩個動詞之間用「及」字，也不是中文。我們沒有這個說話的習慣。我們有時用「並」字。 World Communist Community 譯為「世界共黨社會」不大好。
Tanks rumbled into positions round a former Communist stronghold in the capitals northern suburb today as the prelude to a new Army security drive...Armed troops have carried out house to house searches there since last year's attempted Communist coup. Brigadier General Sutopo Juwono, the Djakarta garrison command Chief of Staff, today issued a warning that a major security offensive against former Communist party members and supporters would be launched in the next few days.	坦克車今天開入北郊前共黨根據地帶，此為陸軍戒備新舉措，武裝部隊復在該區，逐戶搜查，首府衛戍司令宣佈，三數日內，將對前共產黨員及其支持者，施行安全措施……	坦克車今天隆隆開入北部前共黨根據地周圍陣地，此為陸軍採取安全戒備新措施之嚆矢。自從去年共黨政變失敗以來，武裝部隊曾在該區逐屋搜查。耶加達成司令部參謀長本日提出警告稱，今後數日內為防禦前共產黨員及其支持者，將採取大規模攻勢。	這段消息是節譯，漏了許多字本可以不必去責備譯者，但問題很多，round a former Communist stronghold 不是 stronghold; prelude to a drive 不是 drive, Chief of Staff，不是司令。要刪節不能這樣刪節。 　　這句太長，即使是節譯也該分成幾句。 　　「對前共產黨員及其支持者，施安全措施」「安全」不可解，軍方是怕人民痛恨共產黨員，要殺害他們，才保護他們安全嗎？還是為了人民和國家安全呢？從譯文來看行為，「保安」比較好，但也不太好，因為保安和攻勢不好連接起來。

原　文	原　譯	改　譯	批　評
			這種錯誤就是抱死了一個字一個意義、看字就翻譯造成的。
Manila International Airport is a "danger area" for commercial aviation, according to a report of the International Federation of Airline pilots.	據國際航空公司協會各機師的報告稱：馬尼拉國際機場對於商業航機是一「危險區域」。	據國際定期航線飛行員總會提出報告稱：商業航機視馬尼拉國際機場為「危險區域」。	這一句譯文有兩點不妥。第一、這個 Federation 的名稱譯得不準確。第二、「對於……是……」不通。關於這個 for 本書裡特別提到過，可參閱「毛病」一章。
The report warned that "unless the Philippine Government does something about it, the present state of affairs at Manila International Airport could lead to strong recommendations ...to by pass Manila for the sake of public safety."	這項報告提出警告稱：「除非菲律賓對這機場設法改善，否則這馬尼拉國際機場的現狀，可能引致強烈的建議——為公眾安全起見不飛進馬尼拉。」	報告裡提出警告稱：「倘菲律賓不設法改善馬尼拉國際機場的現狀，則該會為公眾安全計，勢必提出強硬主張，使飛機繞道而過。」	這一句不很好懂，也不像中文。「引致強烈的建議」指什麼呢？指不飛進馬尼拉嗎？如果有這個意思，也不是這樣寫法的。毛病又出在照原文直譯。
Members of the Federation were due to end their two-day Southeast Asia regional conference today.	這國際協會的會員們，定於今日結束他們為期兩天的東南	該會東南亞區域會議開會二日，定今日閉會。	這一句意思沒有錯，但中文不是這樣寫的。「會員們」用不著譯出。有一位譯界前輩說過，現在什麼都要「為

原　　文	原　　譯	改　　譯	批　　評
	亞區域會議。		期……」，他的話有道理。為什麼一定要「為期……」？
The warning was based on a report submitted to the conference by the Airline Pilot's Association of the Philippines on mid-air collisions and their causes.	該項警告是根據菲律賓的航空公司機師協會對空中溺機事件及原因，提交該會議的一項報告而發的。	關於飛機空中互撞及互撞原因，菲律賓定期航線飛行員協會曾有報告提交該會議，該會警告即係根據報告而發。	「溺機」恐怕是排錯了。這一句太長，應該切斷。中文的句子構造比較簡，比較短，本書裡提過很多。
Specific problems cited as part of this report included allegations that： "...As a whole, the air traffic control system at Manila International Airport is obsolete... has not progressed in 20 years...despite the changes in aircraft over the same period."	在這報告中引述的部分問題指出：「——就全部而說，這空中交通管制系統（在馬尼拉國際機場的）太陳舊：在二十年來沒有進步：雖然在同時期的飛機已有所改變。」	該會引述報告中提出的明確指責計有：「（上略）整個來說，馬尼拉國際機場空中交通管理的系統業已陳舊，二十年來並未進步，而同時期內飛機已大有改變。」	這句譯文，稍有不準確的地方，又嫌太亂。破折號用在句中似乎表示省略了一段文字，與原文裡表示項目的用意不同，令讀者不解。　這一句原文有刪節，所以用了「……」表示，譯文裡可以馬虎一些。
...Communications Sys-	機場的通訊	（上略）機	這一句修詞方面需要改

原　文	原　譯	改　譯	批　評
tems at the airport are equally obsolete, inade-quate and unreliable.	系統是同樣地舊式，不適用及不可靠。	場的通訊系統同樣陳舊、不敷應用、且不可靠。	動。「及」字不合中文習慣。「是」字用不著。
...Navigational aids were "mostly ill-maintained and poorly situated, so that for navigational purposes they are un-reliable."	由於導航系統「保養欠佳，且所在位置欠妥，因此其效能是不可靠的。」	（上略）大多數導航輔助設備失修，且位置失宜，殊不足恃以航行。」	這一句欠準，修詞也不佳，「效能」沒有什麼可靠不可靠，只有高低。
A conference spokes-man emphasized these conditions constituted "unnecessary hazards of direct concern to the flying public."	一位議會發言人稱：「上述情況構成了搭乘飛機的人士不必要危險的直接威脅。」	會議發言人力言，「種種情況使飛機搭客冒原本沒有的危險，而不免擔憂。」	這種句子讀起來最吃力，雖然譯起來最省力（只要把英文字改成中文字就行了，不必翻譯）。要叫讀者省力，一定要改。 emphasized 不是「稱」。 會議發言人前面用不著「一位」。
The spokesman added that the conference also heard a technical report saying that the entire runway should be repaved. It showed evidence of potholes, cracks and raised areas	他又稱：他曾接到一項關於技術上的報告謂：整條路道需要重新鋪過，因為全條路道均告	發言人又稱，與會人士又聽到關於技術方面報告云，整條跑道須予重鋪。全部跑道上均有	這一句的動詞「出現」管三樣東西：裂縫、路面、洞穴，本來可以，但這三樣東西末兩樣都有形容詞，中文裡動詞和賓詞距離太遠，有「鞭長莫及」的情形。runway 何以譯成「路

翻譯研究

原　　文	原　　譯	改　譯	批　　評
along its entire length, the spokesman added.	出現裂縫，隆起的路面；及散佈的小洞穴。	洞穴、裂縫及隆起地段。	道」，不可解。　along its entire length，不是專指小洞穴的，所以「散佈的洞穴」這一句不對。
King Hussein, under pressure from rioters in his own country today ordered arms and other Arabian countries given to " frontline"Jordainian villages on the Israeli border.	在國內暴動群眾及其他阿剌伯國家壓力之下，國王哈辛今日下令以武器發給鄰近以色列邊境的約旦鄉村「前線」村民。	國王胡散因受國內騷動者及其他阿剌伯國家壓力，今日下令以武器配給鄰近以色列邊境之約旦村民。	這一句有一點不大像中文，「國王胡散」應該想法放在句首。　別的報紙有譯為「在國內暴動者及其他阿剌伯國家的壓力下的赫辛王，今下令以武器給予『前線』以色列邊界之約旦鄉村」。這樣譯也嫌句子太長，而且「之」和「的」並用並不和諧。　另一報譯為「約旦國王受國內及阿剌伯其他國家騷動群眾壓力，業於今天下令，前線村民與以色列接近的，可獲武器配備。」這一句在結構上接近中文，但不準確，騷動是本國的，不能把別的阿剌伯國家一齊牽涉進去。而且配給武器是命令，不是「可」與「不可」的問題。

原　文	原　譯	改　譯	批　評
The King's action came as fresh demonstrations against him were reported in Jerusalem.	哈辛是於耶路撒冷聖城傳出反對他的新示威運動發生後，採取上述行動。	據云耶路撒冷有反對國王的新示威舉動，國王乃有此舉。	這一句有一點文法上的錯誤。凡以「是」形容事物的，後面一定要有「的」，如「花是紅的」，「你這種態度是不對的」。問題是句子一長，作者就忘記了，像這一句就犯了這毛病。當然這樣長的句子用這字並不太好，讀者也不覺得這裡要有個「的」字，只覺得讀起來不大對。解決的辦法是不用「是」。耶路撒冷就是聖城，不必重複。 　　另一報譯為「在耶路撒冷聖城有反對赫辛王之新示威後，有此新行動。」這一句略嫌生硬。 　　另一報譯為「先是聖城出現反約王示威。」「先是」是比較文的字眼，但並無不對，現代報紙用的是淺近文言，所以不很恰當。
According to reports, they broke out at the funeral of two youths reported to have been	根據報導：在星期五示威中被殺之兩名青年，	根據報道，星期五示威時，阿剌伯軍團以機槍	這一句那份報紙沒有譯，所以用了另一份報的譯文。「報導」，「國語辭典」上作「報道」，

267

原　文	原　譯	改　譯	批　評
killed in yesterday's demonstrations when Arab Legion soldiers opened up with machine-guns on the demonstrators.	出殯時爆發新示威。	掃射群眾，兩青年斃命，次日舉殯，乃又有示威發生。	現在報紙上卻都用「導」，不知道為什麼。大家都錯也許漸漸就對了。這一句寫得不明不白，上下不接，「兩名青年」後面的逗點尤其不該用。 　　另一報譯為「據報，週五示威時，阿剌伯志願兵向示威者開槍，二人喪生者舉殯，反約王示威即行出現。」這一譯比較準確，也譯得好些。但不是「志願兵」。還有「喪生者舉殯」連在一起，似乎兩件事，喪生和舉殯，是同時發生的，示威也好像在「週五」了。
At the same time, King Hussein put into effect a previously announced measure...the drafting of all Jordanian men between the ages of 18 and 40 to strengthen the Army in case of further trouble with Israel.	與此同時，國王哈辛今日將以前頒佈的措施付諸實行，這措施是與以色列一旦發生進一步糾紛之時，則動員所有年齡在十八歲至四十歲的	同時國王下令動員所有年在十八至四十的約旦人，以增強軍隊的實力，按此舉國王已宣告在先，一旦與以色列進一步發生糾紛，即付諸	「與此同時」已經在上面提過，是不對的。中文的「同時」意思就是「與此同時」，很乾淨明白。 　　「國王哈辛今日將以前……的實力。」這一句的構造顯然在套英文句型，不合中文習慣。announced 不是「頒佈」，是「宣布」。 　　另一報譯得較好，

原　　文	原　　譯	改　　譯	批　　評
	約旦人，來增強軍隊的實力。	實施。	「約王今天復宣布執行前此公布的徵集令，凡年在十八至四十歲的男子，須予徵集，以便加強約軍，應付以國再有侵犯舉動。」但兩次用「徵集」，犯了修詞上重複的忌。還有末了「應付以國再侵犯舉動」結構不合中文習慣。
Mr. Brown was said to have pressed Mr. Gromyko to agree to final settlement of post-war debts arising mostly from Russia's take-over of the Baltic States in 1940.	據悉，布朗曾促蘇外長葛羅米柯同意對於大部分因蘇聯在一九四〇年接收波羅的海國家而引起的戰後債務的最後解決。	據云布朗以蘇聯債務大部分皆因一九四〇年接管波羅的海國家而欠，拖延已久，亟欲其早日清償，力促葛羅米柯同意。	這一段新聞上面還有話，我為了要省篇幅，把它截短了一些。這一句太長，而且用名詞「最後解決」代替動詞「清償」，都是毛病。句子太長叫人不容易看明白。中文裡不可以這樣用名詞代動詞。 　　另一報紙譯為：「據說布朗堅持要葛羅米柯同意最後解決戰前的一筆債務，此債務多半乃因自一九四〇年蘇聯執管波羅的海諸國事。」這一句譯文是切斷了，也沒有用名詞代動詞；但毛病在念不下去。「此債務」這種結構不合中文習慣。「多半乃」很牽強。「執管波

原　　　文	原　　譯	改　　譯	批　　　評
			羅的海諸國事」語氣還沒有完，中文不能這樣寫法。
The two Governments have been arguing since 1959 over claims by Britain for about 15m, and counterclaims by Russia totalling about 10m.	自一九五九年以來英蘇一直爭論這個問題，英方認定這些債務約為一千五百萬鎊，而蘇方只認為是一千萬英鎊。	自從一九五九年以來，兩國為此項債務始終各執一詞，英方認為蘇方欠一千五百萬鎊左右，而蘇方則反謂英方欠蘇方總數達一千萬鎊左右。	這一句譯錯了。Counter Claim 不是蘇聯還價，要把英國提出的一千五百萬鎊減為一千萬鎊，而是「反要求」，就是說蘇聯不但不承認欠英國一千五百萬鎊，反說英國欠蘇聯一千萬鎊。 　　另一報譯為：「至於此筆債，英國叫囂謂為一千五百萬鎊；而蘇聯則謂那總數不外是一千萬鎊左右。因而自一九五九年以來，兩個政府一直都就此事爭論。」這一句也譯錯了。按英國 Claim 並沒有「叫囂」，這個詞太不客氣了。「不外是」也很費解，如果有很多不同的東西，單指裡面的一兩樣才能說「不外是」，如「來的不外是幾個舊日的朋友」（以別於親戚、師生、鄰居等等）。即使匆忙中譯新聞，也不能這樣隨便用字。

附 錄

中文英譯

　　這本書裡不提中文英譯的事，序言裡已經說明。但細心的讀者會發見，我講的關於英文中譯的許多要點，無形中也可以幫助中文英譯。例如英文譯成中文要把用不著的冠詞 a 拿掉，複數不必用「們」；反過來中文譯成英文就要加許多冠詞 a 進去（當然還要加 the），是複數的名詞大多數要加 s 等等。

　　再像句型（sentence patterns），英文的要改成中文的，才沒有外國味道；反過來，中文的也要改成英文的，才沒有中國味道。...cannot... without... -ing 不一定譯成「……不能……而不……」；那麼遇到像「你要毀謗他免不了有人罵你忘恩負義」這樣一句，未嘗不可以譯成 You cannot smear him without being charged with ingratitude。（這一句英文壞的中譯是：「你不能污衊他而不被責備忘恩。」）

　　你知道中英文用標點的方法不同，中譯英的時候也就有些理會了。你知道中文裡那些要補出，那些要省略，反過來中譯英的時候就多少知道那些要省略，那些要補出了。你知道英文詩譯成中文有那麼多的事要知道，把中文詩譯成英文詩的時候，也特別要注意那

些事了。

　　中譯的毛病，正是英文的特點。「他是如此的憤怒，以致臉都白了」，「做一次努力」，「對他進行勸告」，「丈夫和妻子」等等，是有毛病的或不妥的中譯，但這些句型、句法的英文，卻正是標準英文。

　　總之，凡是論英文中譯的，有很多（幾乎全部）對中文英譯有幫助。但只能說有幫助，動手翻譯，另有無數關鍵是要知道的。講中文英譯，另外要有書討論，最好是用英文寫。有一點非常重要：要中譯英，先要能寫英文。這不是一件容易的事，絕非讀了英文文法、修詞，看過小說，報紙就能做到。英文的種類繁多，有文學的英文（文學作品中有小說、散文、詩歌……），有應用文、學術論文等等，全不是一樣寫法的。用字造句就不同，詩尤其難作。我們中國人有幾個能寫英文詩的？（當然，又有幾個中國人能寫中文小說、散文、詩歌、戲曲、應用文件、文言白話，同等高明？不過中國人學起這些文字來比較容易。）不在英文寫作上下苦功，而做中文英譯的工作，是永遠做不好的。不管寫那種英文，總要像那種英文；如果寫不出那種英文，乾脆不要譯。

　　我們讀西方人如 James Legge, Herbert A. Giles, Arthur Waley 等譯中國詩，會發見好些錯誤，因為他們看不懂中文，找到的一些幫手雖然是中國人，也未必能懂中國詩。但不要小看他們，那種英文卻不是一般中國人寫得出的。我們不滿意他們的翻譯，自己動手是好的，但先要學會寫英文詩。

　　用英文寫作完全是另外一種本領。

譯後交稿或付印前的檢查工作

交稿或付印前把譯文細細看過，是很有好處的。下面的綱領書裡面已詳細講過，不過翻譯時一個人不容易完全注意到，所以要提它出來。

一、是否查過所有用不著的，「我的」，「你的」，「他的」等等代名詞都已刪去。

二、是否所有用不著的「一個」，「一種」，「一項」……都已刪去。

三、是否一句有三個以上的「的」字（有人可以用到四五個而不自覺）。有時刪掉一兩個並不妨礙；如果沒法刪，只有把句子改寫。

四、有些被動語態的句子，是否不合中文習慣。

五、有些句子是否語意不足。不足是否一定要補出來。有些字是否可以刪掉。如不影響文意、文氣，可刪則刪。

六、主詞和動詞是否不合，如有些動詞只能用之於人，有些只能用之於事物（「挨」字只當能動詞能用之於人，「他挨近門口」，不能說「桌子挨近門口」）。

七、動詞和受詞是否不合？如「履行義務與意向」中「履行意向」就不對。或者就改為「貫徹意向」吧。（一個動詞下面有四五個受詞，往往最後的一個因為距離遠而誤用，特別要留意。）

八、當然最好找另外一個人（不懂英文更妙）看一看。

中 文 索 引

翻 譯 研 究

英文索引

E

economy 69
Edward 59
Eliot, T. S. 211
ergonomics 66, 67
Eski-bazar 60

F

Ferguson, C. W. 28
Flexner, S. B. 54
Fowler, H. W. & F. G. 12, 14, 15, 73, 85, 166, 203, 208

G

Giles, H. A. 272
Gordon, G. 19
Gowers, E. 161, 170
Guadalquiver 60

H

Hazlitt, W. 57
Homes, O. W. 194
Homer 41, 176, 209, 210
Hornby, A. S. 191

J

Jones, D. 21, 57
justification 68

K

Keats, J. 217

L

Lake Chiuta 60
Lamb, C. 107
Legge, J. 272
Leonado da Vinci 58
Leslie 63
Lindley, D. 23

M

Macauley 170
Massachussetts 60
Menzies 57
Milton 13, 209, 211, 217
Mojave 65

N

Newman F. W. 176
Nietzsche 109

 翻 譯 研 究

翻譯研究

翻譯研究

翻譯研究

翻譯研究

翻譯研究

翻譯研究／思果著. -- 十四版.-- 臺北市：
　大地, 2003〔民92〕
　　面：　公分. --（Learning：1）
　參考書目：面
　含索引
　ISBN 957-8290-86-1（平裝）
　1. 翻譯
811.7　　　　　　　　　　　　　92010275

翻譯研究

Learning 001

作　　　者	思　果
創 辦 人	姚宜瑛
發 行 人	吳錫清
主　　　編	陳玟玟
出 版 者	大地出版社
社　　　址	114台北市內湖區瑞光路358巷38弄36號4樓之2
劃撥帳號	50031946（戶名　大地出版社有限公司）
電　　　話	02-26277749
傳　　　真	02-26270895
E - m a i l	vastplai@ms45.hinet.net
網　　　址	www.vasplain.com.tw
印 刷 者	普林特斯資訊股份有限公司
十四版五刷	2017年1月

定　　價：280元